이 책이 세상 곳곳에 사랑의 씨앗을
뿌리고 있다고 생각하니 가슴이 벅찹니다.
사랑하기로 결심한 당신이 아름답습니다.

당신을, 사랑합니다!

보스턴에서 Biya Han

그건,
사랑
이었네

그건,
사랑
이었네

한비야 에세이

푸른숲

시원한 세상을 꿈꾸는 친구들에게

한 팀장님, 한 선생님, 한비야님, 한비야씨, 비야 언니, 비야 누나, 비야야, 꼬미야…….

사람들은 여러 가지 호칭으로 나를 부른다. 그중에서 우리 조카들이 붙여준 '꼬미야(꼬마 이모, 꼬마 고모)'가 제일 좋다. 언니, 누나라는 호칭은 두 번째로 좋다. 특히 처음 보는 독자들이 너무나 자연스럽게 날 비야 언니, 비야 누나라고 부를 때마다 얼마나 기분이 좋은지 모른다. 공식석상에서는 깍듯하게 한 팀장님, 한 선생님으로 불리는 게 맞겠지만 보통 때는 그저 이 친구들의 만만한 언니이자 누나이고 싶기 때문이다. 선생님처럼 배우고 깨달은 바를 확고한 신념을 가지고 가르치거나 지적하는 것이 아니라, 나도 이들과 마찬가지로 흔들리고 비틀거리고 두리번거리면서 나의 길을 가고 있기 때문이다.

나를 언니, 누나라고 부르는 모든 이들의 좋은 길동무가 되고 싶다. 깃발을 들고 멀찌감치 앞장서서 나를 따르라 하는 선봉대장이 아니라 반 발짝 앞에서 조금 먼저 본 세상을 재미있게 얘기해주는 언니, 누나이고 싶다. 애쓰지 않아도 서로의 숨소리와 웃음소리, 툴툴거리는 소리와 응원 소리가 들리는 거리, 손을 뻗으면 서로의 손을 잡을 수 있는 딱 반 발짝 거리에서 여러분과 함께 가고 싶다.

《지도 밖으로 행군하라》를 펴내고 나서 확실히 알게 되었다. 사람들이 시원한 세상에 목말라 있었다는 것을. 혼자만 잘 먹고 잘사는 게 아니라 다 같이 행복한 세상이란 무엇이고 그런 세상을 만드는 데 나는 무엇을 할 수 있을까, 라는 얘기에 그토록 열심히 귀 기울였던 건 이 때문일 거다. 어른들은 요즘 아이들은 이기적이고 안정 지향적이라고 하지만 나는 그렇게 생각하지 않는다. 적어도 내가 만난 친구들은 그렇지 않다. 오히려 이런 말을 하는 어른들이 문제다. 학교, 집 혹은 신문 방송에서 눈만 뜨면 아이들에게 위험한 집 밖에는 얼씬도 말라고, 안전한 집 안에서 사는 게 상책이라 말하면서 정작 이들이 집 안에 있겠다고 하면 젊은 사람이 어찌 그리 도전의식이 없느냐고 그렇게 몰아붙일 수 있단 말인가.

나는 시원한 세상을 꿈꾸는 친구들에게 집 밖의 세상을 보여주고 싶었다. 담장 위로 올려주고 싶었다. 그 담장 위에서 집 안과 집 밖을 모두 볼 수 있는 기회를 주고 싶었다. 그리고 스스로 안정된 집

안에 있기로 했다면 그 결정도 진심으로 존중하고, 위험하지만 도전해볼 만하다며 집 밖으로 나가기로 했다면 그 결정에도 박수를 쳐주고 싶었다. 《지도 밖으로 행군하라》를 통해 이런 내 마음이 잘 전해진 것 같아서 기쁘다.

　나는 독자들로부터 하루에도 수십 통의 이메일을 받는다. 오륙십 대도 많고 칠팔십대도 있지만 '내 동생'들인 초등학생부터 사십대의 독자들이 주류를 이룬다. 사연도 다채롭다. 책을 읽고 몰랐던 세상을 알게 되었다, 풀이 죽어 있었는데 큰 위로를 받았다, 덕분에 중요한 결심을 했지만 불안한 마음을 떨칠 수 없으니 응원해달라 등등. 최근에는 미래에 대한 불안과 무너지는 자존감에 대해 토로하는 친구들이 부쩍 늘었다. 삼수를 했는데도 결국 원하는 학교를 못 갔다거나 입사 시험에 수십 번 떨어졌다거나 번번이 승진에서 누락된 후 세상이 싫다며 이렇게 못난 자기가 너무 밉다고, 자기도 싫은데 이런 자기를 누가 좋아하겠느냐는 사연을 읽으면 내 가슴도 아프다.
　열심히 노력하는데 그렇게 일이 안 풀리면 누구라도 그런 생각을 할 거다. 나라도 그럴 거다. 그럼에도 불구하고 나는 세상 모든 사람들이 사랑받아 마땅한 존재라고 굳게 믿는다. 한 명 한 명 갓 태어난 아기처럼 존재 자체만으로 빛나는 사람들이다. 그런 귀한 존재가 공부 좀 못한다고, 취직을 빨리 못 한다고, 남들보다 돈이 좀 없다고, 승진이 좀 늦다고 스스로 사랑받을 자격이 없다 생각하는 건 너무나 슬픈 일이다. 갓난아기는 가진 것도 없고 할 줄 아는 것도 없고 학력도 제로지만 사랑받아 마땅하지 않은가? 내게는 여러분도 마찬가지다. 언젠가 이 말을 꼭 해주고 싶었다. 그냥 지나가는 말이 아니라 본격적으로 해주고 싶었다. 선생님이나 팀장으로서가 아니라 여러분과 함께 길을 가고 있는 언니나 누나로서 말이다.

첫 번째 책이 1996년에 나왔으니 독자하고 함께한 시간이 어느덧 14년이 흘렀다. 중학교 다닐 때 선생님의 권유로 내 첫 책을 읽었다는 독자가 벌써 어엿한 교사가 되어 자기 학생들에게 내 책을 권하고, 삼십대였던 독자는 이제 자기 아들딸과 함께 내 책을 읽는단다. 이렇게 별것도 아닌 내 책이 세대를 이어가며 읽힌다는 사실이 신기하기만 하다. 그뿐인가 자기의 십대, 이십대에 언제나 내가 곁에 있었다면서 이십대 초반, 흔들리며 두려움에 떨고 있던 자기 손을 잡아줘서 정말 고맙다는 얘기를 들으면 내가 더 고맙다. 이런 독자들의 관심과 사랑과 공감이 너무나 애틋하고 소중하다. 이렇게 자기의 속내를 가감 없이 보여주며 나를 가깝게 느끼는 독자들에게 가진 것 중 제일 좋은 것만 주고 싶고 가슴 밑바닥에서 나오는 가장 진솔한 얘기만 들려주고 싶다.

그래서 이번 책을 쓰게 되었다. 그동안 묵혀두었던 속마음을 더이상 가지고만 있을 수 없어서다. 여러분은 이 책에서 그간 볼 수 없었던 나의 맨얼굴을 만나게 될 것이다. 전 책에서는 세상을 돌아다니는 바람의 딸이나 구호팀장인 여전사로서 맹활약하는 현장의 모습을 보여주었다면 이번 책에서는 고단한 여행과 위험한 재난 현장에서 돌아와 한숨 돌리고 있는 모습을 보여주려고 한다. 땀 냄새 물씬 나는 조끼를 벗고 찬물 샤워를 한 뒤 헐렁한 티셔츠와 반바지로 갈아입고는 소파에 앉아 일기를 쓰면서 치열했던 현장을 되새겨보는 그런 편안한 느낌으로 말이다. 이번 책에서는 여행가나 구호팀장이 아니라 언니나 누나인 한비야에게 털어놓는 여러분의 이야기에 귀 기울이고 싶다. 얘기 도중에 서로 한껏 맞장구치고 위로하고 응원하며 등 두드려주고 싶다.

이 책을 쓰는 내내 행복했다. 내 눈앞에 여러분이 있는 것만 같았다. 환한 미소와 초롱초롱한 눈으로 나를 보다가 "어머, 맞아요!"라는 추임새를 넣으며 고개를 끄덕이는 것 같았다. 까르르 웃는 소리와 아하, 하는 탄식 소리도 들리는 것 같았다. 참말이지 늦은 오후 여러분을 우리 집에 초대해서 따끈한 차 한 잔을 앞에 두고 도란도란 이야기를 나누는 기분이었다. 그래서일까. 글을 쓰다 보니 예상치 않았던 이야기까지 줄줄이 딸려 나왔다. 쑥스럽고 어색해서 여태껏 한 번도 말하지 못했던 속마음과 소소한 속사정과 내밀한 신앙 이야기 등 정말 이런 것까지 말해도 되나 할 정도로 너무나 편안하게 나를 털어놓았다 그렇게 다 털어놓고 나니 알 수 있었다. 세상과 나를 움직이는 게 무엇인지 보였다. 세상을 향한, 여러분을 향한, 그리고 자신을 향한 내 마음 가장 밑바닥에 무엇이 있는지도 또렷하게 보였다.

그건, 사랑이었다.

2009. 여름
한비야

차례

들어가는 글
시원한 세상을 꿈꾸는 친구들에게

난 내가 마음에 들어
내가

내가 날개를 발견한
순간

풋대를
놓치지 않는 법

우리는 모두
같은 아침을
맞고 있어

나가는 글
다시, 지도 밖으로

난 내가 마음에 들어

난 내가
마음에
들어

　이런 말 하면 웃을지 모르지만 난 내가 마음에 든다. 다른 사람과 비교해서 잘났다거나 뭘 잘해서가 아니라 그냥 나라는 사람의 소소한 부분이 마음에 든다는 말이다.

　우선 나는 내가 한씨라는 게 마음에 든다. 공씨거나 노씨나 변씨면 어쩔 뻔했나. 공비야, 노비야, 변비야보다 한비야가 백번 낫지 않은가. 나씨, 단씨, 왕씨였다면 나비야, 단비야, 왕비야가 되었을 텐데 이 이름도 좋긴 하지만 역시 비야는 한비야가 딱이다. 사실 한씨는 어떤 이름에 붙여도 예쁘고 폼 나는 성이다. 그래서인지 요즘 뜨는 여자 연예인들 중에 한씨가 수두룩하다. 한예슬, 한고은, 한지민, 한지혜, 한효주…….

　내가 58년 개띠라는 것도 마음에 든다. 특징 없는 57년 닭띠나 59년 돼지띠보다는 말도 많고 탈도 많고 동호회도 많은 58년 개띠라서 좋다. 58년생은 베이비붐 1세대의 개척자라느니 특이한 인생을 사는 사람이 유난히 많다느니 하는 갖가지 사회학적 분석이 있지만 좌우간 우리 1958년생들은 초면이라도 단지 58년 개띠라는 이유만으로 서로 매우 반가워하며 단박에 가까워진다.

내가 셋째 딸이라는 것도 마음에 든다. 최 진사 댁 셋째 딸을 비롯, 셋째 딸은 선도 안 보고 시집간다는 둥 셋째 딸에 대한 근거 없이 좋은 이미지 덕을 보기도 한다. 게다가 언니가 둘이나 있다는 게 얼마나 큰 재산이며 호강인지……. 세상에 엄마 없는 사람도 안쓰럽지만 언니 없는 사람은 더 불쌍하다. 부모님 돌아가시고 나면 제일 무섭고도 든든한 사람이 누군가? 언니 아닌가? 셋째 딸은 서열상 자동적으로 큰언니와 작은언니가 있게 마련이니 정말이지 삼팔광 땡을 잡은 거다.

내 얼굴도 마음에 든다. 날 좋아하는 독자가 아닌 다음에는 두 번 쳐다볼 일 없는 평범한 얼굴이지만 웃는 모습이 밝고 환해서 좋다. 아침에 일어나 그날 처음 거울에 비친 내 얼굴을 보면 반가워서 배시시 웃음이 나고, 밤새 일을 해서 피곤하고 지친 얼굴을 보면 '아이, 착해. 애썼다!'라는 말이 절로 나온다.

160센티미터에 50킬로그램 남짓, 크지도 작지도 않은 대한민국 표준 사이즈(?) 몸집도 마음에 든다. 어떤 기성복을 사도 허리건 길이건 딱딱 맞아 수선 비용이 거의 들지 않고, 아담한 사이즈 덕분에 비행기 탈 때 일반석도 일등석처럼 넉넉하게 앉아 갈 수 있는 장점도 있다.

불광동 독바위역 근처에 사는 것도 좋다. 지하철 6호선 독바위역! 개성 없이 근처 대학교 이름을 붙인 역이나 어려운 한자 이름 역보다 순 한글로 된 역 이름이 마음에 든다. 게다가 순환선의 종착역이라 늘 앉아 갈 수 있고 역을 나오자마자 북한산 자락이 보이는 산 밑 동네라서 좋다.

나는 내가 대한민국 사람이라는 것도 마음에 든다. 오지에 가면 낯선 나라에서 온 사람이라 신기해하고 개발도상국에 가면 부러운 나라에서 왔다고 반가워한다. 특히 과거에 도움을 받았다가 이제 도움을 주게 된 나라의 구호 현장 책임자라는 사실에 가슴이 뻐근하다. 그러니 현장에서 내가 한국 사람이라고 말할 때마다 어깨가 으쓱해질밖에.

근데 쓰다 보니 내가 생각해도 좀 웃긴다. 우리나라에는 나 말고도 한씨나 58년 개띠가 수십만 명이고 심지어 대한민국 국민은 5천만이나 되는데, 수십, 수백만도 가지고 있는 그것이 마치 혼자만 있는 양 신나서 이렇게 호들갑을 떨고 있으니 말이다.

사실 내가 살짝 호들갑에 오버하는 기질이 있긴 하다. 마음에 들지 않을 때도 그렇지만 마음에 드는 것은 말로든 표정으로든 좋다는 표현을 해야 직성이 풀린다. 예를 들면 나와 처음 식사를 하는 사람 중에는 "아, 맛있다. 정말 맛있어. 금방 소름 끼쳤어" 하는 나의 과도한 반응에 놀라지 않는 사람이 드물다. 근데 왜 그러냐고? 그렇게 하지 않으면 뭔가 허전하고 밋밋하다. 그리고 맛있는 걸 맛있다고 하는 게 뭐가 어떤가? 그래야 같이 있는 사람들도 얼떨결에 맛있게 먹을 테고 그 음식을 만든 사람도 좋아할 게 아닌가. 음식도 먹는 사람이 맛있다고 말해주면 좋아라 하면서 최대의 맛을 낸다는 과학적 의견도 있다.

자연을 대할 때도 마찬가지다. 산에 갈 때마다 봄이면 봄, 여름이면 여름, 사계절의 변화가 너무나 마음에 들어 늘 비명에 가까운 찬사를 보낸다. 비 오면 풀 냄새, 흙 냄새가 싱그럽고 구수하다고, 바람 불면 나무들이 모두 이효리처럼 신나게 춤을 추는 것 같다고 약간 과하다시피 칭송하곤 한다.

이런 호들갑과 오버액션은 내 즐거움의 원천이자 정체다. 나는 눈앞에 있는 것을 있는 그대로 느끼고 표현하지 못하면 가슴이 터질 것 같다. 마치 2002년 월드컵 때 집에서 혼자 이탈리아전을 보다가 우리 선수가 결승골을 넣어 좋아 죽겠는데도 그 기쁨을 함께 나눌 사람이 없어 마음껏 기쁘다는 표현을 하지 못해 심장이 터져버릴 것 같았던 느낌과 비슷하다. 기쁨, 즐거움만이 아니라 슬픔이나 괴로움도 그렇다. 이렇게 감정을 구체적으로 표현하면, 좋은 감정은 더욱 증폭되고 나쁜 감정은 별것 아닌 것처럼 느껴지면서 슬그머니 사라지는 듯하다. 적어도 쌓이지는 않는 것 같다.

이런 호들갑스러운 표현의 두드러진 특징은 현재 진행형이라는 점이다. 음식이 맛있으면 그 음식을 먹으면서 맛있다고 해야지 다 먹고 집에 돌아오는 길에 '아, 생각해보니 그 집 밥 맛있었네'라고 한다면 얼마나 김이 빠지는가. 에너지의 양 자체도, 표현의 뜨거움도, 효과도 180도 다르다. 한마디로 카르페 디엠, 그 순간을 느끼고 표현하며 즐기는 것이 내게는 매우 중요한 삶의 기술이다.

같은 맥락에서 나는 어제나 내일보다는 오늘이 좋다. 감정의 표현처럼 시간도 지금 내 손에 가지고 있는 것이 훨씬 만만하다. 과거는 이미 수정 불가능하고 미래는 아직 불투명하지만, 현재는 우리가 원하는 대로 요리할 수 있는 유일한 시간 아닌가. 그러니 그 시간을 되도록 짭짤하고 알차게 살고 싶은 거다. 마음껏 누리며 즐겁게 살고 싶은 거다.

누군들 현재를 그렇게 살고 싶지 않겠는가. 하지만 현재를 즐기면서 살고 싶은 우리의 발목을 잡는 것이 있으니, 미래의 걱정을 땡겨 하는 것, 소위 '걱정 가불'이다. 그것도 인생의 어느 특정한 시기가 아니라 한평생을 통해서 말이다. 중고등학교 때는 좋은 대학 못 갈까 봐 걱정, 학교를 마치면 취직 못 할까 봐 걱정, 취직을 했다 해도 오래 못 다닐까 봐 걱정, 서른만 넘어가도 결혼 못 할까 봐 걱정, 중년이 지나면 아플까 봐 걱정, 은퇴 후 먹고살 게 없을까 봐 걱정 등.

나 역시 걱정할 일, 남들만큼 있다. 위험한 재난 현장에서 일하다 풍토병에 걸리거나 사고가 나서 크게 다치면 어쩌나, 안전한 한국에 있다 해도 내 또래가 잘 걸린다는 뇌혈관 장애나 심장질환에 걸리면 어쩌나, 어느 날 직장을 다닐 수 없거나 글을 쓸 수 없게 되어 수입이 뚝 떨어지면 뭘 먹고 사나, 남편도 자식도 없으니 내 노후는 얼마나 쓸쓸할까, 심지어는 우리가 꼭 따낼 거라고 호언장담하면서 지난 2주일 내내 팀원들을 들들 볶으며 야심차게 쓰고 있는 아프리카 관련 대정부 제안서가 채택이 안 되면 그 망신을 어쩌나 등등 걱정할 일이 많고도 많다.

그런데 이렇게 마음 졸이며 걱정한다고 이중 단 한 가지라도 해결할 수 있는 걸까? 나는 그럴 수 없다는 것을 이미 알아버렸다. 여러분도 지금 하고 있는 걱정을 한번 곰곰이 생각해보라. 걱정이 그 일을 막거나 해결할 수 있는지. 십중팔구 아닐 것이다. 최근 본 책에서도 걱정하는 일의 4퍼센트만 걱정한 대로 일어나고, 무려 96퍼센트는 쓸데없는 걱정이라고 통계학적 근거를 대며 명명백백 밝히고 있다. 그러니 쓸데없이 미래를 걱정하는 시간에 지금 무엇이라도 하면서 재미있게 사는 게 더 현실적이고 현명한 일 아닌가.

흔히 인생을 여행에 비유한다. 전적으로 동의한다. '걱정 가불'이라는 측면에서는 더욱 그렇다. 여행이야말로 어찌 보면 셀 수도 없고 종류도 다양한 '걱정 종합선물세트'다. 여행 중 병이 나면 어쩌나, 예약이 잘못되어 차를 못 타거나 길에서 밤을 새워야 하면 어쩌나, 돈이나 여권을 잃어버리면 어쩌나, 흉악한 사람을 만나 험한 꼴을 당하면 어쩌나, 같이 간 일행하고 사이가 나빠지면 어쩌나……

이런 걱정을 안 하려면 방법은 간단하다. 아예 여행을 떠나지 않으면 된다. 그러나 인생이란 여행은 태어난 이상 앞으로 나아가지 않을 수 없는 법. 그래서 나는 이 인생이란 여행길에 아직 일어나지도 않은 일을 걱정하기보다는 지금 이 순간 만난 사람들, 맞닥뜨리는 사건 사고들, 길옆에 펼쳐진 풍경을 보고 듣고 느끼고 실컷 표현하며 살기로 했다.

위대한 성인은 말했다. 인생은 고해(苦海)라고. 성인의 말이니 나 따위 범인이 왈가왈부할 수 없는 분명한 진리일 테지만 나는 진심으로 그렇게 생각하지 않는다. 어떻게 인생이 괴로움의 바다일 수 있는가. 하느님이 혹은 당신이 믿는 신이 우리를 세상에 보내놓고 우리가 평생 괴로움에 빠져 허우적대며 고통스러워하는 것을 보고 싶어 하시겠는가? 그걸 보며 즐기시겠는가? 그럴 리가 없다. 상식적으로 생각해보아도 우리를 지으신 분은 우리가 즐겁고 행복하게 살기를 원하실 거다. 때문에 나는 인생은 괴로움의 바다가 아니라 즐거움의 바다여야 한다고 굳게 믿는다. 바다인 이상 365일 내내 잔잔하기를 기대할 수는 없겠지만.

이렇게 말하는 나에게 아직 인생 덜 살았네, 인생의 쓴맛을 덜 보았네, 철이 덜 났네 하는 사람들도 많다. 속으로 미쳤군, 하는 사람도 있을 것이다. 그런데 그런 말 해도 할 수 없다. 나는 예의와 상식에서 벗어나지 않는 한 이렇게 살기로 마음먹었다. 딱히 싫어할 이유가 없다면 뭐든 좋아하면서 살기로 했다. 그리고 좋아하는 것을 적극적으로 마음에 든다 든다 말하면서 마음껏 내색하면서 살기로 했다. 나는 내게 어떤 선택권도 없이 주어진 성씨, 출생 년도, 집안에서의 출생 서열, 심지어 국적까지도 만족의 차원을 넘어 열광(!)하는 내가 상당히 마음에 든다. 그러나 무엇보다도 인생이 괴롭다고 몸부림치며 살기보다 재미있다고 호들갑 떨며 살기로 선택한 내가, 나는 제일로 마음에 든다.

산에서
풍요로워지는 나

"팀장님, 깨워서 죄송해요. 국제 월드비전에서 급한 연락이 왔는데 즉시 답을 달라고 해서요."

"미안하기는. 여기 산이야. 무슨 내용인지 말해봐요."

"네? 산이라고요? 오늘 아침 비행기로 도착하신 거 아니에요?"

"맞아. 아침 일찍 도착했으니 산에 온 거지."

이 친구, 국제구호팀 신입직원 티가 팍팍 난다. 들어온 지 몇 주 안 되었으니 내가 해외 출장 갔다가 아침에 한국에 도착하면 집에 짐만 던져놓고 그 길로 산에 간다는 걸 알 턱이 있나.

나는 이렇게 시간만 나면 산에 간다. 토요일은 월드비전 행사 등 특별한 일이 없는 한 산에 가고 오전 11시 30분에 출근하는 화요일, 목요일 아침에도 등산을 한다. 두 시간이 나면 두 시간 코스로, 반나절이 나면 반나절 코스로, 1박 2일이 생기면 또 그에 맞춰 큰 산이나 먼 산을 찾는다. 몇 년 전에는 아예 북한산 자락으로 이사를 했다. 산 밑까지 오가는 시간을 줄이기 위해서다. 우리 집에서 북한 산 입구까지는 천천히 걸으면 10분, 뛰면 5분 거리. 거실에서 정면 으로 보이는 족두리봉까지는 왕복 두 시간이면 충분하다. 그동안 집값은 거의 오르지 않았지만 눈만 뜨면 산을 볼 수 있고, 신발만 신으면 산을 오를 수 있어 땡잡은 기분이다. 게다가 숲이 제법 우거 진 뒷동산이 우리 아파트 담과 붙어 있기 때문에 한 시간이라도 짬 이 나면 이 야트막한 동산을 몇 바퀴 돌고 오기도 한다.

다른 나라에서도 산이 있으면 어떻게든 시간을 내서 등산이나 트 레킹을 하지만 그래도 나는 익숙한 한국 산이 늘 그립다. 그래서 긴 해외 출장이나 파견 근무에서 돌아오면 애인을 만나러 가듯 만사 제쳐놓고 산부터 다녀와야 개운하다. 게다가 오늘처럼 스무 시간 이상의 장시간 비행 후에는 비행기에서 내리자마자 대여섯 시간 정 도 등산하고 따끈하게 목욕한 후에 한숨 푹 자야 시차 적응에도 도 움이 된다. 나랑 산에 가기로 한 사람들은 아침에 비가 오면 전화로 이렇게 묻곤 한다.

"비 오는데도 산에 가요?"

내 대답은 늘 이렇다.

"어머, 비 온다고 밥 안 먹나요?"

실제로 산에 다니는 것은 내게 취미 이상의 취미다. 그걸 하기 위 해서라면 웬만한 건 기꺼이 희생할 수 있는 취미, 남들에게는 살짝 돈 사람처럼 보이게까지 하는 취미 말이다. 가까운 사람 중에는 사진광, 낚시광, 바둑광, 오디오 수집광 등 취미 이상의 취미를 즐기느라 외로움을 감수하고 가산을 탕진하며 이혼 직전까지 갈 뻔한 사람들이 적지 않다. 솔직히 그들에 비해서 나는 매우 정상적인 수준으로 취미를 즐기고 있는 거다. 한번 따져보라. 등산하는 데 돈이 드는 것도 아니고 꼭 혼자 해야 하는 것도 아니고 나이가 들면 못 하는 것도 아니지 않은가. 게다가 걸으면 걸을수록 건강까지 좋아지니 내가 생각해도 취미 하나는 정말 잘 골랐다. 평생 같이할 친구 같은 취미가 있어서 얼마나 다행인지 모른다. 산 덕분에 평생 심심하지 않을 자신이 있다.

솔직히 등산하느라 수많은 소개팅을 놓친 건 사실이다. 내 친구들은 나보고 그깟 등산 때문에 좋은 남자를 못 찾는 바보는 세상에 나밖에 없을 거라고 하지만 등산 안 하고 무수히 소개팅을 한 그녀들 역시 아직 싱글인 걸 보면 내가 남자를 못 만난 게 전적으로 등산 때문은 아닌 게 확실하다.

만날 바쁘다면서 무슨 시간이 나서 산에 그렇게 자주 갈 수 있느냐는 말을 많이 듣는다. 바쁜 생활에도 우선순위라는 게 있다. 지금 나의 최우선순위는 아직도 내 마음을 설레게 하는 구호 활동이다. 그다음이 책 읽고 쓰고 권하기와 산에 가기. 24시간이라는 한정된 시간 내에 하고 싶은 것을 다 할 수는 없으니 일단 우선순위가 높은 항목에 시간을 미리 할애해놓는 것이 상책이다. 그래서 나는 그 흔한 미니 홈피도 없고 블로그도 없다. 하고 싶어도 시간 배당상 우선순위에서 밀리기 때문이다.

등산을 다닌다고 해서 산길 걷는 것만 좋아하는 건 물론 아니다. 혼자서 산에 오르면 하느님과의 단독 면담도 잘되고 속상한 일이나 언짢은 마음도 쑥쑥 풀리고 좋은 생각도 팍팍 떠오른다. 등산 후의 즐거움은 또 어떻고. 한여름 등산 후의 차가운 맥주 한 잔과 찬물 샤워, 추운 겨울 등산 후의 따끈한 사우나와 오뎅 국물 등 사소하지만 흡족한 보너스가 많고도 많다. 심지어는 여름에 지리산 종주를 할 때면 흔히 만날 수 있는 반바지 입은 남자 산쟁이들, 그들이 무거운 배낭을 지고 오르막을 오르려 걸음을 옮길 때마다 튕겨오를 듯 꿈틀거리는 건강한 종아리 근육을 감상하는 것도 대단한 즐거움이다. 그런데 언제부터인가 남자들이 반바지를 입지 않는다. 신소재 개발 덕에 긴 바지도 반바지만큼 시원해졌다고 한다. 도대체 누가 그런 신소재를 개발한 거야!!!

서정주 시인은 자신을 키운 건 팔 할이 바람이라고 했던가. 단언컨대 나를 키운 건 팔 할이 산이다. 산을 좋아하던 아버지는 내가 어릴 때부터 산에 데리고 다니셨다. 위의 두 언니들이 산에 가는 걸 별로 좋아하지 않으니까 나를 아예 아장아장 걸을 때부터 끌고(?) 다니신 것 같다. 이렇게 아버지는 내게 '산쟁이 유전자'를 자연스럽게 물려주셨는데 그게 내 인생을 얼마나 풍요롭게 해주고 있는지 우리 아버지, 그때는 짐작도 못 하셨을 거다.

산이 내게 준 가장 큰 선물은 뭐니 뭐니 해도 자존감이다. 집에서 나는 평범한 셋째 딸이지만 산에 가면 얘기가 달라진다. 등산길에 만나는 어른들은 꼬마 산쟁이인 나를 하나같이 예뻐해주셨다.

"아이고, 잘 걷네."

"꼭 산다람쥐처럼 날쌔기도 하지."

머리를 쓰다듬어주는 사람, 먹을 것을 주는 사람, 이름을 묻는 사람, 손을 잡고 가는 사람……. 너댓 살짜리 꼬마가 하루 종일 이런 칭찬과 관심과 사랑을 받았으니 어땠겠나, 기고만장 우쭐해져서 더 열심히 산을 오르락내리락했겠지.

이런 어린 시절의 산행을 통해 나는 내가 어떻게 생기고 무엇을 잘해서 소중한 게 아니라 내 존재 자체가 귀하고 다른 사람에게도 기쁨을 준다는 사실을 자연스레 알게 되었다. 이런 긍정적인 자존감 덕분에 지금도 나는 누가 나한테 싫은 소리를 하면 저 사람은 '나의 어떤 면'이 마음에 들지 않을 뿐이지 '나 자체'를 싫어하는 건 아니라고 생각하며 크게 마음 상해하지 않는다.

중학교 때 아버지가 갑자기 돌아가신 뒤에도 나는 계속 산에 다녔다. 철들고 사귄 친구들은 대부분 산에 같이 다니면서 친해졌다. 주로 가는 북한산은 지금까지 못해도 천 번은 올랐을 거다. 자주 가는 등산로는 눈을 감고도 훤하다. 어느 모퉁이를 돌아가면 어떻게 생긴 바위와 나무가 있는지, 어디가 솔바람이 불어 여름에 낮잠 자기 좋고 어디가 칼바람을 막아주어 겨울에 점심 먹기 안성맞춤인지 CCTV를 보는 것처럼 빠꼼하다. 지금도 이렇게 열심히 다니고 있으니 아마 내 평생 북한산을 적어도 2천 번 이상은 오르지 않을까 한다.

같은 산을 그렇게 많이 오르다니, 지겹지 않냐고? 엄밀히 말하면 같은 산을 가긴 하지만 지난번과 똑같은 산을 오르는 게 아니다. 봄 여름 가을 겨울은 물론 아침저녁 산의 모습이 다르고, 같이 가는 사람도 다르고, 갈 때마다 마음도 달라 매번 다른 산을 오르는 것 같다. 또한 같은 사람이 같은 산을 같은 마음으로 올라도 나이에 따라서도 크게 다르다. 등산 스타일이 달라지기 때문일 거다.

삼십대까진 무조건 자주, 무조건 빨리 올라가야 성에 찼다. 여러 명이 같이 가면 일등으로 올라가고 싶었고 하산할 땐 한 번 왔던 길이 지겨워서 막 뛰어 내려왔다. 그때는 지리산을 무박 2일로 종주하다가 발톱이 빠졌다는 둥, 설악산 내 입산 금지 구역에 올라갔다가 낭떠러지에서 떨어져 죽을 뻔했다는 둥의 얘기를 자랑 삼아 했다. 돌아보니 귀여운 치기였지만 그때 그런 무모한 산행을 질리도록 실컷 해봤으니 이제는 아쉬움도 미련도 없다.

삼십대까지는 올라가는 길만 재미있었다면 사십대부터는 내려오는 길도 똑같이 재미있고 중요하다는 걸 깨닫는 중이다. 올라갈 때 남보다 빨리 가기 위해 있는 힘을 다 쓸 게 아니라 내려갈 때 쓸 힘을 남겨두어야 하산 길까지 즐겁다는 것도 알게 되었다. 그래서 시인 고은 선생님도 이런 시를 쓰셨나 보다. "내려갈 때 보았네 / 올라갈 때 보지 못한 / 그 꽃."

지금은 이삼십대처럼 산을 뛰어 올라가지도, 뛰어 내려오지도 않는다. 뛰어다니고 싶지 않을뿐더러 이제는 그럴 힘도 없다. 그렇게 내려오면 무릎도 아프다. 그러다 보니 저절로 같이 가는 사람들과도 보조가 맞는다. 예전에는 잘 못 걷는 사람들에게 내 보조에 맞추라고 채근했지만 이제는 내가 그들에게 맞추려고 노력하고 있다. 아니, 자연스럽게 그렇게 되고 있다.

얼마 전 산 중독 증상이 발동하여 우리 집 거실에 히말라야 전경을 담은 대형 사진을 걸어놓았다. 산에 가지 못한 저녁에는 그 사진 앞에서 운동 삼아 스태퍼를 하는데 액자 유리에 비친 내 모습이 마치 히말라야를 걷는 것 같아서 볼 때마다 기분이 좋다. 언젠가는 진짜로 히말라야산맥을 원 없이 걷고 싶다. 세계 최고봉인 에베레스트에도 오르고 싶다.

에베레스트 정상에 오른다면 그날은 내 일생에서 가장 짜릿한 날 중 하나일 거다. 그러나 산에 관한 한 나는 에베레스트 등정이라는 특별한 이벤트만큼이나 북한산 등반이라는 평범한 일상에서도 비슷한 강도의 행복을 느낀다. 무조건 센 것만 원했던 이삼십대에는 절대 느끼지 못했을 행복이다. 일상생활에서 쉽게 손에 넣을 수 있는 자잘한 즐거움을 찾아내는 것, 이것이 요즘 산이 가르쳐준 소중한 지혜다. 그래서 나는 이번 주말에도 북한산 형제봉 길로 등산 갈 생각이다.

말이 나온 김에 요즘 내가 즐겨 가는 등산길을 두 군데만 소개해볼까? 한 군데는 형제봉 길로, 평창동 예능교회 윗길에서 시작해서 형제봉 → 일선사 입구 → 대성문 → 대남문 → 암문 → 비봉 → 향로봉 → 불광사 입구까지 코스(5~6시간 소요), 그리고 또 한 군데는 진관사 계곡 길로, 3호선 지축역에서 내려 신도용 버스로 구파발 중성문까지 가서 구파발 계곡 → 대남문 → 사모바위 → 비봉 → 진관사 계곡까지 코스다(4~5시간 소요). 형제봉 길은 능선 코스로 등산 내내 확 트인 북한산의 절경을 볼 수 있어서 좋고 진관사 길은 계곡 코스로 그늘이 많고 서늘하여 한여름 등산길로 안성맞춤이다.

어제는 아주 오랜만에 그 '소개팅 전문' 친구를 만났다. 모인 친구들이 싱글이거나 돌아온 싱글이다 보니 '괜찮은 남자들' 얘기가 나올 수밖에. 친구들이 장난스레 말했다. 비야는 조인성을 소개해 준다고 해도 산에 갈 거라고. 그러자 그 친구가 갑자기 내게 정색을 하며 묻는다.

"비야, 너 솔직히 말해봐. 조인성하고 데이트 할래, 등산 갈래?"

나는 몇 초간 망설이는 척하다가 이렇게 대답했다.

"으음, 조인성하고 산에 가면 안 될까?"

120살까지의
인생 설계

작년에 종합병원에서 종합 건강 검진을 받았을 때의 일이다. 검진 결과를 전화로도 통보해준다고 해서 전화했더니 담당 의사가 면담을 해야겠으니 다음 주 월요일에 병원으로 오라는 거다.

'으음, 왜 오라는 거지? 일부러 보자는 걸 보니 뭔가 안 좋은 일이 있는 게 분명해.'

그 순간부터 나는 상상의 나래를 펴고 온갖 나쁜 시나리오를 쓰기 시작했다.

'만약 얼마 못 산다고 하면 억울해서 어쩌지?'

'억울하긴 뭐가 억울해. 이 정도면 살 만큼 산 거지. 여태껏 건강하고 재미있게 산 것에 감사해야지.'

'억울하지. 못 다 핀 꽃 한 송이지. 하고 싶은 일이 얼마나 많은데.'

'그러나 정말 그렇다면 억울해도 할 수 없잖아. 사는 날까지라도 하고 싶은 일을 하다 가는 수밖에.'

이렇게 머릿속으로 무수한 자문자답을 하다가 급기야는 벌떡 일어나 '10년 안에 꼭 하고 싶은 일 리스트'를 써놓았던 일기장을 찾았다. 그걸 참고하여 한밤중에 본격적으로 개정판 '죽기 전에 꼭 하고 싶은 일 리스트'를 만들어보았다. 종목별로도 있고 나이별로도 있다.

〈종목별 리스트〉
- 예전부터 하고 싶었는데 아직까지 못 한 일: 백두대간 종주 | 각 대륙의 최고봉 등정 | 배 타고 지구 세 바퀴 반 돌기 | 세계를 움직이는 사람 100인 파워 인터뷰
- 새로 하고 싶은 일: 구호 현장에 기반을 둔 인도적 지원에 관한 정책 연구 | 세계의 성지순례 | 세계의 국립공원, 특히 북미의 국립공원 여행 | 학교나 연구소에서 체계적인 후진 양성
- 더 배우고 익혀야 할 일: 전 세계를 대상으로 강의하고 글쓰기 | 현장 구호요원 후진 양성 | 단소, 중국어, 스페인어 좀 더 잘하기
- 꼭 가보고 싶은 나라: 쿠바, 브라질, 그리스, 모로코, 알제리, 리비아, 예멘, 스칸디나비아 반도 3국

위의 일들을 나이대에 따라 배치하는 원칙은 다음과 같았다. 아직 체력이 왕성할 오십대에는 에너지가 많이 필요한 일, 육십대는 경험

과 지식이 무르익었을 테니 후진 양성과 글쓰기, 칠십대는 다리 힘은 없지만 정신 세계가 풍성할 테니 영성의 시기, 팔십대 이상은 보너스로 사는 시기니까 가진 것을 잘 나누어 주는 시기로 정해보았다.

〈나이별 리스트〉

- 50대: 구호 현장 최전선에서 일하기 | 백두대간 종주 | 각 대륙의 최고봉 등정 | 배 타고 지구 세 바퀴 반 돌기
- 60대: 후진 양성, 후배 교육 | 강의, 글쓰기에 전념하기 | 못 다한 오지 여행 | 세계를 움직이는 사람 100인 파워 인터뷰
- 70대: 성지순례 | 세계의 국립공원 여행
- 80대 이후: 조용히 책 보며 지내기 | 가진 것을 몽땅 나누어 주기

이런 일들을 하려면 평소에 건강한 육체·정신·인간관계를 잘 유지하는 것이 중요할 거다. 그래서 만들어본 리스트.

〈하고 싶은 일을 하기 위해서 평상시에 해야 할 일 리스트〉

- 매일매일 자기
- 매일 성경 읽고 묵상하고 일정한 시간에 기도하기
- 운동 및 아침식사
- 정리정돈(특히 일기장, 편지, 사진)
- 하루에 한 사람 이상에게 안부 전화하기

휴, 지금 목록에 있는 것만 다 하려 해도 120살까지는 살아야 할 텐데, 담당 의사가 내 목숨이 딱 1년 남았다고 하면 어쩌지? 어쩌긴. 그동안 제일 벼르던 일부터 해야지. 그러면 오래전부터 꼭 하고 싶었던 백두대간 종주와 세계 최고봉 등정을 해야겠다. 좋아하는 산에서 인생을 차분하게 돌아보고 정리하는 것도 의미가 있겠지. 어쨌든 종횡무진 씩씩하게 다닐 거다. 죽을 날짜 받아놓았다고 지지리 궁상을 떨며 침대에서 죽음을 맞을 수는 없다.

6개월 남았다면 세계 성지순례를 하고 싶다. 할 수만 있다면 가족들과 가까운 친구들하고 같이 가고 싶다. 그래서 하느님의 숨결을 좀 더 가까이에서 좋아하는 사람들과 함께 느끼고 싶다. 또 그동안 날 위해 기도해준 분들에게 은혜의 기도 빚도 갚고 모든 이의 마음의 평화와 세계 평화를 위해 간절한 기도도 올리고 싶다. 하느님께 인생이란 무대에서 좋은 배역을 맡겨주셔서 감사하다는 기도를 드리면서 인생을 마감하는 건 훌륭한 마무리라고 생각한다.

딱 한 달 남았다면? 그렇다면 돌아다니지 말고 책을 써야겠다. 그 책에는 사랑에 대해서만 쓸 거다. 하느님에 대한 나의 사랑, 시대에 대한 사랑, 일에 대한 사랑, 자연에 대한 사랑, 조국, 가족, 친구, 이성에 대한 사랑, 그리고 나에 대한 사랑을 잘 정리하고 싶다. 그 책을 통해 내가 많은 사람들에게 얼마나 고마워하는지, 덕분에 내가 얼마나 행복했는지 알려주고 싶다.

온갖 시나리오를 썼다 지우면서 기나긴 주말을 보내고 떨리는 마음으로 병원에 갔다. 담당 의사는 위산과다에 약한 탈진 증세가 있고 뇌혈관 장애의 염려도 남아 있으니 부디 조심하라며, 전화로 말하면 그냥 흘려들을 것 같아서 직접 만나자고 했단다. 그러고는 이제 본격적인 볼일을 본다는 듯 A4 용지 한 장을 내밀었다.

"우리 딸이 왕팬인데, 사인 한 장 해주실래요? 선생님 사인만 받아다 주면 이번 시험 공부 열심히 하겠다네요. 하하하."

허걱. '시한부 인생' 해프닝은 담당 의사의 고등학생 딸 학업 진작용 사인을 해주는 것으로 싱겁게 끝났지만 그 학생(시험 공부 열심히 안 하기만 해봐라!) 덕분에 일기장 구석구석에 적어놓고 누군가에게 흘려 이야기했던 그 많은 하고 싶은 일들을 한데 모아서 깔끔하게 정리할 수 있었다. 마치 컴퓨터 바탕화면에 중구난방으로 깔려 있던 파일들을 상황별·나이별 폴더에 넣고 제목까지 붙여 일목요연하게 만들어둔 것 같다고 할까? 제대로 얼개를 갖춘 인생 설계도를 손안에 넣은 기분이었다. 이 설계도만 있으면 인생을 살아가면서 마구잡이로 헤매지는 않겠지, 하고 싶었는데 기억 나질 않아 못 했다고 억울해할 일은 없겠지, 생각하니 마음이 놓였다.

사람들은 가끔 내게 묻는다. 하고 싶은 일을 모두 하고 사는가? 물론 아니다. 그러나 그 말이 제일 하고 싶은 일을 하고 사는가라는 뜻이라면 내 대답은 예스다. 세상에 자기가 하고 싶은 일을 다 하고 사는 사람은 아마 없을 것이다. 그러나 그중 제일 하고 싶은 일을 하고 사는 사람은 많고도 많다.

세상에는 계획과 열정과 노력만으로 안 되는 일도 많다. 사람이라면 누구나 하루는 24시간뿐이고 에너지와 돈도 한정이 있을 테니까. 하지만 가장 하고 싶은 일에 자신이 갖고 있는 자원을 총동원하여 집중한다면 적어도 그 일은 충분히 할 수 있다고 생각한다. 그게 달나라에 가고 싶다는 식의 허황된 일만 아니라면 말이다.

내 또래 사람들은 내 리스트를 보면서 도대체 그 나이에 하고 싶은 일이 뭐가 그렇게 많냐고, 죽기 전에 반의반의반도 못할 거라고 말하곤 한다. 나이 들면 이런 구체적인 계획이 오히려 사람을 주눅 들고 기죽게 하는 거라는 사람도 있다. 그 마음 충분히 이해한다. 나도 가끔 이거 할 거다, 저거 할 거다 수없이 이야기하고 다닌 일을 못 했을 경우 얼마나 민망하고 창피할까를 생각한다. 그러나 그 잠깐의 망신이 두려워서 하고 싶은 일을 지레 포기하고 계획마저 세우지 않을 수는 없다.

나도 나이가 주는 물리적인 한계는 인정한다. 이런 야멸찬 계획을 세워둔 나 역시 작은 글씨 읽기가 점점 힘들어질 테고 깜빡깜빡하는 일도 점점 많아질 테고, 산을 오를 때 쉬어가는 횟수도 잦아질 것이다. 하지만 이런 작은 불편함은 내가 하고 싶은 일을 못 하게 하는 결정적이며 치명적인 이유가 될 수 없다. 실체가 있는 한계라면 극복할 방법도 얼마든지 있기 때문이다. 글씨가 안 보이면 안경을 쓰면 되고, 깜빡거리면 외우는 대신 잘 적어두면 되고, 산에는 시간을 충분히 두고 가면 되니까.

이 나이에 계획하는 일 자체가 부질없다고 생각하는 큰 이유는 막연한 두려움 때문이 아닐까 한다. 싱싱했던 젊음이 사라진다는 두려움, 사회적 지위나 영향력을 잃어간다는 두려움, 경제적으로 곤란을 당할 거라는 두려움, 주위에 남는 사람이 없을 거라는 두려움…….이것이 나이 드는 두려움의 정체라면 나는 별로 두려워하지 않아도 될 것 같다. 지금 정도의 체력으로 평생 살면 좋겠다는 욕심은 있지만 아름다운 얼굴과 몸매를 잃으면 어쩌나 하는 두려움은 없다. 애초부터 나는 외모가 경쟁력이었던 적이 없었기 때문일 거다. '미인 프리미엄'을 한껏 누렸던 사람에게는 전혀 다른 얘기겠지만.

몇십 년 만에 여고 시절 같은 반 친구를 우연히 만났다. 학교 다닐 때도 군계일학으로 빼어나게 예뻤는데 여전히 눈에 번쩍 띄는 미인이었다. 우리는 근처 찻집으로 갔다. 어둡던 바깥에서 환한 실내에 들어오니 이 친구가 농담처럼 하는 말, "여긴 너무 밝아서 주름이 다 보이겠다. 구석에 가서 앉자." 구석 자리에서 차를 마시면서도 자기를 그렇게 빤히 쳐다보지 말라며 마치 주름이 보이면 큰일이라도 나는 것처럼 과민 반응을 보였다. 이 친구, 지금도 매일같이 미인 소리 듣고 살 텐데 뭐가 저리 불안할까?

헤어져 돌아오면서 세상 참 공평하다는 생각을 했다. 누군들 나이 들어 생기는 얼굴 주름이 반갑겠냐마는 미인 프리미엄이 없는 나는 그 친구처럼 그런 강박관념에 시달리지 않아도 좋으니 얼마나 다행인가. 얘기하다 보니 마치 대궐 같은 집에 불이 났는데 불구경을 하던 거지 아버지가 거지 아들에게 "거봐. 우린 저렇게 불날 집이 없으니 얼마나 좋아?" 하는 것 같아 좀 웃기기는 하다.

또한 오랫동안 조직 생활을 한 사람이면 대부분 느끼는 두려움, 한때 누리던 지위와 영향력을 잃는 것에 대한 두려움도 나는 없다. 내 또래의 대기업 이사들, 고위 공직자들, 신문사 편집장이나 부장들을 사석에서 만나면 백이면 백 비슷한 소리를 한다. 지금 조직의 사다리 맨 꼭대기에서 최고의 호시절을 누리는 것처럼 보이지만 자신들은 이제 내려갈 일만 남은 사람들이라고.

그럼 난? 나는 원래부터 올라갈 데도 내려갈 데도 없는 사람이다. 직원 5백여 명의 월드비전이라는 민간 구호단체가 무슨 권력 기관이겠으며, 그 안에서도 회장이나 본부장도 아닌 본부 스무 개 팀 중의 하나인 구호팀장인데 내게 무슨 지위가 있겠는가? 조직의 영향력이 곧 개인의 영향력인 자리에 있던 사람에 비해 나는 잃을 게 없으니 두려움도 없을 수밖에. 마치 불구경하던 거지 부자처럼 말이다.

경제적인 두려움과 인간관계에 대한 두려움도 그렇다. 내 생활이 간소한 것도 있지만 부모님 두 분 다 돌아가시고 결혼하지 않아 자녀가 없으니 부양가족이 없어 경제적 부담이 그렇게 크지 않다. 인간관계? 결혼한 친구들은 아이들이 다 자라서 떠나고 나니 십수 년간 공들인 게 허무하다고 느낀다는데 나는 처음부터 들인 공이 없으니 공허감이 있을 리 없다.

그리고 나는 믿고 의지하는 형제들 외에 모든 인간관계의 총량보다도 더 든든한 친구가 하나 있다. 나이 들면 느슨해진다는 모든 인간관계를 대신하고도 남을 그 친구 때문에 주위에 아무도 없으면 어쩌나 하는 두려움에서 나는 완전히 자유롭다. 그 친구가 언제나 내 곁에 있을 거라는 걸 믿어 의심치 않는다. 나도 물론 그렇게 할 거다. 단 하나 걱정이 있다면 그 친구가 나보다 먼저 죽으면 어쩌나 하는 거다. 그 친구는 수녀였으니 잘 견뎌내겠지만 나는 그녀를 잃은 슬픔을 감당할 자신이 없다.

이렇게 말한다고 해서 나는 나이 드는 것이 정말 하나도 두렵지 않다는 말인가? 그럴 리가 있나. 나도 사람인데. 내가 정말로 무섭고 두려워하는 것이 있으니, 그건 바로 후지게 나이 먹는 것이다. 내가 절대로 저렇게 늙지는 말아야지 하는 모습에는 두 가지가 있다. 첫 번째는 '내가 왕년에는'을 말머리 삼아 옛날 이야기를 하고 또 하는 사람, 자기 생각과 경험이 세상 전부이고 진리라고 믿는 사람이다. 나이 들수록 자신보다 더 많은 경험을 하는 사람이 점점 줄어드니까 어찌 보면 자연스러운 일이지만 자기 경험이 세상에서 유일한 것인 양 절대화, 일반화하는 것은 정말 들어줄 수가 없다. 나는 특별히 이 점을 조심하지 않으면 안 된다. 왜냐하면 세계 오지 여행과 긴급구호 활동 자체가 매우 특별하고도 드문 경험이므로 그 것을 절대화하거나 일반화할 소지가 너무나 다분하기 때문이다.

또 하나는 자기 손에 있는 것을 쥐고만 있는 사람이다. 나이가 들면 들수록 움켜쥐고 베풀지 못하는 사람은 추하고 초라하여 딱해 보인다. 명색이 구호팀장이었는데, 그렇게 나이 들면 절대로 안 된다. 그래서 난 '주자학파'가 될 생각이다. 내가 가진 경험이든 돈이든 시간이든 에너지든 기꺼이, 아낌없이 나눠 '주자'는 주자학파! 내가 생각해도 멋진 이름이다. 이 일을 어떻게 즐겁게 할 것인지는 좀 더 고민해볼 작정이다.

닮지 말아야 할 이 두 가지 모습을 늘 염두에 두면서 내 식으로 나이를 먹고 싶다. 죽을 때까지 뭔가를 배우고 끊임없이 하고 싶은 일의 목록을 업데이트 하며 살고 싶다. 마지막 순간까지 성장을 멈추지 않는 바람의 할머니가 되고 싶다. 목록 업데이트 이야기가 나와서 하는 말인데, 사실 아까 산 이야기 할 때 사람들이 웃을까 봐 차마 대놓고 말하지 못한 산에 대한 로망이 하나 더 있다. 웃지 마시길. 그건 록클라이밍이다. 텔레비전에서 스포츠용품 광고로 오버행잉 고난도 록클라이밍 장면이 나오면 입을 딱 벌리고 텔레비전 안으로 들어갈 듯 바짝 다가앉게 된다. 숨 막히게 아름다운 장면이다. 나도 광고 속의 그들처럼 자유자재로 거대한 돌산을 오르내리고 싶다. 얼마나 연습하면 그렇게 될까. 힘은 들겠지만 무릎도 좀 아프겠지만 이거, 꼭 하고 싶다. 비슷하게라도 하고 싶다. 아니, 흉내라도 내고 싶다.

일본의 소노 아야코라는 사람은 삼십대에 '이렇게 나이 먹지 말자'는 내용으로 《계로록(戒老錄)》을 써서 공전의 베스트셀러이자 최장기 스테디셀러를 기록했다. 그런데 그가 하는 말이 자기가 칠십대에 이르러 살펴보니 어느새 자신이 그 책에서 그토록 경계한 노인의 모습이 되어가고 있더란다. 삼십대부터 그렇게 되지 않으려고 노력하고 책이 널리 읽히는 바람에 보이지 않는 시선의 감시까지 받은 사람도 이렇다는데, 나 같은 사람은 말해 무엇하랴. 그러니 이렇게 하고 싶은 일을 정기적으로 업데이트 하면서 나이가 잘 들어가고 있는지도 함께 점검해봐야 한다. 이런 일을 효과적으로 하려면 이번처럼 가상 시한부 인생을 살아보는 게 딱인데……. 그 의사에게 특청을 넣어볼까? 이번처럼 가끔씩 나를 긴장시키고 겁먹게 해달라고. 그때마다 사인 한 장씩은 군말 없이 해드리겠다고.

두 얼굴의 한비야

'이제는 멋을 좀 부려야겠다.'

4년 전 아프리카 출장을 다녀오는 비행기 안에서 굳게 다짐했다. 옷도 제대로 차려입고 몸매 만들기에 좋다는 운동도 하고 피부에도 신경을 써야겠다. 서울에 가자마자 당장 시작해야지. 우선은 멋쟁이 친구들에게 SOS를 보내야겠다. 이 친구들 깜짝 놀라겠지? 자기들이 수십 년간 그렇게 잔소리할 땐 눈 하나 꿈쩍 않더니 이제 와서 도대체 무슨 일이냐고.

무슨 일이냐고? 그건 순전히 월드비전 친선 대사인 탤런트 김혜자 선생님 때문이다. 사연인즉 이렇다. 선생님과 서아프리카의 시에라리온에 갔을 때의 일이다. 나는 이분을 '혜자마마'라고 부르는데 누군가 옆에서 끊임없이 돌봐주어야 하는 '마마'이기 때문이다. 국민 엄마라는 이미지는 솔직히 뻥이다. 이분은 하늘에서 내려온

지 얼마 안 된 천사이기 때문에 말할 수 없이 순수하지만 지상의 일에는 무척 서툴다. 공항에서 여권과 짐을 챙기는 일은 물론 국제전화까지 걸어드려야 한다. 아침식사로는 과일 주스를 챙겨드리고(특히 사과 주스) 오후에는 달콤한 커피 한 잔을 대령해야 한다. 목적지에 도착해서 시차 적응을 못 해 졸리면 그 나라 대통령이 기다린다고 해도 일단 한숨 자고 나서 만나야 한다.

그러나 도시를 벗어나 막상 구호 현장에만 가면 완전히 딴 사람으로 변신하여 거친 잠자리와 먹을거리를 군말 한마디 없이 참아낸다. 아프가니스탄에서 아슬아슬한 산길을 열 시간 넘게 요동치며 갈 때도, 몹시 춥고 온갖 벌레들이 나오는 방을 며칠 동안 여덟 명의 직원들과 함께 쓰면서도 힘들다, 춥다, 며칠 세수를 못 해 찝찝하다는 소리를 단 한 번도 한 적이 없다. 대신 현지 직원들에게 당신들이 애쓴다, 당신들이 천사다,라는 얘기만 할 뿐이다. 솔직히 무엄하게도 처음엔 이런 행동이 진심일까 연기일까 의심했다. 그러나 9년을 같이 일하면서 김혜자 선생님은 유명한 배우이기 이전에 세상의 아이들을 진심으로 사랑하는 아름다운 사람이라는 걸 알게 되었다. 그래서 지금은 내가 혜자마마의 무수리라는 사실이 즐겁기만 하다.

각설하고, 비행기를 서너 번 갈아타고 한국을 떠난 지 40시간 만에 우리 일행은 모두 녹초가 되어 시에라리온의 수도 프리타운에 도착했다. 그날 저녁은 푹 쉬고 싶었지만 이미 현지 월드비전 회장과 그가 초대한 정부 고위 관리들과 만나기로 되어 있었다. 약속 시간이 한 시간밖에 남지 않았기 때문에 나는 현지 직원들과 차를 마시면서 시간을 죽이고 있었다.

혜자마마는 그사이에 샤워를 한 후 하얀 원피스를 곱게 입고 은은한 장미향을 풍기며 나타났는데 옷도 갈아입지 않고 앉아 있는 날 보고 좀 놀라신 것 같았다. 순간 아차, 했지만 의전용 치장을 하기에는 이미 너무 늦어버렸다.

저녁식사를 마치고 숙소로 돌아와 샤워를 하고는 베란다에서 머리를 말리고 있는데 무슨 할 말이 있는 듯 혜자마마가 내 옆에 슬그머니 앉았다.

"시차 때문에 못 주무시는 거죠? 따끈한 우유 한 잔 드릴까요?"

"이 밤에 우유는……. 근데 비야 씨 지금부터 내가 하는 말 기분 나쁘게 듣지 마. 전부터 꼭 하고 싶었던 얘기가 있거든."

"말씀하세요. 혜자마마와 나 사이에 기분 나쁘고 말고 할 일이 있겠어요?"

혜자마마는 그 큰 눈을 깜빡이더니 큰 결심을 하신 듯 숨을 크게 한 번 쉬고 나서 이렇게 말했다,

"비야 씨는 외모에 너무 신경을 안 쓰는데 그러면 안 돼요. 자기랑 나는 사람들에게 언제나 가슴 아픈 얘기를 해야 하잖아요? 전하는 얘기가 힘들고 어려울수록 전달하는 사람은 매력적이어야 해요. 도와달라고 말하는 사람이 매력적이면 더 많은 도움을 받을 수 있

다는 사실, 절대 잊지 말아야 해요."

갑자기 얼굴이 화끈거렸다. 그날 저녁 땀 냄새 풀풀 나는 조끼를 입고 우리 사업에 결정적인 영향을 줄 수 있는 고위 관리를 만난 것은 분명 내 불찰이었다. 그러나 구호팀장은 원피스보다 조끼가, 향수 냄새보다 땀 냄새가 더 어울리는 거 아닌가? 이런 내 마음을 읽으셨는지 혜자마마는 이렇게 말을 이었다.

"나는 배우니까 현장에서도 카메라 앞에서만은 배우여야 해요. 여기 참혹한 학살의 현장에서도 하얀 원피스를 입을 거예요. 하얀 옷이 비참한 현장과 극적인 대비가 될뿐더러 내 얼굴이 훨씬 예쁘게 나오니까."

뜨끔했다. 역시 마마다운 이야기다.

"비야 씨한테 하얀 원피스를 입으라는 건 아니죠. 그러나 이제 자기도 두 얼굴이 있어야 해요. 현장에서 도와줄 때의 얼굴과 현장 밖에서 도와달라고 할 때의 얼굴 말이죠. 두 번째 얼굴은 매력적일수록 좋아요. 여성의 매력을 그런 데 쓰는 건 절대 부끄러운 일이 아니에요. 비야 씨는 이미 충분히 여자답고 매력적인데도 의도적으로 그걸 감추는 것 같아요. 나는 그게 늘 안타까워요. 조금만 멋을 부리면 얼마나 좋을까?"

말해놓고는 좀 미안했는지 혜자마마는 내 손을 가만히 잡았다.

"알겠습니다. 말씀 고마워요. 곰곰이 생각해볼게요."

그날 밤 시차와 늦게 마신 커피 때문에 잠이 오지 않아 그분의 말을 정말로 곰곰이 생각해보았다.

선머슴, 말괄량이, 바람의 딸, 여장부, 여전사……. 이런 별명처럼 나는 멋내기와는 거리가 멀어도 아주 먼 사람이었다. 어렸을 때는 두 살 아래 남동생의 친구들과 어울려 전쟁놀이나 땅따먹기만 했고 차림도 언제나 짧은 머리에 반바지였다. 우리 부모님은 이런 나를 말릴 생각이 없으셨던 모양이다. 덕분에 나는 유년시절 인형놀이를 한 기억도 없고 예쁜 원피스를 입거나 머리를 길러본 적도 없다. 어릴 때부터 '씩씩하다', '용감하다', '딸인데도 아들 같다'는 말에 익숙해 오히려 '여자답다'는 표현이 어색할 지경이었다.

초등학교에 들어가면서 집 밖의 세상은 집 안의 세상과 사뭇 다르다는 것을 알게 되었다. 5학년 땐가 반장 선거에서 내 표가 훨씬 많이 나왔는데도 담임선생님이 세상에 여자 대통령이 없는 것처럼 반장은 남자가, 부반장은 여자가 하는 거라고 했을 때 확실히 알았다(담임선생님도 여자였다!!!). 남학생하고 노는 것도 흉이요, 질문 많이 하는 것도 흉이요, 심지어 서울시장 배 웅변대회에 나가서 상을 받아 와도 여자답지 못하게 웅변 같은 걸 잘해 뭐하느냐는 소리를 들었다. 다행히 집에 가면 한껏 기를 살려주시는 부모님 덕분에 이런 차별이 상처나 피해 의식이 되지는 않았지만 한 가지는 분명히 깨달았다. 사람들에게 잘 보이려면 여자다워야 한다는 것을. 그러나 나는 계속 여자답지 않게 살았다. 그게 그냥 편하고 좋았다.

여중, 여고 시절에는 '귀밑 1센티' 단발머리인 교칙에서 조금만 벗어나도, 교복 치마나 윗도리의 길이가 조금만 짧아도 교무실로 불려가 호되게 혼나던 때였다. 그러니 내가 무슨 영화를 보겠다고 멋을 부렸겠는가. 모진 억압에도 불구하고 어떻게든 멋을 부려보려는 친구들의 투혼이 가상하기만 했다.

외모에 가장 민감한 대학 시절에도 나는 제대로 멋을 내지 못했다. 시대적인 배경(?)도 한몫 거들었다. 내가 이십대였던 80년대의 대학 안팎은 민주화 열기로 뜨거웠는데, 여학생들이 멋 부리는 것을 탐탁지 않게 여겼을 뿐만 아니라 준엄한 시대정신을 거스르는 무뇌인이라는 시선을 보내곤 했다. 믿을 수 없겠지만 그땐 그랬다! 나는 이런 시대적 분위기에 적극 동조, 1년 열두 달 선머슴처럼 청바지에 티셔츠만 입고 다녔다.

딱 3년, 태어나서 처음이자 마지막으로 원 없이 멋을 부렸던 시기가 있었다. 미국 유학 후에 한국에 돌아와 국제홍보회사에 다닐 때였다. 그 회사는 실력도 최고, 차려입는 것도 최고, 월급도 최고, 뭐든 최고를 추구했다. 덕분에 이미 너무나 멋지고 세련된 직원들이 경쟁을 하듯이 멋을 냈고 나도 내키거나 재미있진 않지만 멋 내는 것도 일의 일부라고 생각하며 나름 열심히 노력했다.

그러다 세계 일주 길에 오르면서 화려했던 시절도 막을 내렸다. 배낭여행 중에는 무조건 간단한 스타일이 최고다. 머리는 질끈 뒤로 동여매고 옷은 바지든 티셔츠든 자주 빨지 않아도 되는 검은색 계통으로만 입었다. 더운 나라를 여행할 때는 끈적거리는 선크림

대신 소주 같은 증류주에 레몬을 썰어 넣어 화장수로 만들어 썼고, 추운 나라에서 얼굴이 갈라질 정도로 당기면 유분이 잔뜩 든 핸드 크림을 얼굴에 바르고 다녔다. 그러고 다니면서 피부를 다 버린 것 같다. 그때 혜자마마처럼 그러면 안 된다고 말해주는 사람이 왜 하나도 없었을까? 하기야 해준다고 귀에 들리지도 않았겠지만.

그 후 사십대의 대부분을 구호 현장에서 지내다 보니 대충 하고 살았다. 현장에서의 내 '공식 복장'은 챙 모자에 주머니 많은 조끼, 짙은 색 바지에 등산화다. 솔직히 나는 오랫동안 구호는 남성적인 일이라고 여겼고, 현장에서는 거칠게 보이면 보일수록 전문가 냄새가 난다고 생각했다. 허나 그날 혜자마마가 말했던 겉으로 드러나는 여성스러움까지는 미처 몰랐어도 구호 활동에 남성적인 요소와 여성적인 요소가 골고루 들어 있다는 사실은 언제부터인가 어렴풋이 깨닫고 있었다.

근육과 힘도 필요하지만 가슴으로 해야 하는 일도 분명히 있다. 이라크나 팔레스타인 전쟁터에서, 이란의 지진 현장에서 두려움에 떨고 있는 아이를 아무 말 없이 꼭 안아주어야 한다는 건 어느 구호 지침서에도 씌어 있지 않았다. 오직 내가 갖고 있는 여성이라는 유전자가 가르쳐주었을 뿐. 아프리카 대기근의 현장에서, 아시아 쓰나미 현장에서 엄청난 고통을 견디고 있는 사람들과 함께 가슴 아파하고 함께 힘든 고비를 넘어가 주는 일은 내가 여자이기 때문에 더 잘할 수 있었다고 생각한다.

초긴장 상태의 현장에서 명령과 독재가 아니라 대화와 합의를 통한 '부드러운 리더십'을 펼 수 있었던 것이나 구호 현장에서 돌아와 우리나라 사람들에게 아이들이 죽어가고 있다고, 제발 이 아이들을 살려달라고 눈물어린 호소를 할 때도 내가 여자라서 좀 더 설득력이 있지 않았을까?

이제야 나는 나의 여성성을 제대로 찾아가는 것 같다. 아이러니하게도 긴급구호라는, 세상에서 제일 거친 일을 통해서 말이다. 더불어 깨닫게 되었다. 내가 대한민국 국민의 유전자를 가지고 있는 것처럼 여자로 태어났으니 여성성을 지닌 것은 너무나 당연한데, 그걸 애써 외면하는 건 누구에게도 좋은 일이 아니었을 뿐만 아니라 어리석기까지 한 일이었음을.

도대체 나는 왜 여태껏 그렇게 생각했던 걸까. 아마 내 주위에는 물론 우리 사회 전반에 여성성을 긍정하면서 자신의 능력을 발휘하는 역할 모델이 없었다는 게 커다란 이유인 것 같다. 예전의 여성 지도자들이나 정치인들은 자신은 외모에 무관심하다는 것을 과시라도 하는 듯한 옷을 입거나 아예 남장을 하기도 했다. 그런 현실을 보면서 한국에서 여자가 자기 목소리를 내려면 저렇게 외모에 소홀하거나 여성성을 부정해야 한다고 지레짐작했던 건 아닐까.

역할 모델 이야기를 쓰다 보니 갑자기 걱정이 된다. 혹시 요즘 여학생들이 나를 보고 국제구호를 하려면 나처럼 결혼도 안 하고 여전사처럼 살아야 한다고 생각하는 건 아닐까 하고. 절대 그렇게 생각하지 않았으면 좋겠다. 얼마 전 한 모임에서 만난 여학생이 자기는 남자친구가 있는데, 나를 보니 이 일을 하려면 결혼하면 안 될 것 같아 망설인다고 했다. 다시 한 번 말한다. 정말 그렇지 않다. 나는 독신주의자가 아니라 아직 임자를 못 만났을 뿐이다. 지금도 열심히 찾고 있고 꼭 찾았으면 좋겠다.

혜자마마의 말이 백번 옳았다. 나는 조금 더 외모에 신경을 써야 하고 조금 더 매력적인 여자가 되어야 한다. 한 여인으로서도, 구호팀 팀장으로서도. 그날 마마의 따끔한 충고처럼 나는 두 얼굴의 여자가 되어야 한다. 터프한 구호팀장의 얼굴과 사랑스런 여인의 얼굴, 이 두 얼굴을 모두 가지고 있어야 한다. 솔직히 첫 번째 얼굴은 익숙하지만 두 번째 얼굴은 낯설고 어색하다. 그러나 용기를 내어 도전해보기로 했다. 진작에 이랬다면 얼마나 좋았을까. 이렇게 늦게야 깨달은 것이 안타깝지만 그래도 다행이다.

이미 한창때도 다 지났는데 이제 와서 멋을 부린다고 뭐가 크게 달라지겠느냐는 사람도 있겠지만 내 생각은 다르다. 산에 가보라. 봄 산의 풋풋함, 여름 산의 풍요로움도 멋있지만 가을 산의 농염한 아름다움도 눈부시지 않은가? 가을 산처럼 나도 나의 오십대를 매력적인 여인의 향기로 채워보려고 한다. 옛날부터 강조하던 전문가로서의 실력, 온화한 표정, 부드러운 카리스마 같은 소프트웨어와 함께 성의가 느껴지는 옷차림, 피부, 몸매를 갖추도록 애쓸 생각이다. 내 소비성향을 생각하면 절대로 보석이나 명품 등으로 치장하는 일은 없겠지만 나에게 어울리는 연꽃향 향수를 산다든지, 다리가 튼튼해지는 체력 운동과 함께 군살이 붙지 않고 허리도 날씬해지는 미용 체조도 게을리하지 않겠다.

요즘도 혜자마마 만나기 전날은 살짝 긴장이 되어 자기 전에 영양 크림도 듬뿍 바르고 다음 날 입을 옷도 정성스레 고른다. 혜자마마는 당신이 아프리카에서 해준 따끔한 충고 때문에 내가 이렇게 '여전사'에서 '여인'으로 변해가고 있다는 건 꿈에도 모르실 거다. 5년 후 내가 어떤 모습의 여인으로 변해 있을지 나도 몹시 궁금하다. 기대된다.

첫사랑
이야기

　지난 금요일 대학교 은사이신 김정숙 교수님의 정년 퇴임식에 갔다가 핵폭탄을 맞았다. 그 사람을 만난 것이다. 한때 내가 무작정 좋아했던 사람, 나에게 실연의 아픔을 주었던 사람, 그래서 너무나 미웠던 사람, 그러나 동시에 미워할 수 없었던 사람, 내 첫사랑인 그 사람을 아무런 마음의 준비도 없이 덜컥, 만나게 된 것이다.

　그와 나는 대학교 2, 3학년 1년 반 동안 같은 학과 같은 학번 캠퍼스 커플이었다. 헤어진 남자친구와 교실에서 도서관에서 엘리베이터에서 수시로 마주칠 수밖에 없었던 그때의 괴로움을 누가 알까? 겉으로는 아무렇지도 않은 척했지만 그가 보일 때마다 상처에 소금을 뿌린 듯이 괴로웠다. 3학년과 4학년에 영어 연극과 학과 공부에, 그리고 성당 일에 몰두한 것도 그 괴로움을 이기기 위한 자구책이었을 것이다. 더 이상 그를 보지 않아도 되는 날을 얼마나 기다렸던지.

1986년 봄, 졸업식 날 마지막으로 보았으니 도대체 이게 몇 년 만인가. 1987년 미국 유학을 가기 직전에 걸려온 그의 전화를 매정하게 끊는 것으로 우리의 인연은 완전히 끝난 줄 알았다. 그러고는 그동안 까맣게 잊고 살았다. 머릿속에서, 가슴속에서 그를 완전히 지웠다고 생각했다. 그런데 지난 금요일 알았다. 그게 아니었다는 것을.

솔직히 그날 그 자리에서 그를 만날 줄은 몰랐다. 아니 그 사람도 올 수 있다는 것을 미처 생각하지 못했다. 강당에서 기념식이 시작되기 직전 그와 친한 동창이 오늘 그도 올 거라고 귀띔을 해주었다. 순간 가슴이 철렁 내려앉았다.

정말 마주치면 어쩌지, 20년도 더 지난 일로 새초롬할 수도 없고 그렇다고 아무 일 없었던 양 태연한 척할 수도 없으니 말이다. 이런 내 마음과는 달리 막상 20년 만에 그와 처음 눈이 마주치는 순간, 말할 수 없이 반가웠다. 볼일이 있어 잠깐 강당 밖에 나갔다가 다시 내 자리로 돌아오려던 길에 앞줄에 앉아 있던 그가 한눈에 확 들어왔다. 아니 그 줄에는 그 사람만 앉아 있는 것 같았다. 당황스럽고 어색했지만 자연스럽게 보이려고 그 사람 옆 빈자리에 앉아 "반가워!"라고 말했다. 그도 "오랜만이다"라고 대답했다. 그러고는 우리 사이에 흘렀던 몇십 초간의 침묵. 그 침묵에 가슴이 터질 것 같아 원래 내 자리로 옮겨 앉았다. 기념식이 시작되기 직전에 도착한 과 동창들은 멀리 떨어져 앉은 우리를 번갈아 쳐다보면서 의아해했다.

기념식이 한창 진행되고 있는데 이게 웬일인가. 기념식에 축사를 하러 오신 대학원 원장님이 도중에 내 책 《바람의 딸, 걸어서 지구 세 바퀴 반》 3권 중 김정숙 선생님과의 아름다운 인연에 관해 쓴 부분을 프린트해 오셨다면서 이왕이면 저자가 직접 읽어달라고 부탁하셨다. 하필이면 그 글 속에 "김정숙 선생님은 캠퍼스 커플이던 내가 실연했을 때 가장 따뜻하게 쓰린 마음을 어루만져주셨다"라는 구절이 있었다. 그 부분을 읽다가 약간 민망해져서 나도 모르게 "아, 그 당사자가 여기 와 있는데 큰일났네요"라고 했더니 강당 앞줄에 앉아 있던 우리 학번 친구들이 박장대소하며 일제히 폭소를 터뜨렸고 김정숙 선생님도 웃음을 감추지 못했다.

오히려 그런 해프닝 덕분에 내 마음과 행동이 자연스럽게 풀린 것 같다. 기념식이 끝나고 강당을 나가면서 그 사람 곁으로 다가갔다. 훨씬 앞줄에 있던 그도 먼저 나가지 않고 나를 기다리고 있었다. 누가 먼저라고 할 것도 없이 우리는 손을 잡았다. 캠퍼스 커플때 늘 그랬던 것처럼. 동창과 후배가 그리고 선생님들이 우리를 보고 있다는 건 아무런 문제도 되지 않았다. 내가 먼저 물었다.

"결혼했다는 얘기 들었어."

"언제 적 얘기를……."

"다정한 사람 만났어?"

"응."

"아이는?"

"딸 하나 아들 하나. 고 3, 중 3. 아이들이 네 책 읽고 널 참 좋아하더라."

"그래? 다행이다. 반가워."

"반갑다."

"네가 나온 텔레비전 방송 많이 봤어. 볼 때마다 반갑더라."

"어떤 프로그램? 예쁘게 나오는 걸 봤어야 하는데……."

"다 예쁘게 나왔어."

여기까지 얘기하고는 동창, 후배들과 섞여 떠들썩하게 저녁을 먹는 바람에 바로 앞자리에 앉은 그와는 더 이상 제대로 얘기를 나눌 수가 없었다. 식사 후 자리를 옮겨 우리 학번만 따로 교수님을 모시고 조촐한 뒤풀이 자리를 갖기로 했다. 학교 앞 생맥주 집으로 가는 길, 갑자기 추워진 날씨 때문인지 따끈하고 달콤한 커피가 마시고 싶어졌다.

"어디 자판기 없나?"

"커피 마시고 싶어?"

내가 길거리를 걷다가 이렇게 시도 때도 없이 따끈한 커피를 찾는다는 걸 그는 잘 알고 있었다. 그가 얼른 근처 편의점에 들어가서 커피 두 잔을 만들어왔다. 쌩큐! 마치 다시 20년 전 그때 그 시절로 돌아간 것처럼 우리는 깔깔거리며 바람 부는 거리를 가로질러 걸었다.

생맥주 집에 와서야 비로소 옆에 앉은 그의 얼굴을 자세히 볼 수 있었다. 멋지게 나이 든 모습이었다. 여전히 잘생긴 얼굴에는 적당히 연륜이 묻어났고 전에는 없었던 푸근함과 부드러움까지 풍기고 있었다. 가장 가까운 부인과 아이들의 사랑과 존경을 듬뿍 받고 있다는 게 한눈에 느껴졌다.

학창 시절의 우리 사이를 누구보다 잘 아시는 김정숙 선생님이 장난스럽게 물었다.

"그때 정말 비야가 이 친구한테 차인 거야?"

"네, 보기 좋게 뻥 차인 거라니까요."

"호호호. 홍대 명물 한비야가 차였다는 게 한때는 대단히 큰 뉴스였지. 그래, 그때 차인 기분이 어땠어?"

"하늘이 무너지는 것 같았어요."

그때 하늘이 무너지지는 않았지만 내 마음은 확실히 무너져내렸다. 헤어진 날부터 나흘 동안 지독한 몸살로 몸져누워 학교도 가지 못할 정도로. 이제 나는 이 말을 이렇게 농담처럼 할 수 있는데 그 사람은 그게 아직까지도 미안했나 보다. 갑자기 내 손을 잡고 놓질 않는다.

"어머, 다른 여자 사귀려고 날 미련 없이 떠날 때는 언제고 이제 와서 손을 잡으면 뭘 해?"

내가 손을 빼려고 하자 그가 손에 더욱 힘을 주며 꽉 잡더니 마치 도망가지 못하게 하려는 듯 아예 손깍지까지 끼며 가만히 말했다.

"네가 그렇게까지 아파할 줄은 몰랐어. 늘 씩씩했잖아. 나도 몹시 아팠는데 너는 그거 하나도 몰랐지?"

"……."

고백컨대 나에게 그때 그와의 사랑은 늘 장미와 같았다. 장미꽃과 같이 매혹적이고 화려한 추억도 있지만 생각할 때마다 실연이라는 가시에 찔려 아파했다. 남들이 부러워하는 캠퍼스 커플로 항상 같이 다니며 즐겁게 지내던 남자친구가 갑자기 다른 여자가 좋아졌다고, 이만 헤어지자고 하는 날벼락을 어떻게 순순히 받아들일 수 있었겠나? 겉으로는 마음이 떠난 사람을 내가 어떻게 하겠느냐고 쿨한 척했지만 속으로는 피를 철철 흘리고 있었다. 여태껏 나를 좋아한다는 말과 달콤한 눈빛은 모두 거짓이었단 말인가? 거짓이 아니라고 믿고 싶었지만 그렇게 쉽게 떠나는 걸 보면 거짓이었던 게 틀림없다고 생각했다. 그 생각이 바로 장미꽃의 가시가 된 거다. 건드리기만 하면 따끔하게 찔러 붉은 피를 내고야 마는.

그런데 그날에야 나는 어렴풋이 깨달았다. 그때 그 사랑은 가시처럼 아픈 추억이 아니라 아픈 만큼 소중한 시간이었는지도 모른다는 것을. 그도 할 수 있는 만큼 우리 사랑을 위해 최선의 최선을 다했으리라는 것을. 다만 그때 우리는 어렸고 서로의 감정을 충분히 헤아릴 만큼 성숙하지 못했던 거였다.

갑자기 내 마음이 봄눈 녹듯이 녹아내리는 것 같았다. 내 손을 꽉 잡고 있는 손길에서 그 시절 그 사람의 진심이 전해지는 듯했다. 하기야 늘 동분서주 바쁘고 갖가지 이유로 교수님들과 학교의 주목을 받는 사람을 여자친구로 두었던 그도 항상 즐겁지만은 않았을 거다.

헤어지고 나서도 나름대로 할 말이 많았을 텐데 말을 하려고 할 때마다 나는 다른 여자를 만난다는 사실 하나만으로 그 사람을 바람둥이, 배신자로 내몰며 아무 얘기도 들으려 하지 않았다. 그러고는 급기야 그의 가슴에 이렇게 대못을 꽝, 박아버렸다.

"제발 날 모른 척해줘. 없는 사람이라고 생각해줘. 나도 이제부터 자기를 투명인간이라고 생각할 테니까."

그런 말들이 여린 그의 마음을 몹시 아프게 했을 거다. 왜 이런 걸 그때는 헤아리지 못했을까.

생맥주 집에서 일행들과 헤어져 그가 차를 세워둔 학교 정문으로 올라가며 내가 말했다.

"생각나? 어느 봄날 아침, 날씨가 너무 좋아서 학교 가다 말고 땡땡이치고 어디 놀러간 거."

"강촌이었어."

학교에 들어서니 그 시절 같이 오르내렸던 도서관 계단이 보이고 처음 사랑의 고백을 주고받았던 19층 타워 빌딩도 보였다. 신기했다. 이 사람하고 오니 일순간 학교 곳곳이 이런 예쁜 추억의 장소로 변한다는 것이. 주차장 가까이에서 그가 갑자기 내 눈을 정면으로 쳐다보며 말했다.

"미안하다. 그때 네 마음을 아프게 해서."

"……."

"실은 오늘 널 보러 온 거야. 오늘 정말 반가웠다. 잘 지내라."

"그래, 이제는 가끔 보면서 지내야지. 언제 또 보자."

가벼운 포옹을 마지막으로 20여 년 만의 짧은 만남은 끝났다. 지나가는 말처럼 이제 가끔 보자고 했지만 그래선 안 될 것 같다. 옛 추억을 더듬으며 좋았던 기억만을 떠올리는 지금이 더 좋을 것 같다. 앞으로 이 사람과는 더 이상 어떤 이야기도 만들지 않을 생각이다. 그게 내 자존심이고 첫사랑의 추억에 대한 예의다. 그래도 이번 만남을 통해 그를 바보같이 무작정 좋아했던 시절의 아름다움을, 그리고 그 아픔의 실체를 깨달을 수 있어서 너무나 다행이다. 전혀 예상치 못했던 선물이다. 사랑은 무엇인가를 이루어서가 아니라 사랑하였음으로 행복하다는 말, 그런 성숙한 어른들의 사랑을 이제야 알 것 같다.

그다음 날 서울을 떠나 남아프리카 스와질랜드로 출장을 갔다. 현지 직원들과 중요한 사업 모니터링을 하면서도 머릿속은 온통 그 사람 생각뿐이었다. 일을 하면서도 그날 주고받았던 말과 눈빛을 일일이 복기하며 즐거워했다. 아마 한동안 그럴 것 같다. 참 신기하다. 그 오랜 세월 동안 건드리기만 해도 아팠던 장미 가시 같은 실연의 기억이 이제는 건드릴 때마다 은은한 향기를 내는 사랑의 추억이라는 향주머니가 되다니. 우리가 20년 전에 주고받았던 건 분명, 예쁜 사랑이었다.

가시를 향주머니로 변하게 하는 게 어디 내 첫사랑뿐이랴.

지금
'당신의 라면 한 봉지'는?

우리 동네 버스 정류장 앞, 허름한 떡 가게에는 언제나 웃음꽃이 피어난다. 떡집 할머니 때문이다. 탤런트 강부자님과 무척 닮은 할머니는 날마다 앞이 트인 가게 창밖으로 지나가는 동네 사람들에게 먼저 아는 척을 하면서 뭐라도 한 가지씩 칭찬을 해준다. 옷이 정말 잘 어울린다, 얼굴이 환해 보인다, 중년 내외가 그렇게 나란히 걸으니 신혼부부 같다 등등. 덕분에 이 동네 사람들은 떡 가게 앞을 지나가기만 해도 기분이 좋아진다. 나 역시 할머니한테 오늘 머리 모양이 예쁘다, 걸음걸이가 씩씩하다 등 '그날의 칭찬'을 받으면 괜히 하루 종일 머리 스타일에 자신이 생기고 허리를 곧추세워 걸음을 더욱 씩씩하게 걷게 된다.

그런데 그 할머니는 사람만 칭찬하는 게 아니다. 어쩌다 한 번씩 가게에 들어가면 이 떡은 이래서 맛있고 저 떡은 저래서 맛있다며 떡이 마치 자식인 양 자랑하느라 정신없고, 심지어 가게 앞 은행나무까지 저 나무는 해마다 은행도 풍성히 열리고 낙엽 색깔도 특별히 예쁘다고 칭찬하신다. 한번은 내가 할머니 피부가 참 곱다고 칭찬해드렸더니, 평생 길에서 떡 장사 하느라 고생은 했지만 덕분에 수십 년간 떡시루 김을 쐬어 이렇게 됐다며 나이 먹어도 곱다는 말을 들으니 기분 좋다고 하신다.

"할머니가 칭찬해줄 때 우리도 그렇게 기분 좋아요."

내 말에 활짝 웃으며 할머니는 이렇게 대답하셨다.

"글쎄. 나는 뭐를 봐도 칭찬할 게 먼저 눈에 들어오네."

참 신기하다. 한글을 못 깨우쳐 가게 장부를 손수 만든 상형문자(?)로 정리하신다는 할머니가 '상대방의 장점을 한눈에 찾아내고 그것을 극대화한다'는 홍보학의 기본을 어떻게 아셨을까? 아무튼 할머니가 무심코 던지는 칭찬 한마디가 나를 비롯한 많은 사람의 하루를 얼마나 즐겁게 하는지 정작 할머니는 모르실 거다. 칭찬은 칭찬을 낳는다더니 할머니 덕분에 나는 일상생활에서 작은 칭찬을 주고받는 즐거움을 한껏 누리고 있다.

생각해보면 나는 어렸을 때 칭찬을 많이 받고 자랐다. 잘나서가 아니라 언니 둘이 모두 '공주'인 덕분에 '선머슴'인 내가 집안 심부름을 도맡아 했기 때문이다. 우리 엄마, 아버지는 나한테 계속 심부름을 시켜야 하니 참 잘한다, 우리 셋째가 최고다 했을 테고 동네 가게 어른들은 꼬마가 왔다 갔다 하니 착하다, 똘똘하다 하셨던 거였다. 더욱이 그때는 전화가 아주 귀했는데 아버지가 신문기자여서 동네에 한 대뿐인 전화가 우리 집에 있었다. 당연히 누구네 며느리 아이 낳았다, 누구네 아버님 돌아가셨다 등등 급한 전화는 다 우리 집으로 왔고, 나는 온 동네를 다니면서 그 전화 통지 심부름을 했다 (이게 나의 첫 번째 NGO 활동이었다!). 그 덕에 동네에서 '우물 앞 집 셋째 딸'을 모르는 사람이 없었고 어른들은 나만 보면 반가워하시며 뭐라도 주려고 하셨다.

얼마 전 정신과 의사 친구에게 들었는데 어렸을 때 칭찬을 듬뿍 받고 자란 아이는 긍정적이고 적극적이며 자기의 뜻을 거침없이 펼 확률이 높다고 했다. 어릴 때 받은 칭찬 퍼레이드가 일정 부분 지금 의 나를 형성한 것이 분명하다. 그때는 언니들이 해야 할 심부름까 지 도맡는 게 억울하기도 했지만 덕분에 칭찬받는 유년기를 보낼 수 있었으니 인생 전체로 보면 백배 천배 득이 되는 일이요, '공주' 언니들에게 오히려 고마워할 일이다. 그러니까 이제 나도 떡집 할 머니처럼 칭찬을 많이 하면서 살아야겠다.

칭찬 효과를 연구하는 학자들에 따르면 칭찬을 받는 사람보다 하 는 사람의 행복 지수가 훨씬 높아진다고 하니 더욱 잘되었다. 칭찬 이란 본질적으로 다른 사람을 따뜻한 마음과 시선으로 보려는 태도 인데 이것이 바로 행복의 근원이자 동력이 된다고 한다. 사람들은 말한다. 내 마음이 조금만 더 편하고 행복의 조건을 어느 정도 갖춘 다면 누군들 그렇게 살고 싶지 않겠느냐고. 나 역시 남에게 좋은 소리만 하고 싶지만 지금 내가 처한 상황에서는 도저히 그렇게 안 된다고. 무슨 말인지는 잘 알겠다. 그리고 일정 부분 동의한다. 그러나 행복의 조건이 순전히 외부에서만 오는 걸까? 외부에서 그 조건이 오지 않으면 우리는 절대 행복해질 수 없는 걸까? 나는 아니라고 믿는다. 바깥에서 어떤 종류의 힘이 가해지든 그것을 내 안에서 긍정적인 에너지로 바꿔 스스로 행복의 조건으로 만들면 되는 거라고 믿는다. 이름 하여 마음속에 '행복 발전소'가 있으면 되는 것이다.

9년째 구호 일을 하면서 나는 절체절명의 상황에서도 희망의 끈을 놓지 않고 기어이 행복을 찾아내는 사람들을 무수히 보았다. 쓰나미 구호 때 한순간에 부모를 잃은 아이들이 난민촌 임시 천막 학교에서 종달새 같은 목소리로 구구단을 외우며 내일을 준비하는 것을 보면서 눈시울이 뜨거워졌다. 언제 끝날지 모르는 전쟁 중에도 이 전쟁이 끝나면 농사를 짓겠다며 씨앗을 항아리에 넣어 땅속에 묻고 고향을 떠나왔다는 아프가니스탄 농부들. 그들의 환한 얼굴을 대하면 농부들이 묻고 온 게 씨앗 항아리가 아니라 한줄기 희망인 것 같아 가슴이 뭉클했다.

쓰나미나 전쟁 같은 절박한 상황은 아니지만 도저히 그럴 수 없는 상황에서 귀신같이 행복할 이유를 찾아내는 사람들도 있다. 그에게만 가면 어떤 악조건도 희망과 행복으로 변하는 사람들. 베트남에서 만났던 꼬마 아이는 정규 학교에도 가지 못하고 길거리를 다니며 복권을 팔아 겨우 살아가면서도 자신은 거지처럼 구걸하지 않아도 되고 야간학교라도 다닐 수 있으니 참 행복하다고 했다. 그 아이 마음 속에는 어떤 어려움도 그 안에만 들어가면 행복으로 바뀌는 '행복 발전소'가 있는 게 확실하다. 이 행복 발전소를 돌리는 화력은 희망 과 칭찬인 것도 확실하다. 이렇게 보면 행복해지기란 그렇게 어려운 일만은 아닌 것 같다. 오늘 누굴 칭찬해줄까 궁리하고, 어떤 상황에 서도 작은 희망을 찾아보려 노력하는 것만으로도 행복 발전소는 가 동하기 시작할 테니까.

그러나 여러가지 이유로 행복 발전소를 갖기 어려운 사람도 있을 텐데 이들이 행복해지는 방법은 어디에도 없는 걸까? 난 있을 것 같다. 모두에게 맞는 방법인지는 모르지만, 적어도 내가 이렇게 해 보니 행복 감지 기능이 확실히 높아져 훨씬 쉽게 행복하다고 느꼈 으니 말이다.

남부 아프리카 짐바브웨에서 4개월간 파견 근무를 할 때다. 그곳 으로 떠나기 바로 전날까지 일이 밀려 출발하는 날 새벽에야 부랴 부랴 짐을 싸느라 한국 음식을 하나도 준비하질 못했다. 가져간 유 일한 한국 음식은 공항에서 산 튜브 고추장 한 박스. 그나마 현지 직 원들과 '신기한 케첩'을 나눠 먹느라 열흘도 되지 않아 동이 나버렸 다. 비 오는 날이면 보글보글 끓인 한국 라면이 어찌나 그리웠는지. 세계 일주 할 때는 몇 달도 괜찮더니 일이 고되어서 그런지 며칠 만 에 한국 음식 약발이 떨어져 제대로 힘을 쓸 수가 없었다. 몸에서 '매운 기'가 빠져서 그런 것 같았다. 견디다 못해 한국 사무실에

SOS를 쳤다. 매운 기가 떨어져서 도저히 일을 못 하겠으니 라면 한 개랑 둥굴레차 한 상자만 보내주면 안 되겠느냐고. 농담 반 진담 반 으로 던진 소리에 우리 팀원이 바로 답 메일을 보내왔다.

"먹고 싶은 것을 다른 서류와 함께 국제 특송으로 보내니 일주일 이면 받을 수 있을 거예요."

야호! 말만 들어도 힘이 절로 났다. 그날부터 현장에서 수천 명에 게 식량을 배분하는 일을 혀 빠지게 하면서도 곧 도착할 소포 생각 만 하면 힘이 불끈 솟았다.

그러기를 열흘. 느닷없이 세관에서 연락이 왔다. 도착한 소포에 동봉된 물건이 미화 90달러어치이므로 20달러의 관세를 물어야 한 다는 거다. 아니, 서류에 관세가 붙을 리는 없고, 라면 한 개랑 둥굴 레차 한 상자가 비싸봐야 5천 원, 그러니깐 5,6달러인데 무슨 관세 가 20달러란 말인가? 허나 길길이 뛰어봐야 나만 손해다. 울며 겨 자 먹기로 20달러를 낸 뒤에도 일주일이 훨씬 지나서야 소포가 내 손에 들어왔다. 아, 소포 상자 안에 얌전히 들어앉은 낯익은 빨간 라면 봉지! 이 라면 한 봉지를 받으려고 국제 특송료 8만 원에 세금 2만 원, 무려 10만 원을 지불했으니 귀하고도 귀한 라면이 아닐 수 없다. 원래는 받자마자 먹어 치우려고 했지만 막상 받고 보니 그 비 싼 라면을 그렇게 허무하게 없앨 수는 없었다. 그래서 침대 밑에 모 셔놓고 매일 보며 즐기다가 몹시 아픈 날이나 갑자기 너무나 한국 이 그리운 날에 먹기로 했다.

한국 음식과 더불어 제대로 가져오지 못한 것이 한국 책이다. 여섯 권을 챙겨왔는데 비행기 안에서 두 권을 읽고 나니 보름도 안 되어서 책이 뚝, 떨어졌다. 읽은 책을 읽고 또 읽어 외울 지경까지 되었기에 궁여지책으로 영어 책을 몇 권 샀는데 인쇄 상태가 조악해서 읽기가 어려웠다. 견디다 못해 이번엔 친구한테 SOS를 쳤다. 사람 살리는 셈 치고 한국 책 열 권만 보내달라고. 나중에 책값과 항공 소포값에 심부름값까지 톡톡히 쳐서 줄 거고, 읽은 책은 이곳 한국 교민회에 기증하고 갈 거니까 너도 간접적으로 좋은 일 하는 거라고.

친구가 즉시 보냈다는 책들은 한 달이 지날 때까지 감감무소식이었다. 대신 훨씬 나중에 부탁한 책 다섯 권이 옆 나라로 출장 온 우리 직원 손에 들려 도착했다. 책을 받자마자 그날로 밤을 새며 한 권을 뚝딱, 다 읽었다. 영어 책을 읽다가 한국말로 된 책을 읽으니 어찌나 술술 읽히는지 속이 다 시원했다. 그 책들은 내가 한국에 돌아올 때까지 침대 밑에 '10만 원짜리' 라면과 함께 당당히 놓여 있었다.

짐바브웨에서 가장 행복했던 순간을 꼽는다면 구호팀장으로서는 식량이 절실하게 필요했던 수만 명에게 먹을 것을 전했을 때지만, 인간 한비야로서는 어느 비 오는 저녁, 하루 종일 쥐어짜는 듯한 복통에 시달리고 나서 드디어 고이 모셔두었던 한국 라면을 끓여 먹었던 그 순간이다.

지금 이 글을 쓰면서도 그때의 행복감이 고스란히 밀려온다. 신기하지 않은가? 겨우 한국 라면 한 봉지, 한국 책 한 권이 나를 그렇게 행복하게 만들 수 있다는 것이. 나는 앞으로도 계속 짐바브웨에서처럼 거창하거나 특별한 게 아니라 매우 사소하고 일상적인 것에서 행복을 느끼고 싶다. 그렇게 할 수만 있다면 행복해지기는 누워서 떡 먹기다. 지금 '내 라면 한 봉지'가 무엇인가를 알기만 하면 되니까. 여러분도 한번 생각해보시길. 지금 이 순간 여러분을 행복하게 만드는 '라면 한 봉지'는 무엇인가?

내 안에 무엇이 들어와도 행복으로 바꿔주는 '행복 발전소', 그리고 일상의 사소한 일들을 행복으로 느끼게 하는 '행복 센서', 이 두 가지를 마음속에 두는 것은 생각보다 쉬운 일이다. 우리 동네 떡집 할머니의 작은 칭찬, 베트남 복권 파는 아이의 씩씩한 희망, 그리고 짐바브웨의 라면 한 봉지 같은 사소한 행복을 찾아내는 것이다. 이 정도는 누구라도 할 수 있을 것 같지 않은가? 그것도 아주 가뿐하게!

내가 날개를 발견한 순간

가끔은
조용한 응원을

아, 도대체 무슨 일인지 모르겠다. 매사가 시큰둥하고 귀찮기만 하다. 벌써 몇 주째다. 우선 안부 전화를 하기도 싫고, 받기도 귀찮다. 반가운 사람에게 전화가 와도 평소처럼 외마디 환호성을 지르기는커녕 이미 여러 사람에게 말한 내 근황을 또 반복해서 말하는 게 지겹기만 하다. 사람 만나는 것도 귀찮아졌다. 이미 해놓은 약속이야 어쩔 수 없지만 새 약속을 만들지 않으려고 지인들에게는 회사 일 핑계, 사무실 직원들에게는 집안일 핑계를 대며 요리조리 피하고 있다. 누가 뭘 물어봐도 화난 사람처럼 짧게 단답형으로 대답하고 급한 일도 될수록 뒤로 미루게 되고 오후가 되면 괜히 힘이 쭉 빠지면서 빨리 집에 가고 싶다.

집에서도 마찬가지다. 오자마자 휴대폰과 집 전화를 꺼놓고 댄스곡을 들으며 스태퍼를 해도 시큰둥, 라벤다 향료를 듬뿍 넣고 반신

욕을 해도 시큰둥, 와인을 한 잔 마셔도 시큰둥, 장안의 지가(紙價)를 올리는 화제의 책을 읽어도 시큰둥, 무슨 일을 해도 신이 나지 않는다. 막내 조카 재혁이한테 전화 걸어 한바탕 수다라도 떨면 좀 괜찮아지려나.

아침에는 더 이상하다. 보통은 상쾌하게 벌떡 일어나는데 요즘은 오늘도 하루 종일 시달리겠지 생각하며 억지로 일어난다. 사무실에 가자마자 커피를 네 스푼 이상 넣은, 커피 죽에 가까운 진한 커피를 한 잔 마시지 않으면 정신이 나지도 않는다. 평소와는 달리 말수가 적으니 친한 동료들은 내게 무슨 대단한 고민이 생긴 줄 알고 걱정스레 묻는다. 글쎄, 나한테 무슨 일이 일어나고 있는지 나도 모르겠다니까.

이런 '시큰둥 모드' 때문일까? 요즘 내가 매우 예민해졌다. 평소라면 그냥 넘어갔을 일에도 짜증이 나고 마음이 상한다. 얼마 전 어떤 아저씨가 메일을 보내고는 답장 안 해준다고 생난리를 치는 통에 일주일 내내 시달렸다. 세계인 모두를 사랑하는 사람이 왜 자기만 무시하느냐면서. 이뿐인가. 저렴한 가격으로 남미 여행 일정을 짜달라며 수시로 전화하는 아줌마에, 나 때문에 부모님의 반대를 무릅쓰고 사회복지학과를 선택했으니 등록금을 내달라고 찾아온 남학생, 자신의 멘토를 인터뷰해 오라는 학교 과제에 응해달라며 집요하게 문자 메시지를 보내는 여대생에, 도저히 시간을 낼 수 없어 거절한 원고 청탁이나 강의 요청을 성사시키려고 막무가내로 사무실까지 쳐들어오는 사람들……. 나도 무슨 일이든 끝까지 해보자는 물귀신과이기 때문에 평소 같으면 이렇게 끈질기게 물고 늘어지는 사람들을 좋아한다. 그들 역시 자기가 해야 할 일을 열심히 할 뿐 의도적으로 나를 괴롭히려는 게 아니라는 걸 잘 아니까. 하지만 요즘 같은 내 감정 상태로는 이런 사람들을 대하기가 버겁기 짝이 없다.

사실 바깥 일은 잘되고 있다. 구호 현장 프로젝트들도 순조롭게 돌아가고 글도 잘 써지고 강의도 매번 잘된다. 몇 달 동안 공들인 월드비전 대규모 행사의 기업 협찬 건도 어제 텔레비전 생방송에 나가서 내가 한마디 거든 덕분에 잘 풀렸단다. 근데 겉만 좋으면 뭐 하나. 정작 마음속은 돌덩이가 들어 있는 듯 무겁고 답답한데. 깜깜한 터널을 희미한 손전등 하나에 의지하며 지나가는 것만 같은데.

아, 그러고 보니 내가 말한 증상들이 한동안 우울증에 시달리던 수녀 친구한테서 많이 듣던 소리다. 그럼 혹시 이게 정신적인 감기라는 우울증 증상? 남녀를 불문하고 일생에 한두 번은 걸린다는 그 독한 정신적 감기에 나도 딱 걸리고 만 것인가? 동병상련이라고 친구에게 전화해서 징징댔더니 그런 우울한 기분으로 평생 살아야 하는 사람도 있다며 이번 일을 통해 너와 기질이 다른 사람을 이해할 수 있게 되어 오히려 다행으로 생각하란다. 다행인가? 이 친구가 그렇다면 그런 거겠지만 나는 이 감정이 힘들고 낯설기만 하다. 이 것도 감기처럼 앓을 만큼 앓고는 싹 나아졌으면 좋겠다. 그나저나 나에게는 특이한 경험일 테니, 이번 기회에 감정의 변화를 잘 살펴서 자세하게 기록해놓아야겠다.

이렇게 기분이 바닥을 치고 있는데 설상가상으로 며칠 전부터는 말라리아 낌새까지 보인다. 얼마 전 아프리카에 다녀왔는데 말라리아 창궐 지역인 현장에서 모기에게 집중 공격을 당한 게 꺼림칙하다. 열이 펄펄 나고 온몸의 근육이 쑤시는 게 몸살이 난 것 같고 손발에 힘이 없고 목소리도 변했다. 어제 종합병원에 가서 피검사를 했으니 내일이면 결과가 나올 거다. 솔직히 차라리 말라리아에라도 걸렸으면 좋겠다. 한번 죽을 만큼 아프고 나면 이런 정신적 증상도 말라리아와 함께 말끔히 사라지지 않을까?

나의 이런 상태가 나 자신한테도 이상한데, 주위 사람들에게는 얼마나 낯설까. 내 책을 읽은 사람들은 난 만날 씩씩하고 즐거울 거라고 생각하는 것 같다. 나도 사람인데 그럴 리가 없다. 어느 때는 나도 왕창 얻어맞고 링 위에 쓰러져 있는 권투 선수가 된 기분이다. 이럴 때는 나도 누군가에게 '힘내라, 한비야!'라는 응원의 소리를 들었으면 좋겠다. 내 입으로 말하지 않아도 우리 식구들, 직장 동료들, 나랑 가까운 사람들이 요즘처럼 힘들 때 잠깐 나의 응원단장이 되어주면 좋겠다. 떠들썩하고 요란한 이벤트성 응원이 아니라 잔잔하고 조용한 응원으로 말이다.

나는 여고 시절 응원부원이었다. 국내 최강의 농구부가 있는 숭의여고에 다녔는데 그 덕에 농구 시즌이면 전교생이 장충체육관으로 응원을 가곤 했다. 1학년 때 담임선생님이 나더러 목소리도 크고 선동도 잘하니 응원부에 들라 하셨다. 응원부가 되면 응원 연습을 핑계로 방과 후 자습을 빼먹어도 될 것 같아 솔깃했다. 게다가 응원부는 학교의 자랑거리인 농구부와 자연스레 친하게 되고, 반찬 화려한 선수 식당에서 같이 점심을 먹기도 하고, 무엇보다도 전교생의 일사불란한 구호와 율동을 이끌어내며 모교의 우승에 일조한다는 자부심이 높았다.

응원부를 하면서 배웠다. 응원에는 이길 때 하는 응원과 질 때 하는 응원이 따로 있다는 것을. 이기고 있는 팀을 더욱 잘하도록 북돋워주는 일은 쉽다. 같이 응원해주는 사람도 많고 선수들도 승리의 기운으로 한껏 고양되어 있기 때문이다. 반면에 지고 있는 선수들을 응원하는 것은 훨씬 어렵다. 이때는 마음 깊은 곳에서 우러나는 진심과 섬세한 기술이 필요하다. 맥 빠진 관중들과 기죽은 선수들은 이기고 있을 때보다 두세 배로 열심히 구호와 율동을 해도 기운이 살아나지 않기 때문이다. 이런 경험을 통해 나는 이겨서 득의만만한 선수들을 북돋워주는 것도 중요하지만 경기에 져서 고개를 떨구고 벤치에 들어오는 선수에게 격려와 위로를 해주는 응원이 얼마나 중요한 가를 알게 되었다.

응원부가 된 지 몇 달 후의 일이었다. 승승장구하던 우리 학교가 전국 농구 대회 결승전에서는 초반부터 고전을 면치 못하며 밀리고 있었다. 워낙 큰 점수 차이로 지고 있었기 때문에 우리가 아무리 분위기를 띄워보려고 애를 써도 관중들의 호응이 시들했다. 경기가 끝나고 시합에서 진 우리 선수들이 마치 죄인처럼 고개를 푹 숙인 채 응원단 앞을 지나갔다. 나는 이 선수들이 그동안 얼마나 피나는 연습을 했는지 가까이서 보았기 때문에 그냥 흉내만 내는, 마지못해 치는 박수로 그들을 보낼 수가 없었다. 나는 응원단장도 아니고 확성기가 내 손에 있는 것도 아니라 마음대로 구호를 유도할 수 없었지만 나도 모르게 줄지어 나가는 선수들의 뒤통수에 대고 선수들 한 명 한 명의 이름을 부르며 관중들의 구호를 유도했다.

"잘했다, 정미라! 잘했다, 이춘희! 잘했다, 고영란!"

다행히 우리 응원석에서는 내 구호가 힘찬 메아리로 다시 돌아왔다. 그 일로 응원부 선배 언니들에게 1학년이 겁도 없이 마음대로 구호를 했다고 무지막지하게 혼났지만 그 일 덕분에 농구부원들에게는 '인간 확성기'라는 애칭을 얻었다. 그날 확성기도 없이 자신들 이름을 하나하나 부르는 내 생목소리가 장충체육관에 쩌렁쩌렁 울려 퍼져 깜짝 놀랐단다. 호호, 만날 목소리 크다고 지적만 당했는데 목소리 큰 게 이렇게 도움이 될 줄이야.

며칠 전에는 이런 일도 있었다. 글을 쓰면서 밤을 새우다가 새벽녘에 내일의 날씨를 보려고 켠 텔레비전에서 외국 선수들의 권투 경기를 하고 있었다. 멕시코 선수가 죽도록 맞으면서도 버티다가 그로기 상태가 되어 마침내 링 위에 쓰러졌다. 심판이 카운트다운을 시작해도 이 선수는 미동도 하지 않았다. 나는 화면에서 눈을 떼지 못하고 그에게 속으로 이렇게 외쳤다.

'일어나지 마, 일어나지 마!!!'

남아도는 힘을 주체할 수 없다는 듯 링 위를 뱅뱅 돌고 있는 상대방 흑인 선수를 보니 쓰러진 선수가 일어나서 다시 경기를 했다가는 또 죽도록 맞을 게 뻔했기 때문이다.

심판의 카운트다운은 계속되었다. 여섯, 일곱, 여덟, 그때 쓰러져 있던 선수가 어떻게든 일어나보려고 몸을 꿈틀거렸다. 그 순간 나도 모르게 소파에서 벌떡 일어나 신새벽 텔레비전에 대고 일면식도 없는 멕시코 선수에게 이렇게 외쳤다.

"오케이. 좋았어. 일어나라, 호세. 힘내라, 호세, 짜요!!!'

나는 링 위에 쓰러져 있는 사람을 무조건 일으켜 세워 다시 싸우게 하는 것만이 응원이라고 생각하지 않는다. 오죽하면 누워 있겠는가. 더 이상 싸울 힘도 의사도 없을지 모르는데 거기에 대고 우리가 일방적으로 일어나라, 힘내라 할 수는 없지 않는가. 잘하고 있는 사람을 응원할 때는 마음 내키는 대로 하면 된다. 그러나 인생이란 링 위에 쓰러져 있는 사람들을 응원할 때는 세심한 마음씀이 필요하다. 누워 있는 사람의 상태를 이해하고 그의 선택을 존중하며 조용히 위로해주어야 한다. 이해인 수녀님도 〈슬픈 사람들에겐〉이라는 시에서 이렇게 말하고 있다.

슬픈 사람들에겐

너무 큰 소리로 말하지 말아요

〔…〕

눈으로 전하고

가끔은 손잡아주고

들키지 않게 꾸준히 기도해주어요.

내가 좋아하는 피에르 신부님도 《단순한 기쁨》에서 위로한답시고 이런 말 저런 말 하는 것보다 가만히 곁을 지켜주는 것이 더 큰 응원이라고 말했다. 나 역시 잘하고 있을 땐 요란하고 화려한 응원을 받고 싶지만 요즘처럼 기분이 가라앉거나 풀이 죽어 있을 때는 그냥 옆에 있어주는 응원, 따뜻하게 손잡아주는 응원 그리고 가만히 안아주는 응원, 그런 조용한 응원을 받고 싶다. 보통 때 나는 시끌벅적한 응원단장이지만 가끔씩은 나도 다른 사람에게 이런 조용한 응원을 해주고 싶다.

사랑의 하느님,
나의 하느님

　나는 불교와 천주교의 하이브리드다. 외가가 독실한 불교 집안이고 엄마 역시 불자였기 때문에 어렸을 때 외가 식구들을 따라 절에 다녔다. 법당에서 절도 수없이 했고 절 밥도 수없이 먹었다. 우리 형제들은 외할머니에게 옛날얘기 대신 재미있는 불교 법문을 듣고 자랐다. 외할머니는 막내 외삼촌을 결혼시키신 후 아예 출가하셔서 계를 받고 스님이 되셨는데 그 늦은 나이에도 무문관(無門館)에서 면벽 3년 묵언 수행을 하시는 등 불심이 지극하셨다. 그런데도 우리 부모님이 서울 식구 모두가 천주교로 개종하겠다고 했을 때 할머니는 무엇을 믿든 온 마음을 다해 믿으면 된다고 하신 멋진 분이셨다.

　그 후 우리 식구들은 모두 영세를 받고 천주교 신자가 되었는데 불교 신자인 큰형부가 우리 가족으로 합류하면서 또다시 불교의 영향을 받고 있다. 큰형부는 해마다 부처님 오신 날이면 온 가족의 이름을 적은 축하 등을 걸거나 불사가 있는 절에는 가족 이름을 넣은 기와로 봉양하고, 내가 구호 현장에 가면 무사 귀국을 위해 무르팍이 닳도록 절을 하며 기도한다.

나는 이렇게 신앙의 하이브리드가 된 게 참으로 다행이라고 생각한다. 불교 신자 친척들 덕분에 불교는 내게 매우 친숙한 종교가 되었다. 그래서 부처님 오신 날 등 불교의 다양한 축제에도 스스럼없이 어울릴 수 있고 법정 스님 등 좋아하는 불자들이 쓴 책도 열심히 찾아 읽는다. 그뿐인가. 527년 승려 이차돈의 순교 이후 1500년 가까이 우리나라 역사와 문화의 일부가 되었고, 현재 우리 국민의 25퍼센트 이상을 차지하는 불교 신자들의 정서를 이해하고 소통할 수 있어 다행이다.

더욱이 오지 여행이나 구호 활동을 하면서 불교 국가에서 현지인들과 만나거나 국제 직원들과 어울릴 때 한국 불교에 대해 어느 정도까지는 설명해줄 수 있고, 스리랑카, 미얀마, 라오스 등 불교 국가에서는 나의 불교 상식이 현지인들과의 공통분모가 되어 단박에 그들과 가까워지는 계기가 되기도 한다.

나는 개신교와 천주교의 하이브리드이기도 하다. 영적으로 예민했던 고등학교 시절을 굉장히 보수적인 개신교 미션스쿨에서 보냈다. 대학이나 사회에 나와서 사귄 가까운 친구들 중에도 교회 다니는 친구들이 대단히 많고, 지금 다니는 직장도 개신교 신자들이 압도적으로 많은 곳이다.

사실 지금 직장에 들어올 때 내 종교 문제로 약간 시끄러웠다. 성당 친구들은 천주교 소속 국제구호단체도 있는데 굳이 개신교도가 압도적인 곳에 들어가 피차 불편하게 지낼 이유가 뭐냐며 걱정했다. 직장에서도 홍보팀장을 겸직한 내 위치가 상징적인 자리인데 어떻게 그런 자리를 천주교 신자에게 맡기느냐며 잡음이 무성했단다.

월드비전을 다니면서 솔직히 처음에는 힘들었다. 같은 하느님을 믿으면서도 사뭇 다른 개신교 문화에 적응하는 과정에서 당황스럽고 불편하고 마음 상할 때도 많았다. 내가 가시 같은 독설로 그들의 마음을 찌르고 불편하게 한 적도 많았을 것이다. 그러나 나는 하느님이 왜 나를 이곳으로 보내셨는지 그 이유를 분명히 알고 있다. 그 안의 훌륭한 신앙인 동료들과 교류하며 믿음을 키우라는 뜻이었다. 영적으로 부대끼고 깨지면서 내 믿음의 뿌리를 더 단단히 내리고 더불어 개신교와 천주교를 잇는 충실한 다리 역할을 하라는 뜻이었다. 참말이지 지난 9년간 월드비전은 나에게 더할 수 없는 신앙 훈련소였다.

내 주위의 개신교 신자들에게는 본받을 점이 많다. 그들은 하느님의 뜻을 따르기 위해 기도를 많이 하고 성경 공부도 체계적으로 한다. 믿는 바를 실천하는 일에도 적극적이고 전교도 열심히 한다. 또한 목사님들의 설교도 뜨겁다. 나는 그런 모습이 부러워 월드비전 건물 엘리베이터에 붙은 그날의 성경 구절을 외우고, 뜨거운 설교를 듣기 위해 성당에 다녀와서도 기독교 채널에서 유명 목사님들의 설교 프로그램을 찾아 보거나 설교 테이프를 구해서 듣는다.

이렇게 적극적으로 신앙의 하이브리드 생활을 하는 나도 여고 1학년 봄, 첫 학교 부흥회 때 받은 충격은 지금도 잊을 수 없다. 사순절 기간에 열린 부흥회 도중 목사님이 우리에게 자기의 죄를 고백하라니까 강당 가득 모인 전교생이 일제히 "나는 죄인입니다, 벌레보다 못한 죄인입니다" 하면서 큰 소리로 기도하는 게 아닌가(통성 기도 하는 사람은 그때 난생 처음 보았다). 아니, 고등학교 1학년, 겨우 열일곱 살 된 아이들이 무슨 죄를 얼마나 지었다고 저렇게 난리인가. 그러는 친구들이 너무 멀게 느껴졌다. 게다가 '벌레만도 못한 죄인'이라니? 이건 내가 믿어왔던 것과는 전혀 달랐다. 그때까지 나는 내가 하느님의 딸, 눈에 넣어도 아프지 않을 귀염둥이라는 것을 믿어 의심치 않았다. 내가 하느님의 귀한 딸이라는 믿음이야말로 내 신앙의 뿌리이자 시발점이었다. 성경에도 명명백백 그렇게 씌어 있질 않는가.

〔…〕 내가 너를 지명하여 불렀으니, 너는 내 사람이다.

네가 물결을 헤치고 건너갈 때 내가 너를 보살피리니 그 강물이 너를 휩쓸어가지 못하리라. 네가 불 속을 걸어가더라도 그 불길에 너는 그을리지도 타버리지도 아니하리라. 〔…〕

너는 눈에 넣어도 아프지 않을 나의 귀염둥이, 나의 사랑이다.

_ 이사야 43:1-4

처음부터 그랬다. 나와 하느님과의 관계는 죄인과 징벌자의 관계가 아니라, 나는 하느님의 딸이고 하느님은 나의 아버지, 즉 부녀지간이었다. 나는 내 육신의 아버지와 말할 수 없이 가까웠고 아버지가 일찍 돌아가시고 나서는 늘 아버지가 그리웠기 때문에 아침저녁으로 "하느님 아버지" 하고 기도를 시작할 때마다 기분이 좋았다. 하느님도 우리 아버지처럼 내가 행복하기를 원하실 테고 내가 행복하면 기뻐하실 거라는 매우 단순한 믿음을 가지고 있었다. 그런데 우리가 죄인이라니. 혼란스러움을 견디다 못해 며칠 후 교목실로 목사님을 찾아갔다.

"아무 죄도 짓지 않은 우리가 왜 죄인인가요?"

목사님은 그 말은 아담과 이브로부터 내려온 원죄가 우리에게도 있다는 뜻이고 그 죄를 예수님이 씻어주었다는 뜻이라고 하셨다. 그때가 사순절 기간이었기 때문에 특별히 죄인인 것을 강조한 것이라고 설명해주셨지만 그래도 석연치 않아 물었다.

"하여간 하느님은 사랑의 하느님 맞죠?"

내가 마구잡이로 우기니까 칠십대의 노 목사님은 만면에 웃음을 지으며 대답하셨다.

"물론이지, 너에게도 있는 그 죄를 없애려고 아들을 내어주시는 그런 사랑이지. 그토록 너를 지독히 사랑하시는 사랑의 주님이시지."

나는 '그 사랑'의 하느님과 무진장 가깝다. 아마 하느님도 같은 생각이실 거다. 애초부터 나와 하느님 사이에는 격의가 없었다. 딸과 아버지 사이인데 있으면 오히려 이상한 거 아닌가. 우리는 허물없이 날마다 기도로 만나는데 특히 아침에는 깨자마자, 밤에는 잠들기 직전에 반드시 만난다. 만나면 큰일부터 사소한 일까지 몽땅털어놓고 의논하며 답을 구한다. 어느 때는 "사랑하는 하느님, 그런데, 제가 왜 그렇게 예쁘세요?" 뻐기면서 자랑하고, 어느 때는 "하느님, 그건 제가 잘못했어요. 제가 많이 미우셨죠?" 어리광부리듯용서를 빌고, 어느 때는 "하느님, 그렇게 쉬운 부탁을 왜 이렇게 안들어주시는 건가요? 도대체 언제까지 기다리라는 말씀인가요?" 따지고 원망하며 화를 낸다. 도무지 글이 써지지 않는데 원고 마감 시간이 다가오면 컴퓨터를 부여잡고 "하느님, 정말 급해요. 빨리 불러주세요"라며 막무가내로 어거지를 부리기도 한다(그러면 정말 불러주신다!).

이런 나를 보고 신앙인으로서의 태도에 진지함이 없다고 하는 사람도 있다. 인정한다. 부녀 사이라도 진지하게 격식을 갖출 수 있겠지만 나는 여태 이렇게 살아왔으니 이제 와서 그럴 수도 없고, 그러고 싶지도 않다. 솔직히 적절하게 성서를 인용해가며 청산유수로기도하는 사람을 보면 주눅이 든다. 저렇게 유창하고 깍듯하게 예의까지 갖춰서 기도하면 하느님이 저 기도 듣지 내 기도를 들으실까 싶을 때도 많다.

이미 눈치 챘겠지만 내 기도는 딱 철부지 어린아이 수준이다. 실제로 나는 신앙의 아동기, 아니 유아기에 있는지도 모른다. 그러나 언젠가는 나도 신앙의 어른이 되겠지. 매일 조금씩 자라고 있으니 곧 아동기를 지나 사춘기를 겪고 나면 성숙해지겠지. 그렇지만 지금은 내 신앙의 나이에 맞는 이런 식의 기도가 편하다. 어린아이가 형식에 맞추어보겠다고 어른 흉내를 내는 것도 우습고…….

그래서 나는 다른 사람이 내 기도의 내용을 들을 수 있는 통성 기도 하기가 너무 쑥스럽다. 대신 나는 아침, 저녁 기도 이외에 평상시에도 생각나는 기도를 바로 쏘아 올리는 화살기도를 한다. 길을 걷다가도 일을 하다가도 누구와 얘기를 하다가도 성호를 긋고 짧은 기도를 올려 보낸다.

'하느님, 저와 함께 있어주세요. 꼭이요!'

'하느님, 부디 저 친구를 돌봐주세요.'

하느님도 형식을 갖추진 않았지만 그때의 심정을 고스란히 담은 나의 외마디 비명 같은 기도에 귀를 기울이실 게 분명하다.

물론 내가 딸이라도 하느님이 내 기도를 다 들어주시는 건 아니다. 그럴 리가 있나. 철부지가 밥은 안 먹고 만날 과자만 달란다고 그런 걸 받아주는 부모가 어디 있단 말인가. 그래서 나는 아무리 간절한 마음으로 열심히 기도해도 하느님의 응답이 없으면 내 기도가 다음 세 가지 중 하나이기 때문은 아닐까 의심해본다.

첫째, 내 기도가 터무니없기 때문에. 예를 들어 공부는 하나도 안 하고 '내일 시험에 백 점 맞게 해주세요' 하는 식의 기도 말이다. 이런 기도가 응답될 리 만무다. 진인사후 대천명(盡人事後待天命)이다. 사람의 할 바를 다하고 나서야 하느님의 도움을 구하는 게 순서다. 하늘은 스스로 돕는 자를 돕는다는 말도 있지 않은가.

둘째, 내 기도보다 다른 사람의 기도가 더 급하고 중요하기 때문에. 내가 놀러 가려고 좋은 날씨를 달라고 기도하고 농부가 씨를 뿌리기 위해 비를 달라고 기도하면 하느님은 당연히 농부의 기도를 들어주시겠지. 나라도 그렇게 하겠다.

셋째, 내 기도를 들어줄 때가 아직 이르지 않았기 때문에. 한겨울에 수박을 달라거나 기지도 못하면서 뛰게 해달라는 식의 때 이른 기도 말이다. 내가 아무리 신앙의 유아기에 있다고 해도 인간의 때와 하느님의 때가 다르다는 것쯤은 알고 있다.

그러나 내 기도가 응답이 되지 않아 애가 타들어가도 나는 굳게 믿는 구석이 있다. 결국에는, 종국에는, 끝에 가서는 하느님이 내게 가장 좋은 것을 주시리라는 믿음이다. 나의 하느님은 사랑의 하느님이고 내 아버지인데, 그가 줄 수 있는 가장 좋은 것을 내게 주시지 않을 리가 없다. 어느 때에, 어느 곳에서, 어떤 방법으로 주실지는 하느님만이 아시는 것이고, 우리는 그분을 굳게 믿고 기쁜 마음으로 노력하며 기다리면 되는 거다.

끝에 가서는 내게 가장 좋은 것을 주신다고 믿는 마음만 있으면 그 어떤 고통의 과정도, 지루한 기다림도 기꺼이 견디게 된다. 내가 대장간에서 벼려지는 칼인데 그 연단의 과정이 견디기 어렵다고 대장장이에게 "이제 그만 두드려주세요" 할 수는 없는 노릇 아닌가. 대장장이가 정말 날 사랑한다면 두드리기를 멈추기는커녕 더 뜨거운 불에 달구고 더 세게 내려쳐서 결국에는 가장 멋진 칼을 만들어낼 것이다. 세상일도 마찬가지다. 왜 일이 이렇게 안 풀리나, 아무리 열심히 해도 왜 난 만날 이 모양일까, 하는 생각이 들 때마다 이게 바로 하느님이 나를 단련하는 과정일 거라고 여기면 된다. 그러면 어떤 괴로움도 견딜 수 있고 극한 상황에서도 용기를 낼 수 있다. 바로 이 믿는 구석, 종국에는 하느님이 내게 가장 좋은 것을 주신다는 믿음이 내 신앙의 원천, 아니 내 모든 힘의 원천이다.

이십대 초반, 내게만 모든 문이 닫혀 있는 것 같았던 시절, 아무리 몸부림치며 노력해도 세상이 합심해서 나를 벼랑 끝으로 밀어내고 있다고 생각하며 힘들어하던 시절, 일기장을 새로 시작할 때마다 맨 앞장에 써놓았던 글이 있다. 여고 시절, 영어성경반을 가르치던 미국인 선교사 부부가 격려의 편지와 함께 보내주었던 글이다(그런데 반갑게도 얼마 전 한 기독교 사이트에서 이와 비슷한 묵상 자료를 보았다. 원래는 프랑스 시인데 그 시에서 영감을 받아 수많은 버전의 기도문이 만들어진 것 같다). 그때 그 시를 이 순간 정신없이 담금질을 당하고 있는 젊은 친구들과 나누고 싶다. 힘들어 주저앉고 싶을 때마다 나를 일으켜 세웠던 이 글이 여러분에게도 큰 힘이 되어주길 진심으로 바란다.

천길 벼랑 끝 100미터 전.

하느님이 날 밀어내신다. 나를 긴장시키려고 그러시나?

10미터 전. 계속 밀어내신다. 이제 곧 그만두시겠지.

1미터 전. 더 나아갈 데가 없는데 설마 더 미시진 않을 거야.

벼랑 끝. 아니야, 하느님이 날 벼랑 아래로 떨어뜨릴 리가 없어. 내가 어떤 노력을 해왔는지 너무나 잘 아실 테니까.

그러나, 하느님은

벼랑 끝자락에 간신히 서 있는 나를 아래로 밀어내셨다.

…….

그때야 알았다.

나에게 날개가 있다는 것을.

흔들리며 크는
우리들

"올해 스물아홉, 대학 졸업 후 조그만 회사에 입사해 4년째 다니고 있습니다. 처음엔 힘든 시기에 직장을 구했다는 자부심과 새로운 일을 시작한다는 설렘이 있었죠. 그런데 지금은 적성에 맞지도 않는 일을 언제까지 계속해야 하나 고민입니다. 다른 사람이 들으면 사치라고 하겠죠? 이 나이에도 마음을 못 잡고 방황하는 저 자신이 한심합니다."

요즘 들어 이런 메일이 부쩍 많아졌다. 이 땅의 젊은이라면 이런 생각 누구나 한 번쯤은 해보았을 거다. 특히 대학교에 입학은 했지만 원하던 학교나 과에 진학하지 못한 사람, 졸업은 했지만 취직을 못 한 사람, 다니는 직장이 마음에 들지 않는 사람, 다니는 직장의 고용 상황이 불안정한 사람, 결혼해서 아이 낳아 웬만큼 키워놓고 다시 뭔가 해보려 했지만 현실의 높은 장벽 앞에 낙담한 사람들이라면 더욱 그럴 거다.

믿기 어렵겠지만 나도 누구 못지않게 비틀거린다. 사람들은 나를 어떤 선택 앞에서도 흔들림 없이, 거침없이 나아가면서 자유를 한껏 누리는 사람이라고 여기곤 한다. 전혀 그렇지 않다. 일단 무엇인가를 선택하면 그 후에는 거기에 올인하고 집중하고 끝까지 해보는 성향은 분명 있는 것 같다. 하지만 선택하는 순간까지는 나 역시 다른 이들처럼 흔들리고 떨리면서 너무나 괴롭다. 내 앞에 놓여 있는 옵션은 다 살펴보았는가? 내 선택이 과연 최선인가? 혹시 내가 선택한 것보다 더 좋은 게 뒤늦게 나타나면 어떻게 하나? 그러나 지금 선택하지 않으면 내 기회는 사라지는 거 아닌가?

돌이켜 보면 나 역시 십대, 이십대에는 안달복달하며 살았다. 가고 싶은 방향만 어렴풋이 알았을 뿐, 매일매일 비틀거렸다. 고등학교를 졸업할 때까지는 선택의 여지도 없었다. 내 인생에 있어 첫 번째 큰 선택은 대학의 학과를 정하는 것이었는데 어렵게 다시 공부해서 들어간 대학이었지만 가고 싶었던 학과에 가지 못했다. 나에게 특별장학금을 주겠다는 학교에는 언론학이나 국제관계학과가 없었다. 영문과는 차선책이었다. 나중에 꼭 국제 무대에서 일하고 싶으니 일단 영어를 잘 배워둬야겠다는 생각이었다. 미국 유학을 갈 때도 그랬다. 개인 장학금을 받아 가느라 학교가 정해져 있었기 때문에 선택의 폭이 매우 좁았다. 그때 나는 원하는 학과가 아니라도 세계를 무대로, 대중을 상대로 일할 수 있는 학과라면 일단 가자, 라고 생각했다. 그게 국제홍보학과였다.

그때는 정말 몰랐다. 잘 다니던 외국계 회사를 그만두고 세계 일주를 떠날 때, 그 여행을 다녀온 후 베스트셀러 작가가 될 줄은. 그리고 그 오지 여행이 지금 하고 있는 구호 일과 이렇게 맞춘 듯이 이어질 줄은 정말 꿈에도 몰랐다. 그러나 대학 때나 유학 시절, 꼭 가고 싶었던 과는 아니지만 적어도 맞는 방향을 선택했기에 지금 내가 하고 싶은 일을 하고 있다고 믿는다. 지금도 마찬가지다. 나는 국제 무대에서 인도적 지원에 관한 일을 계속 하겠다는 방향만 갖고 있을 뿐, 향후 10년 내에 어느 곳에서, 어떤 활동을 하겠다는 구체적인 목표는 없다. 지금처럼 현장에 있을지, 구호 정책을 연구할지, 학교에서 후학을 양성할지. 그러나 어떤 일을 선택하든 이 방향에서는 크게 벗어나지 않을 것이다.

그러니 여러분도 지금 이 순간 망설이고 흔들린다고 너무 걱정하지 말기를 바란다. 무엇보다도 그 방향으로 첫걸음을 떼었느냐가 중요하다. 최종 목적지가 부산이라면 한 번에 부산행 기차를 타는 게 제일 좋겠지만 그러기는 쉽지 않다. 내 말은 부산이 목적지라면 적어도 마산이나 진주로 내려가는 남쪽 방향을 잡아야지, 평양이나 신의주로 가는 북쪽 방향을 잡아서는 안 된다는 말이다.

게다가 서울에서 부산까지 가는 방법만도 수십 가지다. 비행기도 있고 KTX도 있고, 승용차도 있고 자전거도 있고 트랙터도 있다. 하다못해 걸어서라도 갈 수 있는 것 아닌가? 가는 방법이야 가지가

지겠지만 질러가든 돌아가든 여러분의 인생 표지판에 부산이라는 최종 목적지가 늘 보이기만 하면 되는 거다. 방금 본 이정표에 대전이라고 씌어 있어도 괜찮다. 목포라고 씌어 있어도 놀라지 마시길. 여러분은 잘 가고 있는 거다. 적어도 남행선 상에 있는 거니까. 방향이 정해졌다면 가는 길은 아무리 흔들려도 상관없다. 아니, 흔들릴수록 좋다. 비행기 타고 한 번에 가는 사람에 비해 훨씬 좋은 구경, 신기한 구경을 많이 할 테니까.

스물아홉 살에 비틀거리는 자신이 싫다고 했는가? 나는 지금도 비틀거린다. 비틀거리지 않는 젊음은 젊음도 아니다. 그것이 바로 성장통이기 때문이다. 그러니 비틀거린다고 자책하지 마시길. 누구나 흔들리고 비틀거리면서 큰다. 당신도 그렇고 나도 그렇다.

"너무 늦은 건 아닐까요?"

이 질문 역시 거의 매일 받는다. 물론 사람에게는 객관적이고 일반적인 인생의 속도와 일정표가 있다. 언제까지 공부하고 취직하고 결혼하고 아이 낳아 키워야 한다는 정형화된 인생 시간표 말이다. 수많은 매체들이 쏟아내는 이십대에 해야 할 일, 삼십대가 가기 전에 하지 않으면 안 되는 일, 사십대 리스트, 오십대 리스트, 심지어 죽기 전에 해야 할 일 리스트 등이 많은 사람들을 더욱 불안하고 초조하게 만든다. 난 너무 늦은 게 아닐까? 내 기회는 이미 지나간 게 아닐까?

당신은 방금 지나간 기회가 마지막 기회라고 생각하는가? 나는 아니라고 확신한다. 당신이 지금 막차를 놓쳤다고 그게 마지막이 아니란 말이다. 그 자리에 가만히 서서 기다려라. 어두운 밤이 지나가고 나면 다음 날 새벽 첫차가 온다. 이제 이십대. 일생을 하루 24시간으로 보면 이십대는 인생의 새벽이다. 새벽에 오는 막차도 있다던가. 이십대인 당신에게 시간과 기회는 충분히 있다.

생각해보면 나 역시 이십대에는 그렇게 조바심을 치며 살았다. 나만 뒤처진 건 아닐까, 기회를 이미 놓친 건 아닐까, 매일매일 의심하면서 남과 비교하며 살았다. 솔직히 지금도 의심과 비교에서 완전히 벗어난 건 아니지만 이십대보다는 훨씬 마음이 편하다. 어느 순간 내게 남은 시간이 많다는 사실을 깨달았기 때문이다.

사람의 인생을 90세로 생각하고 축구 경기에 비교해보자. 전반전 45분, 후반전 45분. 그렇다면 29세, 당신은 겨우 전반전 29분을 뛰고 있는 선수다. 그 선수가 전반전의 절반을 겨우 넘은 경기 도중에 너무 늦었다고 말하는 거다. 당신 말대로 실책하여 몇 골을 먹었다고 해도 아직 전반전도 끝나지 않았다. 후반전 45분이 고스란히 남아 있지 않은가? 연장전도 있고, 패자부활전도 있다. 만회할 시간과 기회는 얼마든지 있다. 제발 늦었다는 생각은 하지 말기 바란다. 늦기는 뭐가 늦었다는 말인가? 전반전 29분을 뛰고 있는 선수가 몇 골 들어갔다고, 이건 절대로 만회할 수 없다고, 이미 진 경기라고 짐 싸서 집에 가는 축구 경기를 보았는가? 세상에 그런 경기 보았는가 말이다. 당신의 인생 경기도 마찬가지다. 늘 점검하고 상기하기 바란다. 나는 지금 내 인생 경기에서 몇 분을 뛰고 있는지. 내 시간은 얼마나 충분히 남았는지.

나는 현재 후반전 5분을 뛰고 있다. 나 또한 당신처럼 전반전 초반에는 골을 너무 많이 먹어 도저히 만회할 수 없을 거라 생각한 적도 있다. 나이로만 따지면 나처럼 뭐든 늦게 시작한 사람도 드물 거다. 남들 이십대에 하는 배낭여행은 삼십대 후반에 했고, 첫 직장도 남보다 10년은 늦게 들어갔고, 구호 활동도 내 또래 요원은 벌써 20년차도 넘는 베테랑인데 나는 이제 9년차, 햇병아리를 겨우 면한 상태다.

내가 마흔이 되던 해 중국에 어학연수 간다고 했을 때 많은 사람들이 그 나이에 중국어를 배워서 어디에 쓰겠느냐고 했다. 나는 마흔에 배워서 여든까지 40년 동안 쓸 수 있으니 분명히 남는 장사라고 생각했다. 실제로 그때 배운 중국어를 지금 해외에 다니면서 얼마나 유용하면서도 재미있게 쓰는지 모른다. 앞으로 점점 더 그럴 것이다. 무엇을 하기에 늦었다고 생각하는가? 내 경험상 아예 하지 않는 것보다 늦게라도 시작하는 편이 백배, 천배 낫다. 시도해보지 않는다면 성공할 기회는 0퍼센트다. 내가 만약 늦었다고 시도조차 하지 않았다면 지금 중국말은 중국말대로 못하고 아까운 세월은 세월대로 흘러가버렸을 거다.

나는 종종 사람을 꽃에 비유한다. 꽃처럼 사람들도 피어나는 시기가 다 따로 있다고 믿는다. 어떤 이는 초봄의 개나리처럼 십대에,

어떤 이는 한여름 해바라기처럼 이삼십대에, 어떤 이는 가을의 국화처럼 사오십대에, 또 어떤 이는 한겨울 매화처럼 육십대 이후에 화려하게 피어나는 거라고. 계절은 다르지만 꽃마다 각각의 한창때가 반드시 오듯이, 사람도 활짝 피어나는 때가 반드시 온다. 그런 기회가 왔을 때 놓치지 않도록 준비하는 것이 우리가 해야 할 일이다. 내가 쓴《중국견문록》중 '제철에 피는 꽃을 보라'라는 꼭지가 있다. 많은 독자들이 위안을 받았다는 대목이라서 여기 다시 옮겨 적어본다.

이렇게 따지고 보면 늦깎이라는 말은 없다. 아무도 국화를 보고 늦깎이 꽃이라고 부르지 않는 것처럼 사람도 마찬가지다. 우리가 다른 사람들에 비해 뒤졌다고 생각되는 것은 우리의 속도와 시간표가 다른 사람들과 다르기 때문이고, 내공의 결과가 나타나지 않는 것은 아직 우리 차례가 오지 않았기 때문이다. 제철에 피는 꽃을 보라! 개나리는 봄에 피고 국화는 가을에 피지 않는가.

우리는
누군가의 기도로
살아간다

"다른 사람 목숨을 살리려면 네 목숨을 걸어야 한다."

구호 일을 시작하기 직전, 어느 외국 구호요원한테 들은 말이다. 얘기인즉, 구호요원, 특히 긴급구호요원은 소방관과 같다는 얘기다. 불이 나면 모두 피신하지만 불구덩이 속에 사람이 있는 한 소방관들은 위험을 무릅쓰고 불 속으로 뛰어들어야 하는 것처럼, 긴급구호요원은 위험한 현장에서 사람을 살려내기 위해 최선을 다해야한다는 것이다. 뜨끔했다. 새로 시작하는 일에 힘을 아끼지 않을 결심은 했지만 목숨까지 내놓으라니…….

물론 현장에서는 구호요원들의 안전이 최우선이다. 그러나 일의 성격상 다른 직업군에 비해 더 자주 위험에 노출되는 것은 피할 수 없다. 불 '구경'이 아니라 불 '끄기'에 나선 이상 말이다. 실제로 구호 현장에서 함께 일했던 해외 동료 중에는 오른팔이 절단된 사람도 있고 실명한 사람도 있고 풍토병에 걸려 목숨을 잃은 사람, 총격을 받아 즉사한 사람도 있다. 나 역시 아찔했던 순간들이 셀 수 없이 많았다.

2005년 파키스탄, 하루아침에 8만 명이나 목숨을 잃은 대지진 구호 현장에서의 일이다. 월드비전 한국은 재난 발생 48시간 내에 의사 세 명을 포함한 의료팀을 꾸려 가장 피해가 크면서도 도움의 손길은 닿지 않는 산간 지방으로 갔다. 지진으로 무너진 산길을 군인들의 도움으로 간신히 넘어 목적지에 도착하니 산간 마을들은 하나같이 짓밟힌 모래성처럼 처참하게 뭉개져 있었다. 주민 수만 명이 떼죽음을 당했다는 말이 실감났다.

'저 정도로 강력한 지진이면 이 산중의 여진도 만만치는 않을 텐데'라고 생각하는 순간 발밑이 격렬하게 흔들렸다. 여진이었다. 최악의 상황이 머릿속을 스쳐갔지만 놀라서 얼굴이 하얗게 질린 일행들 앞에서 나는 아무렇지도 않은 척 말했다. 내가 놀라는 모습을 보이면 팀원들이 당황할 것이 뻔했기 때문이다.

"천연 놀이동산에 오신 것을 환영합니다. 호호호."

그러나 그날 밤 나는 한숨도 잘 수 없었다. 영하 15도 땅 밑에서 올라오는 한기 때문이 아니라 정말 이 깊은 산속에 묻히면 어쩌나 해서다. 나야 구호팀장이니 이 일을 하다 죽어도 여한이 없지만 자원봉사를 하러 온 우리 의료진들은 무슨 일이 있어도 무사해야 할 텐데……

"잘랄라아아(지진이다)!!!"

동도 트지 않은 새벽녘, 찢어질 듯한 비명 소리에 텐트 밖으로 뛰어 나갔다. 다음 순간, 몸이 휘청할 정도로 강한 진동이 느껴졌다. 앞산이 뭉게구름 같은 먼지 속에서 무너져 내리면서 깊은 계곡을 메우고 있었다. 흙더미가 우리 텐트촌을 덮칠 기세였다. 머릿속이 하얘졌다. 이건 여진이 아니라 또 다른 강진이 분명했다. 나는 일행들에게 소리쳤다.

"각자 여권을 꺼내 조끼 주머니에 넣으세요."

철수하자는 말이 아니었다. 여권은 최악의 상황에서 주검을 확인할 때 가장 정확한 신분증이 되기 때문이다. 다행히 그 후 여진은 잦아들었고, 이렇게 목숨을 내놓고 일한 덕분에 우리 의료팀은 열흘간 1,550여 명의 귀한 생명을 돌볼 수 있었다.

세계에서 지뢰가 가장 많이 묻혀 있는 나라라는 아프카니스탄에서도 그랬다. 우리는 바드기스라는 산악 지역에서 식량 배분과 치료 영양죽 사업을 벌이고 있었는데 나는 전쟁 때 비행장으로 쓰던 공터에서 일주일에 한 번씩 식량을 나누어 주는 일을 맡았다. 어느 날 시내에 있는 본부에 오니 UN에서 발표한 지뢰 매설도가 나와 있었다. 그걸 보는 순간 머리끝이 쭈뼛 섰다. 내가 두 달간 누비고 다녔던 비행장 근처가 온통 지뢰 매설 표시인 빨간 해골바가지투성이 아닌가? 그곳에 묻혀 있는 지뢰가 백 킬로그램 이상에서만 터지는 대전차 지뢰였기에 망정이지 3킬로그램에도 예민하게 반응하는 대인 지뢰였다면 내 발목은 절대로 무사할 수 없었을 거다.

이라크에서는 이런 일도 있었다. 전쟁 직후 미국에 대한 극도의 적대감을 가지고 있던 이라크 주민들은 월드비전을 미국 기관으로 오해하고 우리까지 미워했다. 길거리를 지나가면 대놓고 욕하는 아이도 있었고 우리 사무실 창문에 돌을 던지는 사람도 있었다. 어느 날 미군들과 회의를 하려고 우리 팀원들이 두 대의 차량으로 이동하던 중이었다. 앞차에 탔던 내가 중요한 서류를 잊고 와서 뒤차로 갈아타고 사무실로 돌아가는 도중 앞차에 불이 나고 말았다. 차는 반소했지만 다행히 그 차에 탔던 사람들 모두 구사일생으로 빠져나왔다. 타다 만 앞차의 잔해에서는 사제 폭음탄이 발견되었다.

생각해보니 지뢰밭과 전쟁터를 돌아다닌 지난날이 새삼 아찔하기만 하다. 액션영화의 주인공도 아니면서 어떻게 이런 일촉즉발의 상황에서 매번 무사할 수가 있었을까? 그저 운이 좋았다는 걸로만은 설명이 안 된다. 어떻게 만날 나만 운이 좋을 수 있는가 말이다. 아무리 생각해도 이유는 딱 한 가지다. 이건 다른 사람들이 나를 위해 해준 기도 덕분이다.

나는 기도 중에서 가장 강력한 기도가 남을 위한 기도, 즉 중보기도라고 굳게 믿고 있다. 생각해보라. 자기 혼자 자기를 위해 한 기도가 셀지, 수많은 사람이 그 한 사람을 위해 마음을 모아 하는 기도가 더 셀지. 하느님도 이 사람, 저 사람이 어떤 한 사람을 좀 잘 돌봐달라고 기도하면 부탁받은 그 사람을 더욱 유심히 보고 웬만한 일은 들어주지 않겠는가?

나를 위해 기도해주는 사람들, 그중에는 한국 사람도 있고 외국 사람도 있다. 내가 현장 파견 근무를 떠날 때마다 나의 무사 귀환을 위해 108배를 올리는 불자 친구, 아침마다 묵주신공을 바쳐주는 성당 친구, 매일 새벽기도 때 중보기도 한다는 개신교 친구도 있다. 뿐만 아니라 중동과 인도네시아에 살고 있는 모슬렘 친구도 있고, 아무 신도 믿지 않는 사람도 있고 만 가지 신을 믿는 무속 신앙인도 있다. 이들은 종교도 다르고, 믿는 방법도 기도하는 방법도 다르지만 날 위해서 한마음으로 각자의 신에게 기도해주는 친구이자 나를 온갖 위험에서 구해주는 생명의 은인이다. 정말 고맙고도 고맙고도 고맙다.

그리고 내가 구호 현장에 갈 때마다 마음 졸이며 밤낮으로 기도해주는 내 가족과 가까운 친구들, 특히 5백여 명 월드비전 동료들에게 가슴 가장 밑바닥에서 우러나는 고마움을 전한다. 나처럼 이들의 뜨거운 기도를 한껏 받은 직원은 아마 60년 월드비전 역사상 없을 것이다. 현장에 나가면 나간다고 기도, 돌아오면 무사히 돌아왔다고 기도, 아프면 아프다고, 책을 쓰면 책을 쓴다고 기도, 아침의 부서별 경건회 때나 수요일의 본부 직원 예배 때, 심지어는 전국 직원 연수회 때도 나를 위해 기도해주었다. 나 까짓 게 뭐라고 이들은 이토록 공을 들이고 정성을 쏟는단 말인가. 내가 과연 이들의 뜨거운 기도를 받을 자격이나 있을까? 분에 넘치는 사랑에 몸 둘 바를 모르겠다.

　나의 동료들에게 당신들은 기도로서 재난 현장의 위험과 두려움에 함께 맞서 싸워주었다는 것을 알려주고 싶다. 그 기도 덕분에 현장에서 밤에는 푹 삶은 시금치처럼 완전히 탈진해서 돌아와도 아침이면 다시 벌떡 일어날 수 있었다고 말해주고 싶다. 버거워서 외로워서 힘들어서 울고 싶을 때마다 당신들의 기도가 내 몸을 감싸주는 따뜻하고 보드라운 담요가 되었다고 말해주고 싶다. 무엇보다도 그동안 그 강력한 기도가 갑옷과 방패가 되어 나를 철통같이 보호해주었다고 말해주고 싶다. 고맙다고, 뼈에 사무치도록 고맙다고, 그리고 진심으로, 진심으로 사랑한다고 꼭 말해주고 싶다.

　그래서 나는 어떤 현장도 두렵지 않다. 어려움을 이기는 기도, 두려움을 이기는 기도, 죽음도 이기는 기도를 해주는 사람들이 있기 때문이다.

두드려라,
열릴 때까지

　지난 일요일, 친구 집에 가는 길이었다. 한낮의 땡볕 아래서 오르막길을 10분쯤 걸어가니 땀이 송글송글 맺혔다. 친구에게 빌려주려고 양손 가득 들고 나선 책 보따리는 또 어찌나 무겁던지. 오다가 쇼핑백 끈 한쪽이 끊어지는 바람에 더욱 그랬다.

　딩동. 시원한 보리차 한 잔 마셨으면 하고 친구네 대문에 붙은 초인종을 힘껏 눌렀다. 그러나 냉큼 뛰어 나와야 할 친구는 감감무소식. 다시 한 번 길게 디이잉~동. 이번에도 무반응이다. 혹시 초인종이 고장났나? 전화를 걸어보았지만 휴대전화가 꺼져 있다는 멘트만 나왔다. 우씨, 사람을 여기까지 오라 해놓고 도대체 어딜 간거야! 아까 지하철에서 통화할 때가 20분 전이니 멀리 가지는 않았을 텐데……

　쾅쾅쾅쾅. 혹시나 하면서 주먹으로 대문을 두드렸다. 한참을 두드렸지만 역시나 감감무소식. 땀도 나고 숨도 차고 정수리에 꽂히는 정오의 햇살에 어지럽기까지 했다. 근처 카페에 가서 잠깐 땀이나 식히고 와야겠다 생각하며 뒤돌아서려다 마지막으로 화풀이하듯 대문을 세게 걷어찼다. 그런데 이게 웬일, 문 안쪽에서 "누구세요?" 하는 소리가 들리는 게 아닌가? 누구라니, 보면 몰라!

토끼잠을 자다 놀라서 나온 기색이 역력한 이 친구, 씩씩거리는 날 보고는 능청스럽게 웅변조로 한마디 한다. "두드려라, 열릴 때까지." 친구의 능청에 나도 모르게 피식 웃음이 나와 그만 화낼 타이밍을 놓치고 말았다.

"두드려라, 열릴 때까지."

최근 내가 자주 쓰는 말이다. 몇 년째 해오던 연구 프로젝트를 포기하려는 이 친구에게 지난 한 달 내내 거의 매일 전화로, 문자 메시지로, 이메일로 잔소리 삼아 한 말이기도 하다. 이 말은 "문을 두드려라, 열릴 것이다"라는 성경 구절을 무엄하게도 살짝 패러디한 것이다(내가 만든 말이지만 멋지지 않은가?). 아무리 애를 써도 진전이 없어 지치기 시작할 때, 열심히 목표를 향해 달리고 있지만 끝이 보이지 않을 때, 눈앞의 장애물이 너무 커 그만 포기하고 싶을 때마다 이 한마디가 내게 얼마나 큰 용기를 주는지 모른다. 내가 덕을 톡톡히 보았기 때문에 지금은 나에게 길을 묻는 젊은이들에게 이 말을 자주 해준다. 특히 "나는 되는 일이 없어요. 아무리 노력해도 안 돼요. 학연, 지연, 혈연도 없고 운도 없어요"라고 하는 친구들에게는 잊지 않고 꼭 해주는 말이다.

얼마나 마음이 무겁겠는가? 얼마나 답답하고 속상하겠는가? 그러나 내게 물었으니 하는 말인데, 이런 불평이나 푸념이나 하소연을 하기 전에 스스로에게 한번 솔직히 물어보자. 정말 당신은 끝까지 문을 두드렸는가? 일단 벽이 아니라 문이라는 것만 확인되면 끝까지 두드려야 뭐가 되어도 되는 거다. 문이라면 열리게 되어 있다. 다른 사람에게는 열린 문이 왜 당신에게만 열리지 않겠는가? 인디언들이 가뭄이 심해 기우제를 지내면 반드시 비가 온다고 한다. 그럴 수밖에 없다. 그들은 비가 올 때까지 계속 기우제를 지내니까.

"한비야님은 하는 일마다 잘되는 것 같아요."

이렇게 말하는 사람들이 있다. 물론 아니다. 단언컨대 나도 끝까지 두드린 문만 열 수 있었다. 내가 두드렸던 모든 문이 다 열리지는 않았지만 마침내 열렸던 문 중에 끝까지 두드리지 않았던 경우는 단 한 번도 없다. 물론 열심히 두드렸지만 끝내 열지 못한 문도 수두룩하다. 왜 그때 한 번 더, 딱 한 번만 더 두드려보지 않았을까, 뼈아픈 후회도 수없이 한다. 그때마다 피치 못할 사정이 있었지만 돌이켜보면 그 사정이란 사실은 구차한 핑계요, 약삭빠른 요령이요, 어리석은 자기 합리화의 다른 이름이었다. 문이 열리지 않아도 최선을 다해 두드렸다면 자신의 한계를 인정할 수 있어 마음이 개운할 것이다. 일단 끝까지 해봐야 문이 열릴 확률도 높고 실패를 했더라도 후회나 미련이 없다. 이렇게 실패를 통해 자신의 한계를 확인하는 것도 최선을 다한 후에야 가능한 일이다. 적어도 내게는 그랬다. 돌아보면 포기하지 않고 끝까지 두드려서 열린 문들이 내 인생의 한 페이지 한 페이지를 열어주었고 성장의 발판을 만들어주었다.

대학에 떨어진 지 6년 만에 다시 대학에 가기로 결심했을 때는 대입 선발고사를 겨우 일곱 달 남긴 시점이었다. 나는 재수하는 데 드는 학원비와 대학 첫 등록금은 물론 내 용돈과 생활비를 벌어야 했기 때문에 하고 있던 네 개의 아르바이트를 단 하나도 그만둘 수가 없었다. 절대적인 시간이 부족한데 일하는 시간은 줄일 수 없으니 무조건 잠자는 시간을 줄여야 했다. 하루에 세 시간 이상 자는 건 사치였다. 이번이 가고 싶은 대학에 갈 수 있는 마지막 기회라고 생각하니 저절로 이가 악물어졌다. 밤을 꼬박 새워 공부하고 이른 아침에 아르바이트를 하러 가려고 집을 나서면 머리가 핑, 돌았다. 잠이 모자라서 하늘이 늘 노랗게 보였고 시도 때도 없이 쏟아지는 졸음을 쫓느라 눈 밑에 안티프라민도 수없이 발랐다. 같이 시작한 친구들이 도중에 그만두는 걸 보면서 나도 포기만 하면 당장 이 괴로움에서 벗어날 수 있을 텐데 하는 유혹도 있었다. 그러나 시험 보는 날까지 죽지 않고 견디면 뭐가 되어도 될 거라고 나를 다독였다. 나는 일기장에 이렇게 적으며 어금니를 악물었다.

"어떻게 하든 참고 견디자. 이 고비는 반드시 넘어갈 것이고 나는 더욱 단단해질 것이다."

7개월간의 총력전 끝에 나는 원하는 대학에 갈 수 있는 성적을 얻었다. 그때 내가 도중에 포기하지 않고 끝까지 문을 두드려서 얼마나 다행인지 모른다. 아니었다면 나는 지금과는 사뭇 다른 인생을 살고 있을 거다.

미국 유학 후 한국에 돌아와 다국적 홍보회사를 다닐 때도 그랬다. 한번은 타이완으로 중요한 회의를 하러 가는 길이었는데 출발 시간을 잘못 봤다는 걸 공항버스 안에서 알게 되었다. 등에 식은땀이 흘렀다. 버스로 가다간 도저히 비행기 시간에 댈 수 없을 것 같아 도중에 퀵서비스 오토바이를 불러 타고 한겨울 칼바람을 정통으로 맞으며 김포공항에 도착했다. 허나 탑승 수속은 이미 마감된 후였다. 수속을 해줄 수 없다는 직원에게 무조건 생떼를 썼다.

"안 되는 거 아는데요, 손님이 한 명 간다고 탑승구에 무전 한 번만 쳐주시면 안 될까요?"

"이 항공편은 탑승구에서 직접 타는 게 아니라 버스를 타고 비행기까지 가야 해서 지금은 탑승 수속 자체가 불가능해요."

"내가 가다가 비행기를 놓쳐도 아무 말 안 할 테니 그렇게 해주세요, 네?"

뺏다시피 탑승권을 받자마자 출장 가방을 들고 검색대, 출국 심사장을 새치기해 통과한 다음 백 미터 달리기 속도로 탑승구로 달려갔다. 그런데 바로 눈앞에서 마지막 버스가 저만큼 가고 있는 것이 아닌가? 미친 듯 손짓 발짓 다해서 겨우 그 버스를 되돌려 탔고 결국 무사히 타이완 회의에 참석할 수 있었다. 회의 결과, 우리는 큰 프로젝트를 따낼 수 있는 기회를 얻었다(처음엔 죽어도 안 된다고 하더니 그날 나와 같이 백 미터 달리기를 하고 마지막 버스까지 잡아준 항공사 직원, 지금 생각해도 고맙다).

회의에 다녀와 동료들에게 무용담 삼아 이 얘기를 했는데 그게 사장님 귀에까지 들어갔던 모양이다. 그 후 사장님은 나에게 파격적으로 큰 프로젝트들을 맡겨서 나를 비롯한 모두를 어리둥절하게 만드셨다. 나중에 알고 보니 타이완 출장 사건으로 내가 뭘 시켜도 해낼 사람이라고 생각하셨단다. 오오, 그때 내가 너무 늦었다며 포기하고 퀵서비스 오토바이를 부르지 않았다면 어떻게 되었을까? 발권 데스크에서 박박 우기는 걸 포기해 탑승구를 떠나는 마지막 버스를 놓쳤다면 어떻게 되었을까?

세계 일주를 할 때도 마찬가지였다. 내 여권이 가짜라며 두 번이나 퇴짜를 놓았던 아프가니스탄 너머 투르크메니스탄 국경도, 대한민국 국민에게는 당분간 절대로 비자 발급을 할 수 없다는 볼리비아나 북한의 맹방으로 우리나라와는 아예 국교조차 없는 시리아 국경도 두드리고 두드리고 또 두드리니 마침내 활짝 열렸다. 만약 이런 길목마다 어렵다고 도중에 육로로 가는 길을 포기했다면 어렸을 때부터 꿈꿔왔던 육로 세계 일주는 시시하게 끝나고 말았을 것이고 내 오지 여행이 그렇게 큰 주목을 받지 못했을지도 모른다.

혹시 당신도 내 친구처럼 인생의 오르막길이 힘겨워 그만둘 것을 심각하게 고민하는가? 내 경험상, 안간힘을 쓰며 붙들고 있던 끈을

'나, 이제 그만 할래' 하고 놓아버리면 그 순간은 고통에서 해방되는 것 같지만 곧이어 찾아오는 '포기의 고통'은 더욱 깊고 오래갔다. 어쩌면 그 어려움이 마지막 고비였을지도 모르는데, 그것만 넘었으면 문이 열렸을지 모르는데, 하면서 후회막심이었다. 돌이킬수 없기에 그 후회는 더 뼈아프다. 그러니 젖 먹던 힘까지 내서 한 발짝만 더 가보는 거다. 이제 정말 그만 하고 싶을 때 한 번만 더 해보는 거다. 딱 한 번만 더 두드려보는 거다. 집주인이 문 뒤에서 빗장을 열려던 참인데 포기하고 돌아선다면 너무나 아까운 일 아닌가. 그러니 내가 이렇게 말할 수밖에.

"두드려라, 열릴 때까지!"

내 글쓰기의 비밀

얼마 전 한 고등학생으로부터 재미있는 이메일을 받았다. 학교 시험에 신문 사설과 내 책 《중국견문록》의 일부가 지문으로 나오고, 사설의 딱딱한 문체를 쉽고 간결한 한비야 문체로 바꿔 쓰라는 문제가 나왔단다. 그러면서 어떻게 하면 글을 잘 쓸 수 있는지 나만의 글쓰기 비결을 알려달란다. 세상에 이런 일이……. 신기하면서도 당황스럽다. 친한 친구에게 수다 떨듯이 쓰는 문체가 무슨 대단한 문체라고 학교 시험문제에까지 나온단 말인가. 게다가 글쓰기의 비결이라니!

난 정말 비결 같은 건 없다. 그 비결을 알면 이렇게 글을 쓸 때마다 머리를 벽에 찧고 가슴을 쥐어짜며 죽어야 한다고 자학을 하겠는가? 참말이지 나는 내가 글을 잘 쓴다고 생각해본 적이 단 한 번도 없다. 인터넷 블로그에 올라오는 글들을 읽어보라. 문장력이나 표현력이나 생각의 깊이가 놀랍도록 좋은 글이 수두룩하다. 가끔씩 통째로 외워버리고 싶을 정도로 마음에 쏙 드는 문장을 발견하면 부러운 마음에 한숨이 절로 난다. 나도 외우고 싶을 만큼 좋은 글을 쓰고 싶다. 머리를 때리는 글이 아니라 가슴을 때리는 글을 쓰고 싶다. 조금이라도 좋은 글을 쓰고 싶어서 매일매일 몸부림을 치고 있다. 여기서 이 학생 이메일의 답을 대신해 좀 더 좋은 글을 쓰기 위한 나의 몸부림에 대해 말해보겠다.

우선 좋은 글을 향한 기본적인 몸부림은 다들 알고 있듯이 다독(多讀), 다작(多作), 다상량(多商量)이다. 이건 기본 중의 기본이다. 이런 노력과 기초 없이 글 잘 쓰기 바라는 사람은 마치 지루한 기초 공사 없이 폼 나는 스카이라운지만 짓고 싶어 하는 것과 같다. 이 '삼다'와 더불어 나는 다록(多錄)을 추가하고 싶다. 직접 보고 듣고 느끼고 생각한 것을 잘 기록해놓는 일 말이다. 나는 또렷한 기억보다 희미한 연필 자국이 낫다고 확신하는 사람이다. 그래서 일기장과 늘 가지고 다니는 수첩에 그때그때 생각나는 것을 꼼꼼히 적어놓는다. 기록이란 감성의 카메라와 같다고 생각한다. 기억은 지나고 나면 사건의 골자, 즉 뼈대만 남기지만 기록은 감정까지 고스란히 남긴다. 통통한 살도 붙어 있고 향기와 온기도 남아 있는 거다. 아프가니스탄 아이들이 독초를 먹으며 굶어 죽는 긴급구호 현장에서 먼지를 일으키고 지나가는 차를 보며 저게 다 밀가루였으면, 저 누렇게 마른 풀이 모두 고단백 비스킷이었으면 좋겠다고 생각했던 순간, 그 느낌을 그 자리에서 메모장에 적어놓지 않았다면 당시의 안타까운 감정은 사라지고 몇 명의 아이를 구호했다는 사실만 남았을 것이다. 이런 일기장과 메모 수첩이라는 감정의 밑그림이 없었다면 단 한 권의 책도 쓸 수 없었을 거다.

두 번째 몸부림은 몰두다. 내 글이 술술 읽히니까 쓸 때도 일필휘지로 쓰는 줄 안다. 아니다. 내가 말도 빠르고 걸음도 빠르고 밥도 빨리 먹지만 글은 한없이 느리게 쓴다. 날밤을 새우고 또 새운다. 밤을 새워서 좋은 글이 나온다면 한 달이라도 새우겠다. 밤을 새울 때마다 머리를 쥐어뜯으며 도대체 이렇게밖에 못하면서 무슨 글을 쓴다고 나섰느냐며 자학까지 한다. 정말이지 글쓰기 때문에 내가 받는 고통은 아무도 모를 거다. 사람들은 오지 여행 중에 혹은 구호 현장에서 보고 들은 것을 그대로 전하기만 하면 될 텐데 뭐가 고민이냐고 말한다. 그런데 아는가? 그래서 더 죽겠다. 아무도 갈 수 없는 금강산을 혼자 보고 와서 그 아름다움과 감동을 글로 써야 하는데 아무리 애를 써도 보고 느낀 것의 반의반의반도 표현하지 못한다면 당신인들 속이 터지지 않겠는가?

그러니 백 퍼센트 몰두밖에는 다른 방법이 없다. 소위 총동원령이다. 글을 쓰는 동안만큼은 내가 가진 경험과 에너지와 시간을 글에만 몰아주어야 한다. 힘도 없는 주제에 어찌 감히 있는 힘과 시간을 아낀단 말인가? 그래서 원고 마감 전날에는 어김없이 밤을 새운다. 그 전에 글을 거의 다 써놓았다 해도 마감 전날 밤은 침대가 아

니라 거실 소파에서 불을 다 켜놓은 채 잔다(솔직히 나는 소파에서 자면 좀 불편해도 언제나 땡잡은 기분이다. 마치 비행기를 탔는데 운 좋게 옆자리가 비어 타고 오는 내내 다리를 쭉 뻗고 누워서 오는 것 같은 기분이기 때문이다). 이렇게 소파에서 토끼잠을 자다가 주기적으로 벌떡 일어나 써놓은 글을 다시 읽어보고는 고치고 또 고친다. 신문이든 잡지든 어딘가에서 내 글을 보았다면 아, 이 사람, 이 글 쓰느라 전날 밤 새웠겠군, 생각하면 '백 프로'다.

세 번째 몸부림은 글 쓰기 전에 먼저 말로 해보기다. 내가 글로 쓰려는 것의 거의 대부분은 이미 친구, 가족에게 혹은 강의 중에 여러 번 말로 해본 거다. 내 말을 직접 듣는 사람들의 갖가지 반응을 보면서 하고 싶은 말을 얼굴이 보이지 않는 독자들에게는 어떻게 전달하는 게 가장 좋을까 생각한다. 이렇게 말로 해서 편하고 전달이 잘되는 것만 글로 쓰려고 한다. 아니, 이렇게 할 수 있을 때에만 글로 쓸 엄두가 난다. 그래서 결국에 글로 쓰는 것은 지금 말하고 싶어서 견딜 수 없는 주제, 그것도 최근에 몰두하고 있는 주제에 대해서만이다. 다른 주제의 글은 때려 죽여도 쓸 수가 없다.

일단 글을 쓴 후에는 전문을 큰 소리로 읽고 또 읽는다. 글이란 결국은 운율이라고 생각한다. 그래서 한 문장 안에 고저와 장단이 있어야 자연스럽고 전달이 잘된다. 소리 내서 읽으면 이런 점이 잘 드러나서 껄끄럽거나 어색한 부분을 다듬는 데 큰 도움이 된다. 문장뿐만 아니라 내용 점검도 말로 풀어서 하면 훨씬 쉽다.

혼자 읽으며 다듬는 것이 어느 정도 됐다고 생각되면 그다음 순서는 시도 때도 없이 친한 친구들에게 전화를 해서 다 쓴 글을 읽어준다. 읽은 후 "어때?"라고 물을 때 바로 "좋은데"라고 하면 난리가 난다. "너 건성건성 들었지? 텔레비전 보면서 들었지? 좋기는 뭐가 좋다는 거야, 앙!!!" 하면서 친구가 뭐라고 한마디 비판적인 의견을 낼 때까지 마구 다그친다. 생각해보면 내 친구들은 번번이 이게 무슨 날벼락이고 고문이냔 말이다. 이게 다 한비야를 친구로 둔 괴로움일 거다. 늘 고맙고도 미안하다. 그러나 그들도 내 글의 첫 번째 독자가 된다는 즐거움도 없진 않을 거다. 아닌가?

네 번째 몸부림은 마감 시간 딱 맞추기와 퇴고다. 나는 마감 시간 직전까지 글을 쓰거나 고친다. 마감이 다가와야 능력의 최대치가 나올 뿐 아니라 끝까지 고쳐야 성에 차기 때문이다. 덕분에 본의 아니게 일간지, 주간지, 월간지 등 써본 모든 매체의 최종의 최종 마감 시간을 알고 있다. 담당 기자들은 최종 마감 시간에 딱 맞춰 원고를 보내는 나를 미워하지만 미워해도 할 수 없다. 마감 시간이 다가올수록 글이 잘 써진다는 걸 알고 있고 진짜 최종 마감 시간이 언제인지를 이미 알아버렸으니까. 이럴 때 당신 같으면 어떻게 하겠는가? 나는? 나도 역시 그렇게 한다. 욕을 먹더라도 끝까지 고치는 거다!

단행본을 낼 때는 더욱 그렇다. 초교지, 재교지는 물론 인쇄 직전의 오케이 교정지에도 붉은 펜으로 수없이 고쳐서 딸기밭을 만들어놓는다. 내 담당자들은 이걸 '피바다 교정지'라고 부른다. 그것도 모자라 인쇄기가 돌아가기 직전 인쇄소에 가서 고친 적이 있고 이미 나온 책을 20쇄가 넘도록 고치다가 편집자에게 사실이 틀렸을 경우를 제외하고는 더 이상 손대지 않겠다는 각서까지 쓴 적도 있다. 정말 이번이 마지막이야, 다시는 안 고칠게, 딱 한 번만 봐주라, 오케이? 고칠 때마다 완전 비굴 모드가 된다.

이렇게 갖은 애를 써도 모든 사람에게 공감을 얻거나 나 스스로를 백 퍼센트 만족시키는 글을 쓰는 건 물론 아니다. 그래도 마감에 맞춰 원고를 보낼 때마다 이메일 '보내기' 버튼을 누르는 손이 달달 떨리면서도 스스로에게 "있는 힘을 다했어?"라고 물었을 때 "그렇다"고 할 수 있기에 적어도 부끄럽지는 않다.

나는 글쓰기는 철공을 갈아서 바늘을 만드는 과정이라고 생각한다. 지칠 정도로 너무나 더디지만 애를 쓰는 만큼 반드시 좋아진다는 거다. 내 첫 책 '바람의 딸' 시리즈와 《지도 밖으로 행군하라》를 비교해보라. 내가 보아도 글이 좋아졌다는 것이 확연히 드러난다. 이것이 바로 그동안 좋은 글을 쓰기 위해 그토록 몸부림치고, 가족 및 친구들을 괴롭히고 기자와 편집자들에게 비굴했던 지난 10년간의 결과다. 앞으로 10년 후면 지금의 철공이 훨씬 더 바늘에 가까운 모습이 될 것을 굳게 믿으며 오늘도 미련하게, 그러나 기꺼이 철공을 갈고 있다.

지금 이 글을 쓰면서도 나는 위에서 말한 모든 몸부림을 치고 있

는 중이다. 자, 어떤가, 여러분도 머리를 때리는 글이 아니라 가슴
을 때리는 글이 쓰고 싶은가? 그래서 기꺼이 이런 몸부림을 칠 마
음의 준비가 되어 있는가? 그 몸부림이 달콤한 고통이 되길 진심으
로 바란다. 건투를 빈다. 내게도 건투를 빌어주시길.

구호팀장으로
산다는 것은

이번 달 일정은 가히 살인적이다. 지난 주 사흘만 돌아봐도 그렇다. 새벽에 기차로 전라도에 내려가 월드비전 관련 강의를 하고 후원 기업의 배 진수식에 참석한 후, 우등 고속버스를 타고 강원도로 올라가서 다음 날 오전에 강의하고 오후에는 세계시민학교 행사에도 참석했다. 끝나자마자 서울로 돌아와 한밤중에 국제 월드비전과 식량 위기에 관한 전화 회의를 끝내고, 새벽부터 글을 쓰기 시작해 신문 칼럼을 마감한 후 그날 오후 제주도로 날아가 기아체험 관련 생방송을 했다. 마지막 비행기로 서울로 돌아오자마자 여행 가방을 꺼냈다. 다음 날 아침 볼리비아로 출장을 가야 하기 때문이다.

생각해보니 지난 일주일간 침대에서 제대로 잔 시간이 10시간도 되지 않는다. 기가 막히다. 이게 도대체 사람의 일정인가 말이다. 지난 몇 달간 내내 이런 식이었으니 정말 이러다간 병이 나고야 말

것 같다. 4년 전에도 비슷한 상황이었는데⋯⋯. 그때를 생각하면 지금도 가슴이 덜컥, 내려앉는다.

2005년 파키스탄 지진 현장에 다녀온 직후였다. 갑자기 얼굴과 혀에 마비 증상이 나타났다. 잇몸 마취 주사를 맞은 것처럼 왼쪽 얼굴에 감각이 없고 혀가 굳어 제대로 말을 할 수가 없었다. 얼마나 놀랐는지. 그런데 검사차 병원에 가서 뇌 사진을 찍고는 더 큰 벼락을 맞았다. 뇌에 기생충이 있을지도 모른다는 거였다. 구호 현장에서 잘 익히지 않은 고기를 먹었으면 드물게 그럴 수 있다면서 당장 입원해 몇 가지 정밀 검사를 해야 한단다.

난생처음 병원이라는 '오지'에서 일주일을 머물면서 척추에서 골수를 빼고(무진장 아프다), 눈에 형광 물질을 넣는 혈류 검사(세상이 정말 노랗게 보인다) 등 온갖 신기한 검사(너무 신기해서 검사 과정을 일기장에 낱낱이 써놓았다)를 한 결과는 다행히 극심한 과로에 의한 뇌혈관 장애였다.

극심한 과로라⋯⋯. 돌이켜 보니 내가 월드비전에 들어간 해부터 한 해도 거르지 않고 대형 재난이 터졌다. 아프가니스탄 전쟁, 이라크 전쟁, 아프리카 대기근, 쓰나미에 파키스탄 지진까지. 허구한 날 재난 현장에서 일하느라 나를 돌볼 시간도 마음의 여유도 없었던 거다. 스스로 병을 자초한 면도 있다. 구호 활동 뒤에는 꼭 정신과 치료를 받아야 하는데, 바쁘다는 핑계로 이를 건너뛰었다. 월드비전을 포함한 국제구호단체에는 현장에서, 특히 열악한 현장에서 돌아온 구호요원들은 반드시 정신과 전문의로부터 '디브리핑' (debriefing, 복명)이라는 과정을 통해 자신이 겪은 일을 자세하게 설명하고, 정신적인 충격이 있다면 치유해야 한다는 규정이 있다. 디브리핑 과정에서 '심각하다'는 판정을 받는 요원은 일정 기간 어떤 구호 현장에도 갈 수 없을 정도로 이 치료 과정은 중요하다. 구호 현장에서 지뢰를 밟을 뻔했다든지, 지진으로 무너진 건물 더미에 갇혔다든지, 사람이 눈앞에서 죽어가는 걸 목격했다든지 하는 경험은 바로 털어내고 치유하지 않으면 정신적 외상(트라우마)으로 남아 평생 괴롭힌다고 한다.

내게도 이런 정신적 외상이 한 가지는 분명히 있는 것 같다. 2004년 쓰나미 긴급구호 때 인도네시아에서 수백 구의 시체를 보았다. 세상에 태어나서 그렇게 많은 시체를 본 건 그때가 처음이었다. 습도 높은 한여름에 물에서 건진 시체에서는 매우 특이한 냄새가 났다. 부패해서 만삭의 임산부처럼 부풀었던 배가 터져 내장이 사방에 흩어진 주검에서는 그런 냄새가 더욱 심했다. 뭐랄까? 비 맞은 들짐승에서 나는 비릿한 냄새에 빙초산처럼 톡 쏘는 냄새를 섞은 것 같았다. 요즘도 어딘가에서 그런 비슷한 냄새가 나면 바로 구역질이 나면서 그때 보았던 시체들의 일그러진 얼굴이 파노라마처럼 스쳐 간다. 그런 날 밤에는 티셔츠가 흥건히 젖도록 무시무시한 악몽을 꾸곤 한다. 시간이 지나면 괜찮아지려니 했는데 5년이 지났건만 그 냄새의 기억은 여전히 또렷하다. 그리고 이 트라우마가 평생 갈까 봐 두렵다. 쓰나미 현장에서 오자마자 월드비전 규정대로 심리 치료를 받았다면 좋았을텐데 그때는 쓰나미 현장의 참상을 알리고 구호 자금을 모금하느라 자신을 돌볼 시간과 여유가 없었다. 퇴원을 하면서 결심했다. 다시는 무리하게 일하지 말아야지. 규정대로 해야지. 그리고 이제부터 매일매일 잠을 자야지.

실토하건대 나는 구호 현장뿐 아니라 일상에서도 건강에 좋은 일은 별로 하지 않는다. 많이 걷는 것과 물을 많이 마시는 것 외에는 오히려 몸에 해롭다는 일만 골라 한다. 잠도 이틀에 한 번 자고 아침밥은 수십 년째 거르고 있고 점심·저녁도 내게 선택권이 있으면 거의 면류, 특히 매콤달콤한 비빔국수나 비빔냉면을 즐겨 먹는다. 한밤중에 글을 쓰면서도 방부제와 몸에 나쁘다는 오렌지색 식용색소가 잔뜩 들어 있는 짭짤한 불량식품을 옆에 끼고 산다. 특히 한여름에는 밥 대신 수박만 먹고 산다. 한마디로 전혀 영양가를 고려하지 않는 식생활이다. 어느 때는 이러다가 영양실조에 걸릴 것 같아 큰맘 먹고 보약을 지어 와도 꾸준히 먹기는커녕 기호식품 먹듯 생각나면 먹느라 보름에 다 먹어야 할 보약을 두 달 내에 끝내는 법이 없다. 부모님이 물려주신 단단한 체질과 체력만 믿고 이러는 건데, 글쎄 그게 언제까지 가겠는가 말이다.

하기야 이 체력 때문에 나는 아무리 무리해도 표시가 잘 나지 않는 게 문제라면 문제다. 다른 사람들은 피곤하면 코피가 나거나 입술이 부르터서 주위에서 힘든 걸 알아주지만 나는 생전 코피도 안

나고 입술도 안 부르튼다. 가끔씩 입 안이 헐거나 혓바늘은 돋지만 그걸 뒤집어 보여줄 수도 없는 노릇이고. 게다가 목소리가 크고 톤도 높고 말도 빨라 주위 사람들은 내가 힘든 걸 도저히 눈치 챌 수가 없다. 나 또한 만날 바쁘다, 힘들다 말하고 싶지 않다. 하는 일 대부분이 누가 시켜서가 아니라 자청해서 하는 거라 더 그렇다. 어른들이 몸도 챙겨가며 하라고 걱정하시면 겉으로는 네, 하지만 속으로는 '내가 뭘 했다고?'라고 생각한다. 찡찡거리며 엄살을 부려본들 누가 내 일을 대신해줄 것도 아니고 또한 구호요원 중에서 나만 이런 강도로 일하는 것도 아니지 않는가.

그러나 계속 이렇게 가다간 조만간 또 병원 신세를 질 것 같다. 무쇠로 만든 인간도 항우장사도 아니고 말이다. 정말이지 다른 나라, 다른 사람들만 긴급구호 하러 다닐 게 아니라 나 자신을 살인적인 일정에서 긴급구호 하지 않으면 안 되게 생겼다.

급한 마음에 한의사 친구를 찾아가 다짜고짜 물었다.

"한 방에 건강이 확 좋아지는 비결은 없을까?"

그 친구, 나를 한참 째려보더니 이렇게 말했다.

"완전 도둑놈 심보네. 수십 년을 건강에 나쁜 일만 해놓고 이제 와서 하루아침에 좋아지는 방법이 어디 있겠느냐고? 아침밥도 안 챙겨 먹는 주제에 어디 와서 그런 얘기를 해?"

갑자기 뜨끔했다. 그리고 요행심을 바라는 내가 좀 웃겼다. 그래서 하루아침에 건강이 좋아지길 바라는 도둑놈 심보는 버리고 이제라도 하루하루 꾸준히 지켜나갈 수 있는 작은 계획을 세워보기로 했다.

그중에서 가장 손쉬운 건 내일부터라도 아침식사로 우유든 바나나든 뭐든 먹겠다거나 원고 쓰는 날만 빼고는 매일 다섯 시간 이상 자겠다거나 밤은 일주일에 한 번 이상 새우지 않도록 원고 청탁은 한 달에 네 건 이상 받지 않겠다는 등의 구체적이고도 지속 가능한 결심을 하는 거다(그런데 비빔국수는 절대, 양보할 수 없다. 아, 왜 세상에는 영양가 풍부한 비빔국수는 없는 걸까?).

그러나 아무리 곰곰이 생각해보아도 내 무리한 일정은 일정 자체가 문제라기보다는 할 수 있는 일과 할 수 없는 일, 꼭 해야 할 일과 그렇지 않은 일을 구분하지 못하는 데 있는 것 같다. 제 욕심을 이기지 못해 일을 벌여놓고는 번번이 그 일 보따리를 혼자 떠안게 되는 것도 그렇다. 도대체 누가 시켰다고 스스로를 이렇게까지 바쁘게 만드는가. 도대체 무슨 욕심이고 무슨 영화를 보겠다고 이렇게 몸과 마음을 혹사하고 있나 말이다. 나중에 떠올리면 기억조차 잘 나지 않을 하찮은 일로 이렇게 정신없이 사는 건 아닌가 잘 생각해보아야 한다.

나의 하느님도 내가 아무리 중요하고 좋은 일을 하더라도 건강을 해치면서까지 일하기를 원하지는 않으실 터, 그러니 나를 긴급구호할 최선의 방법은 내 욕심과 하느님이 시키시는 것을 잘 분간하는 것, 그리고 해야 할 일과 할 수 없는 일을 잘 분간하는 것이다. 그것만이 살 길이다.

　그러나 지금은 힘들고 이러다간 큰일 날 거 같으니까 이런 계획
도 세우고 결심도 하지만 조금만 살 만해지면 언제 그랬냐는 듯 또
무리할 게 틀림없다. 때수건으로 빡빡 때를 미는 게 피부에 좋지 않
다는 걸 뻔히 알면서도 그렇게 하지 않으면 성에 차지 않는 것처럼
무슨 일을 할 때 살짝 무리를 해야 일한 것 같은 이 마음이 문제다.
그런데 이제는 더 이상 이러면 안 되는 걸 나도 잘 알고 있다. 계속
무리하면 주위 사람들이 걱정할 거고 급기야 몸져 누워 회사에 못
가면 내가 못한 일을 팀원들이 덤터기 쓰고 그러면 우리 직원들이
또 무리할 게 뻔하고, 몇날 며칠 고생하던 직원들 중 한두 명은 탈
이 날 거고, 탈이 나면 그 가족들이 또 걱정하고……. 나 때문에 이
런 악순환이 일어날 수 있는 걸 뻔히 알면서도 이 무리하는 습관을
고치지 못하는 나 자신이 정말 밉다.

　며칠 전 생일 카드를 사러 서점에 갔다가 성 프란치스코의 기도
문이 적혀 있는 예쁜 카드를 우연히 읽게 되었다.

　　주여, 제가 할 수 있는 것은 최선을 다하게 해주시고
　　제가 할 수 없는 것은 체념할 줄 아는 용기를 주시며
　　이 둘을 구분할 수 있는 지혜를 주소서.

　꼭 나에게 하는 소리 같았다. 혹시 하느님은 이 기도문을 통해 내

게 간절히 당부하고 싶었던 것은 아닐까. 당분간 이 카드를 침대 위에 붙여두고 눈에 띌 때마다 머리에 새겨야겠다. 가슴에도 깊이 새겨야겠다.

왜
이 아이를 죽게
두셨나요

2008년 10월의 아프리카 남부 수단. 진흙탕과 다름없는 자동차 길에서 1분만 벗어나도 신발은커녕 옷을 제대로 입고 있는 아이를 찾아볼 수가 없다. 아이들은 소, 말 등이 대소변을 마구 보는 강물을 그냥 퍼서 마신다. 이곳에서는 수천 명도 넘는 가족 단위의 유목민들이 소 떼를 키우며 거대한 평원 여기저기를 떠돌아다닌다. 유목민의 아이들은 가축들과 섞여 소 오줌으로 세수를 하고 소똥 범벅이 되어 살아간다. 허허벌판에 나무 한 그루만 있으면 그곳은 학교가 된다. 책상도 없이 아이들이 땅바닥에 옹기종기 모여 앉으면 선생님은 나무에 칠판을 걸어놓고 수업을 시작한다. 이런 학교마저 못 가는 아이들이 태반이다. 여기에서 우리는 30만여 명을 대상으로 영양실조에 걸린 아이들을 치료하고 5세 미만의 어린이에게 치명적인 4대 질병인 홍역, 말라리아, 설사 및 폐렴, 백일해 등 호흡기

질환을 예방하는 사업을 벌이고 있다.

그날은 이동 보건소를 운영하는 날이었다. 반경 수십 킬로미터 안에 있는 마을 사람들을 한곳에 모아 영·유아에게는 백신 주사를 놔주고, 영양실조에 걸린 아이들에게는 옥수수 가루와 콩가루를 섞은 영양죽을 배분하고, 극심한 영양실조 상태인 아이들은 아예 입원시켜 집중 치료를 받게 한다. 하루 종일 시골 장터처럼 시끌벅적했던 이동 진료소가 거의 파할 때쯤, 어떤 젊은 아버지가 땀을 비오듯 쏟으며 헐레벌떡 들어섰다. 땡볕 아래 다섯 시간을 걸어왔단다. 그가 내려놓은 염소가죽 안에는 아통이라는 한 살짜리 여자아이가 싸여 있었다. 한눈에 봐도 극심한 영양실조 상태였다. 몇 달 전 엄마가 죽은 뒤 염소젖을 물에 타서 먹여왔다는데 몸이 불덩이처럼 뜨겁고 눈동자가 풀려 있고 항문도 열려 있었다. 한시가 급한 상황이었다. 현지 의사의 지시에 따라 즉시 입원 치료소로 옮겼다.

아통과 같이 차를 타고 가는 내 입에서는 저절로 화살기도가 나왔다. '오, 하느님, 이 아이를 꼭 살려주세요. 꼭이요.' 치료소에 도착하자마자 아이에게 물을 먹였다. 꿀꺽꿀꺽, 아통의 물 마시는 소리가 어찌나 우렁차던지. "나 이제 살았어요"라고 말하는 듯했다. 의사 말로는 아통이 오늘 중에 우리를 만나지 못했으면 목숨을 잃을 수도 있었단다. 설사가 심하긴 하지만 폐렴 등 합병증이 없으니 2주일 정도 집중 치료하면 생명에는 지장이 없을 거라고 했다. 아통 아버지의 얼굴에 비로소 화색이 돌았다. 기쁜 마음에 아통을 들쳐

안았는데 글쎄 내 윗도리에 설사를 한바탕 좌악 하는 게 아닌가. 냄새는 진동했지만 밉지 않았다. 밉기는, 살아준 것만으로도 얼마나 고마운 일인데.

이럴 때마다 우리와 아통을 끔찍이 아끼시는 사랑의 하느님이 우리 곁에 있구나, 새삼 깨닫게 되어 가슴이 뻐근하다. 긴급한 상황에서 이들을 구해내는 일이 바로 하느님의 사랑을 전하는 일이라는 뿌듯한 믿음도 마구 샘솟는다. 하지만 현장에서 이렇게 좋은 일만 있는 건 아니다.

어느 날, 오전에 오기로 했던 생후 6개월 된 아이가 이동 진료소가 파할 때가 되었는데도 나타나지 않았다. 어찌 된 일인지 알아보려고 진료소가 끝난 후 직원들과 함께 아이의 집을 찾았다. 그런데 이게 웬일인가. 엄마가 아이를 업고 아침 일찍 보건소로 출발한 지 얼마 되지 않아 아이가 그만 죽고 말았단다. 집 마당 안에는 금방 만든 듯한 네모난 흙무덤 위에 조그만 십자가가 놓여 있었다. 젊은 엄마는 슬픔조차 느껴지지 않는 멍한 표정으로 거의 넋이 나가 있었다. 2년 전 둘째 아들이 병으로 죽고 몇 달 전에는 남편도 교통사고로 죽었는데 또 이런 일이 벌어진 것이다. 아이가 아플 때 마을 사람들은 저주가 내린 게 분명하다며 주술사에게 액땜 의식을 받으라고 강권했지만, 이 엄마는 남편이 죽은 직후 크리스천이 되었기 때문에 막내의 목숨은 하느님께 맡기고 싶었단다. 그래서 하느님께 열심히, 정말 열심히 살려달라고 기도했지만 기어이 아기를 잃었다며 그제야 굵은 눈물방울을 떨어뜨렸다. 슬픔으로 떨고 있는 엄마의 손을 잡고 있자니 위로의 기도 대신 불경한 원망의 기도가 저절로 터져나왔다.

'왜 그러셨어요, 하느님. 왜 이 아이를 살려주지 않으셨나요? 미신과 주술이 판치는 이 마을에서 유일한 크리스천인 이 엄마의 아이를 왜 죽게 내버려두셨나요? 왜 마을 사람들이 당신을 의심하며 마음껏 조롱하게 만드셨나요? 10시간만 빨리 우리를 만났어도 살 수 있었다는데, 이 아기의 죽음이 도대체 하느님께 무슨 영광이 되는 건가요? 엄마의 기도를 들어준다고 누구에게 피해가 가는 것도 아니잖아요. 정말 왜 이렇게 하셨나요, 하느님!'

이렇게 원망하다 보니, 예전에 겪은 이와 비슷했던 상황들이 주마등처럼 스쳐갔다. 케냐 북부 수단의 국경 지대, 영양 급식 치료소에 한 유목민 여인이 땀을 뻘뻘 흘리며 아이를 들쳐 업고 들어왔다.

"우리 아이가 힘이 없나 봐요. 집에서 나올 때부터 잠만 자고 있네요."

내려놓은 아이는 이미 이 세상 사람이 아니었다. 엄마는 아이가 죽은 줄도 모르고 아이를 살려보겠다는 마음 하나로 하루 종일 사막을 가로질러 왔던 것이다. 아이의 몸은 사람의 형상이라고 할 수 없을 정도로 깡말라 있었다. 순간, 내 입에서 이런 원망의 기도가 터져나왔다. '하느님은 아이의 이 깡마른 몸이 안 보이시나요? 이 아인 세상에 태어나서 단 한 번도 배부르게 먹어보지 못했겠죠? 이 아이가 죽어서 속이 시원하신가요? 이 아이는 무슨 죽을 죄를 지은 건가요? 도대체 그게 무슨 죄인가요, 하느님?'

세계 오지 여행을 하던 중 만난 소말리아의 '핑크보이'들도 떠올랐다. 낯선 내가 사진을 찍을 때마다 분홍색 혓바닥을 내보여 핑크보이라는 별명을 얻은 이 귀여운 아이들은 가성콜레라에 걸려 나를 만난 지 며칠 만에 한꺼번에 죽고 말았다. 전쟁 중에 부모를 잃고 난민촌에 살고 있던 그들은 이미 너무 많은 슬픔을 지닌 아이들이었다. 내가 하느님이라고 감히 가정한다면 뭐라도 해주었을 것 같은, 절대 속수무책으로 죽게 놓아두지 않았을 그런 아이들이다. '하느님, 정말 너무하시는군요. 이 불쌍한 아이들이 죽는다고 소말리아 내란이 끝나는 것도 아니잖아요. 도대체 왜 이 아이들에게만 이토록 냉정하고 가혹하신 건가요?'

인도네시아 아체의 쓰나미 현장에서 만난 엄마 잃은 아이들은 마음이 아파 차마 똑바로 볼 수도 없었다. 아동 보호소에 모여 앉아 "아가야, 내가 없어서 얼마나 슬프니? 그러나 아가야, 나도 너를 떠나고 싶지 않았단다"라는 노래를 부르는 아이들의 큰 눈에는 눈물이 그렁그렁 고여 있었다. 하루아침에 사라진 엄마 생각을 하며 이렇게 울다가도 조금만 웃긴 이야기를 들으면 눈가에 눈물을 매단 채 웃는 아이들. 그 아이들은 아직 엄마가 없다는 게 무엇인지도 모른다. 대여섯 살도 되지 않은 이런 꼬마가 집도 절도 없이, 엄마 아빠도 없이 지독한 가난 속에서 얼마나 어려운 인생을 살아야 할지 뻔한 일이었다. 왜 하느님은 이 아이에게 꼭 필요한 엄마 아빠를 데리고 가신 걸까? 하느님에게 그들이 더 필요했던 걸까?

세계에서 가장 불안한 땅, 팔레스타인에서 한 아이는 안전할 거라고 믿었던 학교 앞 운동장에서 축구를 하다가 이스라엘 군인의 총에 맞아 척추 장애가 되었다. 이제 열세 살인 아이는 몸만 못 움직일 뿐 감각은 살아 있는데 욕창이 생겨 몸이 썩어가는 고통, 그 냄새와 그 가려움과 그 아픔을 온몸으로 견뎌내고 있었다. 이 아이가 고통을 당하는 대가로 이들을 괴롭히는 이스라엘 검문소와 정착촌이 없어지는 것도 아니고 중동에 영구적인 평화가 찾아오는 것도 아닐 텐데, 하느님은 왜 꼬마에게 이런 엄청난 고통을 주시는지 정말 원망스럽기만 했다.

지난 세월 만났던 수많은 아이들의 얼굴이 떠오르자 가슴이 쿡쿡 쑤시면서 숨이 꽉 막히더니 오늘 아이를 잃은 남부 수단의 엄마처럼 내 눈에서도 굵은 눈물이 뚝 떨어졌다. 아이 엄마 손을 더욱 꽉 잡으니까 오히려 그 엄마가 위로하듯 내 어깨를 다독여주었다. 그러면서 하는 말,

"나의 이 슬픔을 함께하라고 주님이 당신들을 보내주셨군요. 고맙습니다."

"……."

누군가에게 소리치며 원망해도 모자랄 사람이 도리어 나를 위로해주다니……. 위로하러 간 사람이 위로를 받다니. 아, 그래. 난 이

런 목소리를 예전에도 들은 적이 있다. 지진으로 수만 명이 죽은 이란 현장에서 남편은 물론 집과 친척 등 모든 것을 잃은 채 울고 있던 한 엄마를 위로하고 있을 때였다. 다섯 살도 안 되어 보이는 그 집 딸이 다가와서 손을 꼭 잡더니, 그 크고 예쁜 눈으로 내 눈을 똑바로 보면서 "마 피쉬 무슈킬라"(괜찮아요)라고 했다. 그때 자기 엄마도 울고 있는데 왜 나에게 그런 말을 해주었을까 의아했다. 그런데 지금에서야 알 것 같다. 그 아이는 꼬마를 가장한 천사였을 것이다. 하느님이 천사를 통해 내가 이들을 어떻게 위로해야 하는지 가르쳐주시려던 것이리라.

남부 수단 현장에서 나는 하느님이 사람을 살리시는 것도, 죽게 내버려두시는 것도 보았다. 왜 어떤 아이는 살리고, 어떤 아이는 죽이셨을까? 전지전능하신 하느님이신데 모두를 살려주면 얼마나 좋았을까. 모두를 살려주는 건 정말 안 되는 일이었을까? 그걸 우리가 알 수는 없다. 이해할 수도 없다. 그러나 구호요원으로서 한 가지는 알 수 있다. 하느님은 사람의 고통을 치유하라고 우리를 보내신 게 아니라는 것이다. 우리가 무슨 힘이 있어 그런 엄청난 고통을 치유할 수 있을까. 우리는 다만 고통받는 사람과 함께, 그들이 두려워하는 것을 함께 두려워하고, 아파하는 것을 함께 아파할 수 있을 뿐이다. 가끔은 고통과 원망과 회의 앞에서 흔들릴지라도 그렇게만 할 수 있을 뿐이다.

가서
그들의 눈물을
닦아주어라

2007년 9월~12월 짐바브웨에서

2007년 9월, 짐바브웨로 4개월간 파견 근무를 오게 됐다. 이곳은 가장 높은 수위의 재난인 카테고리 3지역으로, 수년간 계속된 가뭄 때문에 수십만 명의 아이들이 굶어 죽고 있는 현장이다. 그러나 국가비상사태까지 선포된 급박한 현실을 아는지 모르는지 9월의 짐바브웨는 라일락 모양의 보라색 자카란다가 만개하여 눈부시게 환하다. 여학생들의 보라색 카디건 교복 색깔이 자카란다와 어우러져 여자아이들이 꽃처럼 예뻤다.

나는 이곳에 130만 명에 대한 긴급구호 식량 지원을 하러 왔다. 와 보니 식량도 식량이지만 물가 문제가 더 심각했다. 한 사람의 독재자가 국민들을 얼마나 못살게 굴 수 있는지, 어떻게 나라 전체에 돌이킬 수 없는 해악을 끼치는지 내 눈으로 확인할 수 있었다. 정부가 물가 안정 대책이랍시고 실제 거래 가격의 5분의 1 선에서 물가를 동결하는 바람에 상인들이 가게에 물건을 내놓지 않아 큰 가게건 작은 가게건 금방 이사를 나간 것처럼 선반이 텅텅 비어 있었다. 실제 거래는 모두 블랙마켓에서 이루어지니 물가가 천정부지로 치솟을 수밖에. 물가가 올랐다고 돈을 마구 찍어내기까지 해서 물가는 오전 다르고 오후 다르게 뛰고 있었다. 물가 상승률은 연일 세계 신기록을 갱신 중이었다. 이곳에선 일상적으로 쓰는 지폐가 20만 불짜리 신권인데, 현지 직원들과 저녁이라도 한번 먹으려면 이런 고액권을 작은 배낭 가득 채워 가도 될까 말까다.

내가 머물고 있는 월드비전 국제 직원 숙소는 무가베 대통령이 권력을 잡자마자 보란 듯이 빈손으로 쫓아낸 백인 농장주가 살던 곳이다. 호텔 앞마당 같은 멋진 정원과 수영장까지 딸린 그럴듯한 2층 저택이지만 수돗물도 안 나오고 전기도 들어오지 않는다. 전기를 옆나라인 남아공과 잠비아에서 수입해왔는데 최근 정부가 전기세를 내지 못해 그 나라들에서 공급을 제한했다고 한다. 몇 달 동안 전기 없이 지내려면 얼마나 불편할까, 내심 걱정이 되었다.

숙소에서의 첫날, 올빼미 체질인 나는 밤늦게까지 뭘 좀 하고 싶었지만 촛불 아래서 저녁밥을 먹은 후 일기만 겨우 쓰고 11시도 되지 않아 잠자리에 들었다. 그랬더니 다음 날 새벽 5시에 눈이 떠지는 게 아닌가. 잠이 완전히 깼는데 깜깜한 방 안에 멀뚱멀뚱 앉아 있는 게 싫어서 밀크 커피를 한 잔 만들어 들고는 새벽어둠이 가시지 않은 푸르스름한 정원으로 나가보았다. 형체만 어렴풋한 나무들

사이로 보이는 동트기 직전의 하늘은 장엄하고 경건했다.

아침 기도를 하려고 성호를 긋고는 하느님, 하고 불렀더니 갑자기 마음이 따뜻해졌다. '내 딸아, 나 여기 있단다' 하며 하느님이 바로 곁에 서 계시는 것 같았다. 괜히 신이 나서 정원 한구석 나무 의자에 걸터앉아 평소 하던 대로 당신을 진심으로 사랑한다고, 오늘 하루를 선물로 주셔서 감사하다고 말하고, 오늘도 나의 생각과 말과 행동에 함께해달라는 부탁과 함께 식구들, 가까운 친구들, 우리 팀원들과 짐바브웨를 위한 기도를 드렸다. 이어서 이곳에 제발 비를 내려달라고 간청한 후 특별히 오늘은 짐바브웨 파견 근무 첫날이니 마치는 날까지 나를 준비하신 대로 써달라는 기도를 했다.

왠지 여기서 일을 하는 내내 하느님이 함께하실 것만 같아 시작부터 기분이 상쾌했다. 기도를 마치고 눈을 떠보니 아침의 첫 햇살이 발치에 와 있었다. 출근할 때까지 아직 시간도 남았고 날도 환하게 밝았는데 별다른 읽을거리도 없으니 내친 김에 성경을 읽어볼까 하는 생각이 들었다. 신선하고 경건한 짐바브웨의 새벽 기도와 성경 읽기는 그렇게 시작되었다.

고백컨대 내 평생 넉 달 동안 거의 하루도 빠짐없이 두 시간씩 기도하고 묵상하고 성경을 읽은 적은 그때가 처음이었다. 시골로 현장 근무를 나가는 날도 기도와 성경 읽기를 빼먹지 않았다. 이른 아침마다 하느님, 이라고 부르기만 해도 그 즉시 그분과 연결되는 느낌이었다. 그야말로 하느님과 일대일로 면담하고 있는 기분이었다.

일과가 시작되기 전에 읽는 성경 말씀은 꿀처럼 달고 가시처럼 따끔했다. 새벽에 몸은 더 자고 싶다고 아우성인데 성경을 읽고 싶은 마음에 벌떡 일어난 날도 많았다. 정말 신기한 일이다. 나 같은 아침 잠꾸러기가.

그러던 어느 월요일 아침, 학교 급식 배분 상황을 체크하러 갔을 때였다. 아침인데도 아이들 대부분이 책상에 엎드려 있었다. 이 마을에 전염병이 도나, 생각했는데 알고 보니 모두 배가 고파 쓰러져 있는 거였다. 2학년 교실에 들어가 아침밥을 먹고 온 사람이 있는지 물었더니 마흔일곱 명 중 겨우 다섯 명만 손을 들었다. 나머지 아이들에겐 우리가 점심 급식으로 지원하는 옥수수 죽이 그날의 유일한 음식이라고 했다. 그나마 평일에는 이렇게 한 끼라도 먹을 수 있지만 주말엔 꼼짝없이 물로 배를 채운다. 금요일 점심에 죽 한 그릇 먹은 후 이틀 동안 아무것도 먹지 못했으니 저렇게 쓰러져 있을 수밖에. 아이들에게 이 옥수수 죽은 그야말로 생명줄이다. 한참 자라는 아이들이 죽 한 그릇에 배가 부르거나 키가 쑥쑥 크는 것은 아니지만 적어도 굶어 죽는 건 면할 수 있으니까.

이런 현장에서는 하루 종일 입에서 단내가 나고 파김치가 되도록 일하지만 매일 아침 기도를 하고 성경을 읽는 두 시간 동안만은 파견 근무가 아니라 영성 훈련이나 장기 피정을 온 것 같았다. 아침마다 하느님께 이 아이들을 어떻게 하면 더 잘 도울 수 있을지 지혜를 달라는 기도가 절로 나왔다.

짐바브웨에서의 주일 예배도 매우 특별한 경험이었다. 이곳에서 첫 번째 맞는 주일에 근처 성당으로 데려다주기로 한 현지 직원이 성당 미사는 너무 조용해서 지루하다며 그날 딱 한 번만 '다이나믹한' 자기 교회에 가보지 않겠느냐고 했다. 아프리카에 왔으니 아프리카식 예배를 경험해보는 것도 좋을 것 같아 그가 다니는 오순절 교회에 따라갔다. 정말 그곳의 예배는 정신을 쏘옥 빼놓았다. 예배가 아니라 버라이어티쇼 같았다.

대형 극장을 빌려 하는 예배는 잘 차려입은 성가대가 밴드 반주에 맞춰 춤을 곁들인 신나는 복음성가를 부르면서 시작되었다. 사십대 에너지 덩어리인 목사님과 3백여 명의 교인들은 성가대의 노랫소리에 질세라 두 손을 높이 들거나 몸을 흔들며 목청껏 합창을 했다. 그날의 주제는 '겸손하라'. 목사님은 이 단순한 메시지를 콘서트 하는 가수가 객석의 관객들에게 후렴구를 따라 부르게 하듯 마이크를 들이대며 반복해 따라 하게 했다.

그뿐인가. 목사님이 "오늘 이 설교를 들었으니 하느님께 지금보다 더욱 겸손한 삶을 살겠다는 결심 기도를 드립시다" 하니 교인들은 몸을 흔들면서 극장이 떠내려갈 정도로 크게 통성 기도를 하지 않나, 손을 하늘로 뻗어 덜덜 떨면서 방언 기도를 하지 않나, 심지어 기도 중 성령을 받았다며 눈앞에서 앞으로 옆으로 뒤로 팍팍 쓰러지기까지 했다. 이런 일은 세 시간 내내 계속되었다. 잡음이 심한 앰프는 또 얼마나 큰 소리를 내던지. 혼이 쏙 빠진 나는 그날 극장을 나가면서 결심했다.

'아유, 정신없어⋯⋯. 이 교회에 다시는 오지 말아야지.'

그러나 결국 파견 근무 내내 그 교회에만 나가게 되었다. 짐바브웨가 아니면 언제 이런 요란뻑적지근한 교회에서 예배를 보겠나 하는 생각도 들었지만, 그보다는 예배에 참석하고 나면 다음 일주일간 행동을 할 때나 말을 할 때나 그 내용을 생각하고 실천하게 하는 '다이나믹' 목사님의 단순 명료한 설교 메시지에 더 끌렸다. 현장에서 가슴 아픈 일을 겪은 주에는 그 단순함이 큰 위로가 되기도 했다.

도시 빈민가의 에이즈 말기 환자들을 위한 식량 지원을 나갔을 때는 특히 더 그랬다. 이 프로그램의 대상자는 모두 11,403명. 그런데 놀랍게도 그 가운데 열 살 미만이 천여 명이고, 한두 살짜리 아이도 수십 명이나 있었다. 엄마에게 수직 감염된 아이들이었다. 지난주에 만난 말기 환자는 스무 살 난 젊은 엄마였다. 우리가 지원한 점심을 겨우 입에 넣을 정도로 쇠약했지만 희미하게 웃으며 내게 고맙다는 인사까지 했다. 자기처럼 에이즈에 걸린 두 살짜리 딸을 꼭 껴안고 정성껏 밥을 먹여주는 모습이 짠했는데, 이틀 후 다시 찾았을 때는 그 엄마를 볼 수 없었다. 그날 점심을 먹고는 오후에 조용히 눈을 감았다는 거다. 우리가 돕는 에이즈 말기 환자 가운데 이렇게 죽는 사람이 한 달에 3백 명도 넘는다. 돌보던 사람을 눈앞에서 허무하게 떠나보내는 일, 이런 일들은 아무리 여러 번 겪어도 가슴 아프고 도무지 익숙해지지 않는다. 그럴 때마다 하느님이 여기서 내가 뭘 하길 바라시는 걸까 더욱 애타게 기도하게 된다.

한번은 설교 도중 목사님이 매일 시간을 정해 성경을 읽고 기도를 하는 사람이 있으면 손들어보라며, 그런 사람들만이 하느님의 음성을 분명히 들을 수 있다고 했다. 아, 바로 나잖아? 쑥스러워 손을 들지는 않았지만 약간 우쭐해졌다. 그러나 우쭐함도 잠시, 내 입에서는 이런 혼잣말이 튀어나왔다.

"근데 그 음성이 도대체 언제쯤에나 들린단 거야?"

그 무렵 나는 짐바브웨에서 무엇을 어떻게 하면 좋을까 하는 문제와 함께 어떻게 사십대를 마무리하고 다가오는 오십대를 준비해야 할지를 놓고 매일매일 기도하고 있었다. 오십대에도 재난 현장에서 일하고 싶다는 나의 소망이 하느님도 원하시는 바인지 확실히 알고 싶었다. 그러면서도 기도가 부족해서 내가 다 정해놓고 하느님 뜻대로 하세요, 하든지 하느님 왜 날 이런 잘못된 길로 인도하셨나요, 하며 원망을 퍼붓지나 않을지 걱정스러웠다.

그래서 그해 첫날부터 '제가 무엇을 하오리까?'라고 기도 제목을 정해놓고 아침마다 하느님 말씀에 귀를 기울였지만 목소리가 들리지 않아 답답하고 안타까워하고 있었다. 매일 두 시간씩 기도도 열심히 하고 성경도 꼬박꼬박 읽는데, 하느님은 왜 속 시원하게 말씀해주시지 않는 걸까? 왜 이렇게 애를 태우며 뜸을 들이시는 걸까? 이제 그만 말해주시면 안 되나?

어느덧 4개월간의 파견 근무가 끝나고 짐바브웨에서의 마지막

주일 예배 시간이 왔다. 평소 같으면 강단을 종횡무진 뛰어다니며 할렐루야를 외치고 과장된 몸짓과 목소리로 한껏 예배 분위기를 고양해야 할 목사님이 이상하게도 그날따라 조용했다. 성가대에게도 율동은 자제하고 잔잔한 곡만 부르라고 부탁하면서 "오늘은 기도를 좀 해야겠습니다!" 하는 것이었다.

목사님의 이런 진지한 모습은 낯설었지만 요란하게 설교할 때보다 훨씬 카리스마 넘치고 멋있었다. 그러고는 예배 세 시간 내내 세계 평화를 위해, 남아프리카의 가뭄 해갈을 위해, 짐바브웨 위정자들을 위해, 도저히 용서할 수 없는 사람들을 위해, 결혼 생활이나 경제 문제로 어려움을 겪고 있는 이들을 위해 등등 한 제목당 10분 정도씩 조용히 기도하는 시간을 가졌다. 기도도 큰 소리 내지 말고 혼자서 속으로 하라는 주문이었다.

그러길 한두 시간쯤 했을까? 목사님이 느닷없이 "다음은 앞으로 10년을 계획하고 있는 사람들을 위해" 기도하자고 했다. 깜짝 놀랐다. 바로 지난 1년 동안 매일 아침 간구했던 내 기도 제목 아닌가. 더욱 놀라운 건 그다음 말이었다.

"영어나 쇼나어(짐바브웨 현지어)가 모국어가 아닌 사람은 속 시원하게 자기 모국어로 기도하십시오."

목사님이 나를 염두에 두고 이 말을 했을 리는 없었다. 내가 유일한 외국인이긴 했지만, 예배 시작 시간에 딱 맞추어 갔다가 끝나면 제일 먼저 나왔기 때문에 목사님은 내 존재 자체도 알 리가 없었다.

혹 다른 사람들이 말해줘서 알고 있었다고 해도 그날은 불도 켜 있지 않은 깜깜한 2층 구석에 박혀 있었기 때문에 무대에서 내가 보일 리가 없었다.

놀란 마음을 진정시키며 평소처럼 내가 무슨 일을 하길 바라시는지 알고 싶다며 간절히 기도를 하고 있는데 아무 이유 없이 굵은 눈물방울이 뺨으로 뚝, 떨어졌다. 그 순간 가슴이 불덩이처럼 뜨거워지면서 어떤 목소리가 또렷하게 들렸다.

"가서 그들의 눈물을 닦아주어라."

아, 드디어, 마침내 침묵하시던 하느님이 내게 말씀을 해주셨다. 놀랍기도 하고 벅차기도 하고 황송하기도 했다. 하느님이 원하시는 건 바로 이것이었구나. 가서 그들의 눈물을 닦아주는 것이 내가 지금 짐바브웨에서 할 일이고 앞으로 10년간 해야 할 일인 것이다. 앞으로 어디에 가서 누구의 눈물을 닦아주라시는 건지는 잘 모르겠지만 지금 여기서 할 일은 분명하다. 끼니를 굶고 학교에 가는 자식을 보며 마음속으로 흘리는 엄마의 눈물을 닦아주는 일, 에이즈로 죽어간 스무 살 엄마처럼 병들어 오갈 데 없는 사람이 생애 마지막 음식을 먹으며 흘리는 눈물을 닦아주는 일, 그리고 엄마를 잃고 혼자 남은 두 살짜리 어린 딸의 눈물을 닦아주는 일이다. 벅찬 가슴으로 나는 하느님께 대답했다.

"하느님, 감사합니다. 그 말씀 순종하겠나이다."

푯대를
놓치지 않는 법

길을 묻는
젊은이에게

"하고 싶은 일을 하라!"

요즘 신문 칼럼이나 잘 팔리는 책마다 예외 없이 하는 말이다. 나역시 책과 강의 등을 통해 기회가 있을 때마다 무엇이 가슴을 뛰게하는가를 스스로에게 물어보라는 주문을 하곤 한다. 그러나 잘 알고있다. 이것이 우리 젊은이들에게 얼마나 무리한 요구인지를.

한창 자기 인생의 밑그림을 그려야 할 중고등학교 때는 학교와학원이라는 가마솥에 넣어놓고 '쓸데없는 생각 말고 공부만 해라,공부만 잘하면 다른 것은 다 따라온다'며 푹푹 삶아대던 어른들이,아이가 고등학교 문을 나서자마자 갑자기 하고 싶은 일이 무엇이냐, 딴생각 말고 하고 싶은 일을 하라고 몰아붙이니 얼마나 황당할것인가. 자신의 꿈에 대해 진지하게 생각해볼 기회나 시간이 없었는데 어떻게 하루아침에 하고 싶은 일을 찾을 수 있는가. 그래서 많은 젊은이들이 자신의 꿈이 아니라 엄마의 꿈, 선생님의 꿈, 사회적으로 성공한 다른 이의 꿈을 꿀 수밖에 없는 거다. 남의 꿈이 자신의 꿈이라고 착각하며 살 수밖에 없는 거다.

얼마 전에 바로 그 '엄마의 꿈'에 대한 씁쓸한 얘기를 들었다. 실제로 있었던 일이다. 딸을 피아니스트로 만들고 싶어 하는 음대 출신 엄마가 아이가 손가락을 꼬물거릴 수 있을 때부터 피아노를 가르치다가 초등학교에 들어가자 유명한 지휘자이자 피아니스트를 찾아갔단다.

"우리 아이를 어떻게든 유명한 피아니스트로 키우고 싶은데요……"

피아니스트가 물었다.

"아이가 피아노를 좋아하나요?"

엄마가 쑥스러운 듯 대답했다.

"아이 참, 선생님도. 좋아하지 않으니까 이렇게 상담하러 왔죠."

나 역시 고3 때 내 꿈 대신 '선생님의 꿈'을 꾸어야 했다. 그때 내 인생 설계는 전적으로 담임선생님이 하셨다. 교사가 되고 싶은 마음은 추호도 없었지만 성적에 맞춰 영어교육학과에 지원하라고 명령에 가까운 권고를 하셨다. UN 등 국제기구에 관심이 많다는 말은 꺼낼 수조차 없었다. 말하면 무슨 소용인가. 내 입만 아픈걸. 개인의 자질이나 꿈과는 상관없이 점수에 따라 소위 일류 대학이라면 아무 학과라도 가야 하는 분위기였으니까. 일류 학교 진학률. 그게 고등학교의 우열과 담임선생님의 능력을 평가하는 유일한 기준이 었다. 어떻게 그럴 수가 있느냐고? 지금은 그렇지 않은가? 그땐 그 랬다.

그런데 이름만 똑바로 쓰면 합격은 떼놓은 당상이라는 담임선생 님의 호언장담이 무색하게도 전·후기 대학에 모두 떨어지고 말았 다. 하늘이 무너지고 세상이 끝난 것 같았다. 친구들이 일류 대학에 척척 붙어 학교와 가문을 빛낼 때 나는 쥐구멍에 틀어박혀 있어야 했다. 그런데 그때 대학에 붙었으면 어쩔 뻔했나? 성적에 꿰맞춰 들어온 과를 억지 춘향으로 다녔을 테니 공부가 재미있었을 리 없 고 백 퍼센트 몰두했을 리가 없으니 잘했을 리도 없다. 다니면서 그 학과가 좋아졌을 확률도 있지만 도중에 학교를 그만두었을 확률이 더 높지 않았을까? 그러면서 또 우리 엄마 속은 얼마나 썩였을까? 시원하게 뚝 떨어진 덕분에 내가 어떤 사람인지, 뭘 하면 신나는 사 람인지, 하고 싶은 일을 하고 사는 게 얼마나 중요한지 곰곰이 생각 해볼 시간과 기회를 얻은 것이다. 천만다행이다.

"저는 뭘 하고 싶은지 모르겠어요. 그걸 어떻게 찾아야 하나요?"
내가 하도 가슴 뛰는 일을 찾아내라고 기름도 안 치고 볶아대기 때문인지 십대, 이십대 친구들에게 많이 받는 질문이다. 이런 고민 을 하는 친구들이 너무나 대견하다. 드디어 자신만의 인생을 살아 갈 날갯짓을 시작한 거니까. 그 나이에는 자신의 꿈이 뭔지, 어떻게 찾는지 잘 모르는 게 너무나 당연하다. 세상 몇 퍼센트의 젊은이가 확고하게 자기가 하고 싶은 일을 찾아내서 그 길로 매진할 수 있을까? 단언컨대 하고 싶은 일을 하라고 책 쓰고 강의하는 그 사람들도 십중팔구 그러지 못했을 것이다. 하늘이 낸 예술가나 천재들은 열 살도 되기 전에 제 갈 길을 알 수도 있겠지만 우리같이 평범한 사람에게 앞날은 안개 너머 풍경처럼 희미하게만 보일 뿐이다. 그러니 그 희미한 안개 속에서 한 발 한 발 조심스레 더듬어 그 길을 찾아갈 수밖에 없는 것이다.

하고 싶은 일을 어떻게 찾아야 하는지 내게 물었으니 말해보겠다. 그러나 내 말은 세상의 많은 의견 중 하나일 뿐 누구에게나 적용되는 정답은 아니다. 그러니 이걸 고스란히 따라 하거나 유일한 방법이라고는 생각하지 말았으면 한다. 여러분이 혼자 힘으로 치열하게 고민해 마침내 자신의 선택을 내릴 때 내 말이 도움이 되었으면 할 뿐이다.

우선 자기 길을 찾을 때 반드시 고려해야 할 게 한 가지 있다. 자신이 어떤 종류의 사람인가를 파악하는 일이다. 나는 사람마다 타고난 기질이 있다고 생각한다. 예컨대 낙타로 태어난 사람과 호랑이로 태어난 사람이 따로 있다는 거다. 자기가 낙타로 태어났으면 사막에, 호랑이로 태어났다면 숲 속에 있어야만 자기 능력의 최대치를 쓰면서 살 수 있다. 숲에 사는 낙타, 사막에 사는 호랑이. 생각만 해도 끔찍하지 않은가?

물론 자신의 기질과 맞지 않는 일을 하더라도 사는 데는 아무런 지장이 없다. 낙타가 숲 속에 있더라도 목숨을 부지하며 살 수는 있다. 그러나 그 삶이 어떨지는 불 보듯 뻔하다. 사막에서라면 최대 장점이 되었을 지방이 저장된 혹과 납작한 발바닥은 숲에서는 최악의 단점으로 전락한다. 때문에 이 혹만 없으면, 발바닥만 말랑말랑했으면 하고 바랄 수 없는 것을 바라게 된다. 낙타가 혹을 달고 납작한 발바닥으로 숲 속을 걸으니 빨리 걸을 수가 있겠나, 나무를 탈 수가 있겠나. 그러다 보면 왜 나는 아무리 열심히 해도 안 되는 걸까, 왜 나는 저렇게 못하는 걸까, 열등의식과 불만에 가득 찬 날을 보내게 될 것이다.

왜 안 되는 줄 아는가? 이유는 단 한 가지다. 숲은 낙타가 있을 곳이 아니기 때문이다. 그러니 자신이 하고 싶은 일이 무엇인지 찾고 있는 젊은이라면 스스로에게 진지하게 물어보아야 할 것이다. 나는 사막의 낙타인가, 숲 속의 호랑이인가.

일단 이것이 파악되었다면 하고 싶은 일을 찾는 방법은 생각보다 간단하다. 무엇이 내 가슴을 뛰게 하는가를 묻고 묻고 또 묻는 것이다. 그러기 위해서는 자기 자신과 끊임없이 파워 인터뷰를 해야 한다. 뭘 할 때 제일 재미있나? 무슨 얘길 들을 때 귀가 솔깃한가? 뭘 하면 누가 시키지 않아도 마지막 힘까지 쏟아부을 수 있나? 어떨 때 자신이 자랑스러웠나?

끝까지 물고 늘어져야 한다. 잡은 걸 절대 놓지 않는 물귀신이 되어야 한다. 희미하던 것이 또렷하게 보일 때까지. 적어도 방향은 맞게 잡았구나 확신이 들 때까지. 여기서 한 가지 명심할 게 있다. 이 과정에 들어선 당신은 이제부터 혼자다. 더 이상 부모에게도, 당신의 역할 모델에게도, 세상의 잣대에도 자신의 삶을 결정할 전권을 맡겨서는 안 된다. 더 이상 남의 탓을 할 수 없다. 왜 나 대신 그런 결정을 했느냐고 혹은 내가 그 결정을 할 때 왜 말려주지 않았느냐고 엄살을 부릴 수도 책임을 전가할 수도 없다. 무소의 뿔처럼 혼자가야 한다. 물론 당신의 인생 앞에 어떤 가능성이 있는지 많이 알면 알수록 좋다. 그 가능성 중에서 최선의 것을 고르기 위한 조언은 많을수록 좋고 고민은 깊을수록 좋다. 그러나 결정은 혼자서 해야 한다. 그 결정에 따른 책임도 혼자서 져야 한다. 이제 어른이 되었으니까.

　하고 싶은 일 얘기가 나오면 꼭 이어지는 질문이 있다. 하고 싶은 일이 돈 안 되는 일이면 곤란하지 않겠느냐고. 어린아이도 아니고 결혼도 하고 가정도 꾸려야 할 텐데 언제까지나 하고 싶은 일 타령만 하고 있을 수는 없지 않느냐고. 백번 맞는 얘기다. 일리 있고 현실적인 얘기다. 내 주위에서도 흔히 듣는 얘기다. 그러나 이것 역시 선택의 문제라고 생각한다. 세상에 물 좋고 정자 좋은 곳은 없다. 인생은 좋아하는 것만 골라 먹을 수 있는 뷔페가 아니라 좋은 것을 먹기 위해 좋아하지 않는 디저트가 따라오는 것도 감수해야 하는 세트 메뉴다. 하고 싶은 것, 좋아하는 것을 선택하기 위해서는 반드시 치러야 할 수업료가 있고 포기해야 할 것이 있다. 이게 바로 어른의 세계다.

하고 싶은 일을 하다 보면 돈은 자연히 따라온다고 말하는 사람도 있다. 솔직히 말해볼까? 그건 뻥이다. 정확히 말하면 그럴 수도 있고 아닐 수도 있다. 하고 싶은 일을 한다고 다 돈을 버는 게 아닌 것처럼 내키지 않는 일을 한다고 꼭 부자가 되는 것도 아니다. 그렇다면 하고 싶은 일과 돈 버는 일과의 상관관계에는 크게 네 가지 조합이 나온다. 1) 하고 싶은 일을 하면서 돈을 버는 것. 2) 하고 싶은 일을 하지만 돈은 못 버는 것. 3) 하기 싫은 일을 하지만 돈은 버는 것. 4) 하기 싫은 일을 하면서 돈도 못 버는 것.

1번은 가장 바람직한 경우니까 논외로 하고, 4번은 가장 바보 같은 경우니까 빼놓는다고 치면 보통 우리가 겪는 갈등은 2번과 3번 사이일 것이다. 이 질문을 한 친구도 그렇고.

당신은 몇 번을 선택할 것인가? 나는 2번이다. 그게 꽃놀이패라고 생각한다. 왜냐하면 2번을 택하면 적어도 하고 싶은 일을 할 수 있는 건 확실하고, 잘하면 1번으로 올라갈 수도 있으니까. 3번은 위험하다. 잘해도 돈만 버는 일이고 잘못해서 4번으로 내려가면 완전 꽝이다. 그러나 여러 가지 변수를 모두 고려하고 고민한 끝에 3번을 택했다면 나는 그 선택도 존중한다. 진심이다. 하다 보면 미처 알지 못했던 그 길의 아름다움도 발견할 수 있을 테고 또 각자의 삶에서 매 순간 어떤 것이 더 중요하고 필요한지는 본인이 가장 잘 알 테니까.

혹자는 말한다.

"꿈을 꾸어본들 무슨 소용인가요? 어차피 이루어질 가능성도 없는데 괜히 마음만 부푸는 꼴이잖아요. 그저 현실에 충실하는 게 최고 아닌가요?"

그 마음 잘 알겠다. 그런데 이 말을 듣는 내 마음이 불편하다. 지금 그렇게 말하는 당신은 무슨 엄청난 꿈을 꾸기에 그게 절대로 안 된다고 확신하는가? 도대체 그게 무엇인가 말이다. 백번을 양보해서 그것이 현실 불가능한 일이라고 해도 단 한 번도 이룰 수 없는 꿈을 꾸어보지 않은 청춘, 단 한 번도 현실 밖의 일을 상상조차 하지 않는 청춘, 그 청춘은 청춘도 아니다. 허무맹랑하고 황당무계해 보이는 꿈이라도 가슴 가득 품고 설레어보아야 청춘이라 할 수 있지 않겠는가? 이것이야말로 젊음의 특권이 아니겠는가?

지금도 나는 이룰 수 없는 꿈을 꾸고 있다. 내 분야에서 일하는 사람들은 모두 그렇다. 현실적인 꿈만 꾸자는 사람들에게 우리는 바보, 멍청이, 미련 곰탱이다. 우리가 꿈꾸는 세상은 굶주리는 아이가 없는 세상, 모두가 공평한 기회를 갖는 세상이다. 그러나 과연 그런 세상이 올까? 청춘과 인생을 바치고 목숨까지 바친다고 한들 그런 세상은 오지 않을 것이다. 현실적으로 보면 이건 한마디로 이룰 수 없는 꿈이다. 그러나 우리는 오늘도 이 꿈을 가슴에 가득 안고 바보들의 행진을 계속하고 있다. 이룰 수는 없을지언정 차마 포기할 수 없는 꿈이기 때문이다. 아니, 포기해서는 안 되는 꿈이기 때문이다.

맺을 수 없는 사랑을 하고
견딜 수 없는 아픔을 견디며
이길 수 없는 싸움을 하고
이룰 수 없는 꿈을 꾸자.

언제나 내 마음을 설레게 하는 《돈키호테》의 내용이다. 대단히 비현실적이고 비이성적인 말이지만 나는 이것이 젊음의 실체라고 생각한다. 실패를 두려워하지 않는 용기와 도전, 무모하리만치 크고 높은 꿈 그리고 거기에 온몸을 던져 불사르는 뜨거운 열정이 바로 젊음의 본질이자 특권이다. 이 눈부신 젊음의 특권을 그냥 놓아 버리겠다는 말인가, 여러분.

당신이 받은
축복을
세어보세요

내 주위 사람들은 나를 '조증 환자(躁症患者)!'라고 부른다. 사람이면 누구나 조(躁)와 울(鬱), 즉 기분이 좋았다 가라앉았다 하게 마련인데 나는 언제나 조조조조, 기분이 업되어 보이기 때문이란다. 목소리 톤이 높고 빨라서일 거다. 전화로만 안부를 주고받는 사람들이 이런 소리를 더 자주 하는 걸 보면 말이다.

그런데 사실을 말해볼까? 난 진짜로 거의 언제나 기분이 좋다. 살다 보면 나라고 화나거나 마음 상하는 일이 왜 없겠는가. 근데 무슨 조화인지 화가 나도 잠깐 바르르 하고 나면 금방 풀리고 몹시 마음 상한 일도 하룻밤 잘 자고 나면 잊어버린다(성격도 좋지!). 매일 아침 눈을 뜨면 새로 맞는 하루가 기대돼서인지 이불 속에서 혼자 배시시 웃는다(이건 약간 중증인가?). 열악하거나 긴장된 구호 현장에서도 동료들과 어떻게든 우스갯소리를 주고받으며 배꼽 빠지게 웃는 걸 좋아한다. 심지어는 방금 다녀온 전쟁터의 참상을 전하기 위해 텔레비전에 나와서도 침통해야 하는 순간에 나도 모르게 입꼬리를 올리고 생글거려 된통 욕을 먹은 적도 있다.

어떻게 그럴 수 있느냐고 물으면 뭐라고 콕 집어 할 말이 없다. 유전공학 연구자들은 내가 그런 유전자를 타고났다고 하겠고, 심리학자들은 뭐든지 일단 좋게 보이는 내 '분홍색 인생 색안경'의 조화라고 하겠다. 호르몬 전공의인 지인은 사람을 기분 좋게 하는 엔도르핀의 과다 분출로 인한 '영구적 비정상 상태'라고 진단하기도 했다.

위에서 말한 전문가들의 소견도 어느 정도 일리가 있겠지만 아마추어의 짐작으로는 범사에 감사하는 마음 때문이 아닐까 한다. 구호팀장이라는 직업 덕일까. 난 다른 사람보다 훨씬 감사할 일이 많다. 팔레스타인이나 아프가니스탄처럼 늘 전쟁 중이거나 아프리카의 많은 나라처럼 당장 다른 나라의 도움이 없다면 굶어 죽을 수밖에 없는 나라에서 태어나지 않은 것, 일제 강점기처럼 식민지 국민으로 억울하고 비굴하게 살아가지 않아도 되는 점이 참으로 고맙다. 전쟁 없는 나라이자 먹고살 만한 나라, 버젓한 독립국가에서 태어난 것은 물론 조금 전에 먹은 맛있는 비빔국수까지 모두 감사해야 할 일투성이다. 이렇게 말하면 또 오버한다며 자기는 아무리 살펴보아도 도무지 감사할 일이 없다는 사람들도 가끔 본다. 물론 인생의 힘든 고개를 넘고 있는 사람들이라면 이런 말, 할 만하다. 그러나 이런 사람들도 곰곰이 생각해보면 정말 하나도 감사할 일이 없을까. 아주 작고 사소한 거라도 말이다.

여고 시절, 우리 성당에서 고등부를 담당하던 젊은 신부님이 매일 감사할 일을 세 가지씩 적어 오라고 숙제를 내주신 적이 있다. 매일 밤 자기 전에 기도하면서 그날 감사한 일을 그저 감사하다는 말로 뭉뚱그리지 말고 왜, 어떤 일에, 무엇이 감사한지 구체적으로 되새겨보라고 하시며 청소년을 위한 성가도 한 곡 가르쳐주셨다.

Count your blessings
당신이 받은 축복을 세어보세요

Name them one by one
하나씩 하나씩 헤아려보세요

Count your blessings
당신이 받은 축복을 세어보세요

See what God had done for you
하느님이 당신에게 어떻게 해주셨는지 살펴보세요

그 숙제를 해 가야 하는 기간은 6개월밖에 안 되었지만 그게 몸에 배어 30여 년이 지난 지금도 자기 전에 기도를 하면서 그날 감사했던 일을 말하게 된다. 그 감사는 전혀 거창하지 않다. 오히려 너무나 일상적이라 다른 사람에게 말하기도 쑥스러운 것들로 가득 차

있다. 예를 들어 어제 기도 중에 감사드린 일은 1) 몇 달 동안 서먹했던 친구를 만나 전에 미안했던 일에 대해 "미안해"라고 말할 수 있는 기회와 용기를 주셔서 감사합니다. 내가 속이 좁았음을 인정합니다. 2) 방금 읽기를 끝낸《말뚱구슬》, 우연이지만 이런 좋은 책을 만나게 해주셔서 감사합니다. 많은 사람에게 권하겠습니다. 3) 며칠 전 과일 깎다가 크게 베인 손등의 상처가 덧나지 않고 잘 아물게 해주셔서 감사합니다. 다음부터는 좀 더 조심할게요.

이렇게 하는 동안 감사하는 센서가 발달했는지 감사할 일이 점점 더 잘 보이는 것 같다. 어디 일상생활뿐이겠는가. 사실 감사 기도를 드리지 않을 수 없는 거창하고도 극적인 경험이 여러 번 있었다. 생각할 때마다 온몸에 소름이 끼치면서 "살려주셔서 감사합니다"라는 말이 저절로 나오는 일이다.

세계 오지 여행 중에 있었던 사건이다. 파키스탄의 8천 미터급 산인 낭가파르바트를 오르는 도중 거대한 빙하를 만났다. 빙하 지대는 크레바스라는 갈라진 틈 때문에 몹시 위험하다. 거기 빠지면 끝장이기 때문이다. 최대한 조심하며 한 발 한 발 빙하를 건너고 있는데 한순간 본능적으로 발이 멈췄다. 맙소사! 발이 멈춘 곳은 천길 낭떠러지 얼음벽 벼랑 끝자락이었다. 내 발은 이미 벼랑 밖으로 반 발짝 나가 있는 상태, 그 시커멓게 갈라진 틈으로 빠지기 반보 직전이었다. 바로 그 순간, 누군가 내 목덜미를 확 끌어당기는 바람에 엉덩방아를 찧으며 뒤로 넘어졌다. 죽을 뻔한 순간을 간발의 차이로 넘긴 것이다. 몇 초 후 정신을 차리고 나서 누가 날 구해줬나, 얼른 뒤를 돌아보니 같이 왔던 일행은 저만치에서 걸어오고 있고 주위에는 아무도 없었다. 그럼 내 뒷목을 꽉 잡아 뒤로 넘어뜨린 그 손은 누구의 것이었겠는가? 뻔하지 않은가? 이러니 내가 감사하며 살지 않을 수가 있겠는가?

어느 자리에서 이 얘기를 했더니 같이 있던 의사(앞서 말한 호르몬 전공의)가 매우 시니컬해져서 이렇게 말했다.

"믿는 사람들은 조그만 일에도 하느님이 보호하사 혹은 하느님의 은혜로, 라고 말하지만 그건 다 자연현상이나 우연의 일치거나 어거지로 갖다 맞춘 견강부회(牽强附會)죠. 지금 비야 씨가 말한 것도 그래요. 믿는 사람들에게는 감동적인 간증이겠지만 내가 보기에는 하느님의 손길이라기보다 극도의 긴장 때문에 뒷덜미 근육이 갑자기 뭉치며 통증을 느끼신 것 같네요. 그리고 목덜미를 잡은 손이 비야 씨를 뒤로 넘어뜨린 덕분에 살아났다고 했는데 상식적으로도 무거운 배낭을 짊어지고 있으니 뒤로 넘어가지 앞으로 넘어가지는 않잖아요?"

내 이야기에 놀라움과 부러움을 금치 못하며 고개를 끄덕였던 기독교 신자 친구들의 표정이 순간 뜨악해지며 갑자기 분위기가 썰렁해졌다. 그래서 나는 얼른,

"아, 정말 그런가? 그럴 수도 있겠네요……. 근데, 그냥 그거 하느님의 손길이라고 생각하면 안 될까요? 파스칼도 《팡세》에서 그랬

다잖아요. 하느님을 믿으면 죽어서 천국에 가서 좋고, 아니면 아무 일도 일어나지 않을 테니, 하느님을 믿지 않는 것보다 믿는 게 훨씬 좋다고. 이게 바둑에서 말하는 이래도 좋고 저래도 좋은 꽃놀이패 같은데……"(그 의사는 바둑광이다.)

이런 말로 좌중을 한바탕 웃기며 분위기를 간신히 수습했다.

파키스탄 빙하 지역 트레킹 때뿐만이 아니라 탈레반 사진을 찍었다고 병영으로 끌려갔을 때, 지독한 말라리아 예방약의 부작용에 시달리고 있을 때 그리고 긴급구호를 하러 간 아프가니스탄의 지뢰밭에서, 네팔의 흉악한 반군 지역에서 하느님이 얼마나 많이 구해주셨는지 모른다. 아니, 아예 업고 다니신 것 같다. 이런 내가 하느님의 보호에 감사드리지 않는다면 난 정말 사람도 아니다.

마땅히 감사할 일에 감사하는 것과 더불어, 감사할 수 없는 것까지 감사하는 성숙한 감사의 기도를 구호 현장에서 배울 수 있었다. 7년 전 아프리카 잠비아에서 있었던 일이다. 에이즈가 창궐한 지역에 설상가상으로 지독한 가뭄이 들었다. 차를 타고 지나가는데 다 쓰러져가는 집 담장에 분필로 그린 십자가가 있고 그 밑에 "하느님은 어떤 경우에도 당신을 사랑하십니다"라는 문구가 대문짝만 하게 씌어 있는 것이 눈에 띄었다. 호기심에 그 집을 둘러보기로 했다. 집 안으로 들어가니 스무 살 전후의 청년이 마당에서 책을 읽고 있었다. 얼굴이며 목이며 양손에 부스럼이 가득한 게 한눈에도 에이즈 말기 환자였다. 읽고 있던 책은 성경이었다. 둘러보니 담장뿐만 아니라 집 안의 벽에도 온통 성경 구절이 적혀 있었다. 청년은 이 마을에서 성실하기로 이름난 교사이자 독실한 기독교 신자인데 재작년 오토바이 사고로 수술을 받다가 수혈을 통해서 에이즈에 걸렸다고 한다.

같이 갔던 방송국 기자가 물었다.

"성경 어디를 읽고 있었어요?"

"욥기요. 하느님이 저에게 왜 이런 고통을 주시는지 알고 싶어서요. 하지만 나는 고통도 하느님 사랑의 다른 이름이라는 것을 믿어요. 사람들이 모를 뿐이죠."

"하느님이 원망스럽지 않나요?"

"원망은요. 하느님은 우리에게 늘 좋은 것을 주시죠. 지금은 솔직히 몰라요. 왜 하느님이 절 에이즈에 걸리게 하셨는지. 그러나 하느님께 감사드립니다. 이런 고통 중에 있는 저를 무척 사랑하신다는 걸 잘 알기 때문이죠. 욥기의 욥처럼 말이에요."

그렇게 말하며 조용히 웃는 청년의 믿음이 너무나 부러웠다. 나라면 어땠을까? 내가 무슨 잘못을 했다고 에이즈에 걸리게 했느냐고 울고불고 원망하며 난리를 쳤겠지. 이 청년의 기도가 바로 성숙한 감사 기도일 거다. 눈에 보이는 은총은 물론 고통으로 가장한 은총까지, 감사할 수 없는 것까지도 감사하는 기도 말이다. 따라 하면서 배운다던가, 나는 그 후 몇 년째 저녁 기도를 하면서 이 아프리카 청년식 감사 기도를 하나씩 넣으려 노력하고 있다.

아무리 생각해봐도 나를 '조증 환자'로 만든 것은 바로 이 성경 구절이다.

"항상 기뻐하라. 쉬지 말고 기도하라. 범사에 감사하라."

1년에
백 권 읽기
운동 본부

"올해부터 죽을 때까지 1년에 백 권 읽기."

여고 1학년, 열일곱 살 꽃다운 나이에 단짝 친구 영희와 굳게 한 결심이다. 그 시절, 우리에게는 〈1학년 필독 도서 백 권 목록〉에 있는 책을 읽고 책 제목을 목록에서 하나씩 지워나가는 것이 대단히 큰 자랑거리였다. 그건 순전히 책이 사람을 만든다고 굴뚝같이 믿었던 국어 선생님 때문이고, 독서 지도 교사이기도 한 그 선생님이 우리 수준에 꼭 맞는 목록을 작성해주셨기 때문이며, 무엇보다도 이 선생님을 우리 아이들 모두가 은근히 좋아했기 때문이다.

목록에 있는 책을 손에 들고 다니다가 복도에서 국어 선생님과 마주치면 "아, 그 책을 읽고 있구나!" 흐뭇해하며 머리를 쓰다듬어 주신다는 소문이 파다했다. 나 역시 혹시나 하는 생각으로 열심히 책을 끼고 다녔다. 허나 나는 문학소녀처럼 홀로 조신하게 다니지 못하고 여럿이 몰려다니며 떠드는 스타일이라 선생님과 여러 번 복도에서 마주쳤건만 머리를 쓰다듬어주시기는커녕 제발 조용히 다니라고 번번이 머리에 꿀밤만 맞았다. 아, 억울하다. 어찌 선생님 눈에는 나 떠드는 것만 보이고 옆구리에 있는 책은 보이지 않는단 말인가.

그때마다 마음이 상해 '흥, 저 선생님 미워! 목록이고 뭐고 책 안 읽을 거야'라고 생각했다면 어쩔 뻔했을까. 기특하게도, 원래는 조용한 성격인데 나랑 같이 다니는 바람에 떠든다고 같이 꿀밤을 맞은 단짝 친구와 이렇게 결의를 다졌다.

"흥! 두고 보라지. 우리 학년에서 누가 제일 먼저 '백 권 읽기'를 끝내는지. 그건 분명히 너랑 나 둘 중 하나여야만 해. 오케이?"

그 후 우리 둘은 이 목표를 향해 읽은 책을 서로 확인하면서 경쟁적으로 책을 읽었다(여고시절 단짝이란 십중팔구 친구이자 라이벌이지 않은가!). 그 안에는 하루에 두세 권도 읽을 수 있는 《청록집》 같은 시집도 있었지만 네루의 《세계사 편력》처럼 좀처럼 진도가 안 나가는 두껍고 어려운 책들도 있었다.

솔직히 이런 책들 중에는 건성으로 읽은 책도 많았다. 그러나 이 과정에서 크게 깨달은 것이 있다. 독서의 즐거움이란 책 읽는 그 자체뿐만이 아니라 도서관에 가서 책을 찾는 기대감, 찾아내서 빌려올 때의 뿌듯함, 이미 대출된 책의 차례를 기다리는 설렘, 점심을 굶어가며 모은 돈으로 '종로서적'에 가서 내 책을 사는 기쁨, 그 책을 책장에 꽂아놓고 보는 흐뭇함, 그 책을 누군가에게 빌려주고 돌려받는 날까지 괜히 조마조마해지는 조바심까지를 포함한다는 사실이다.

어쨌든 우리는 그다음 해 겨울까지 백 권을 몽땅 목록에서 지울 수 있었다. 영희가 먼저 다 읽었는데 난 그게 분해서 봄방학 동안 마지막 몇 권을 밤을 새우며 읽은 기억이 생생하다. 1학년 마지막 국어 시간에 선생님이 백 권 다 읽은 사람 손들어보라고 했을 때, 당당히 손을 든 우리 둘을 바라보던 선생님의 놀라는 표정과 그 순간 단짝 친구와 주고받았던 통쾌한 눈빛은 지금도 잊을 수 없다.

그때부터였던 것 같다. 책 읽기에 본격적으로 재미를 붙이고 일기장 뒷면이 독서 일지가 되고 만나는 사람마다 요즘 무슨 책을 읽느냐고 물으며 나만의 독서 목록을 만들기 시작한 것이. 세 살 버릇 여든까지 간다지만 내 책 읽는 버릇은 코흘리개 시절이 아니라 꽃다운 열일곱 살에 생겨났다. 그리고 '1년에 백 권 읽기'라는 독서 습관은 그때부터 지금까지 이어지고 있다. 뒤늦게 대학 입시를 준비하던 해나 세계 오지 여행 중이거나 긴급구호 현장에 장기간 파견 근무를 나갔을 때를 제외하고는 '1년에 백 권 읽기'를 해마다 달성하고 있다.

고등학교 때 생긴 독서 습관이 내 인생을 얼마나 풍성하고 행복하게 만들고 있는지는 하느님만이 아실 것이다. 책을 통하지 않고 어떻게 개미와 우주인, 천 년 전 사람들과 천 년 후의 사람들을 만

나고, 또 사랑하는 사람들의 마음속에 녹아 들어가고, 그들의 머릿속을 낱낱이 분석할 수 있단 말인가? 책 읽는 재미를 알고 난 후부터 정말이지 나는 심심하다는 단어를 모르고 살고 있다. 거대한 호수에 빨대를 꽂고 있는 듯 세상의 지혜와 지식과 이야기에 목마르지 않게 살고 있다. 이런 놀랍고도 멋진 세상을 알게 해준 선생님과 여고 시절 단짝 친구가 일생의 은인이다.

그래서 말인데 나는 이따금 대한민국 전 국민이 '1년에 백 권 읽기'를 하면 얼마나 좋을까, 라는 즐거운 상상을 하곤 한다. 지하철에서 책을 읽다가 역시 책을 읽고 있는 옆 사람을 보고는 "이게 몇 권 째예요?"라고 묻고, 길에서 누군가 책을 들고 가면 사람들마다 "어, 저거 작년에 내가 열두 번째로 읽은 책인데", "올해 읽으려고 한 책인데", "내년 목록에 넣어야지" 하는 말들이 터져나오는 상상. 그러면 백 권 읽기를 주제로 한 전국 순회 퀴즈 대회도 생길 것이고, 개그 프로그램에는 '독서의 달인'이라는 코너도 생길 것이고, 9시 뉴스에는 "올해 첫 백 권 읽기 완독자가 나왔습니다. 충북 음성군 금왕의 한 수박 농부였다고 합니다. 자세한 소식 전해 듣겠습니다. 이현수 기자, 나와주세요" 이런 소식이 헤드라인을 장식할 것이다. 백 권을 다 읽은 사람들이 지역마다 모여 갖가지 축제를 벌이고, 온라인에서는 책 읽는 사람끼리의 중매 사이트가 활성화되며, 정부 차원에서는 전국의 백 권 읽기를 달성한 사람을 강변 공원에 초대하여 국빈 대접을 하며 폭죽을 터뜨리고 축하해주는 행사를 벌일 것이다. 3년 이상 백 권 읽기를 달성한 사람은 세금도 깎아 주고 직원 채용 때 보너스 포인트를 주면 어떨까.

상상만 해도 즐겁다. 그러나 현실은 한국 성인의 26퍼센트가 1년에 책을 한 권도 안 읽는단다. 오호라, 이게 글로벌 리더가 되고 싶다는 나라의 국민에게 걸맞은 수준인가 말이다. 아무래도 당분간은 전국민을 대상으로 '1년에 백 권 읽기'를 하는 건 무리인 것 같다. 그러니 일단 날 좋아한다며 닮고 싶다며 이메일이나 편지를 보냈던 친구들부터 '1년에 백 권 읽기'를 시작해주었으면 좋겠다. 백 권을 다 읽은 사람에게 한강 강변 폭죽 축제는 못 열어주겠지만 내 팬 카페에 완독했다는 메시지를 남기면 축하의 댓글은 반드시 달아주겠다.

'1년에 백 권 읽기'를 시작하고 싶어도 갑자기 하려면 아무래도 잘 안 될 거다. 사실 그렇게 쉬운 일은 아니다. 그래서 지난 수십 년간 백 권 읽기를 해보고 싶다는 사람에게 개인적으로 알려주었던 '1년에 백 권 읽기 성공 비법'을 만천하에 공개해보겠다.

첫째. 목표 정하기. 1년에 백 권이라면 일주일에 두 권꼴인데, 이게 너무 많다고 생각되는 사람이라면 굳이 첫해부터 백 권을 읽겠다고 무리할 필요는 없다. 자신의 읽는 속도에 맞게 한 달에 두 권 정도 읽을 수 있으면 1년에 스물네 권, 세 권이면 1년에 서른여섯 권, 네 권이면 1년에 오십 권으로 시작해보는 거다. 분명히 하다가 말 거라고 생각하는 사람들도 일단 시작해보라. 그래서 백 권은 아니더라도 그 계획 덕분에 한두 권이라도 읽었다면 안 하는 것보다는 남는 거 아닌가. 스물네 권으로 시작한 사람도 매년 조금씩 늘리다 보면 어느덧 백 권이 될 것이다.

둘째. 시작하는 날 정하기. '1년에 백 권 읽기'라고 하면 왠지 매년 1월 1일에만 시작해야 할 것 같아 1월을 놓치면 다음 해까지 기다려야 하나 싶겠지만 시작 날짜가 꼭 정월 초하루일 필요는 없다. 어느 날 시작하건 그때부터 시작해서 1년이면 되는 거니까. 나처럼 무엇인가를 시작하는 날짜에 이름을 갖다 붙이며 의미를 부여하는 것도 좋은 방법이다. 3·1절 기념, 4·19 기념, 5·18 기념으로, 아니면 자기 생일이나 남친 여친 만난 지 백 일 기념 등 시작하기 좋은 날짜는 얼마든지 있다. 어쨌든 날을 잡아 시작하는 거다. 일단 시작하는 게 중요하다.

셋째. 읽을 책 구하기. 이것은 어떤 책을 읽을 것인가와 어디서 구할 것인가로 나뉜다. 책을 많이 읽고는 싶지만 읽고 싶은 책을 다 사는 것이 경제적으로 부담스러운 사람도 많다. 사실 책값이 그리 만만치 않다. 그래도 꼭 갖고 싶은 책은 다른 소비를 줄여서라도 사서 읽을 것을 권한다. 그래야 마음대로 줄도 치고 메모도 하고 몇 번이고 다시 읽을 수 있으니까. 하지만 웬만한 책은 학생이라면 학교 도서관에서, 일반인이라면 집 근처 공공 도서관에서 빌려보면 된다. 요즘 지역 도서관은 생각보다 가깝고 시설도 훌륭하며 책도 다양하다. 없는 책은 신청하면 바로 구매해주기까지 한다. 나 역시 몇 년 전 홍대 앞에 살 때는 동네 공공 도서관 애용자였다.

책을 구할 방법도 그렇지만 책을 어떻게 고를까가 가장 큰 문제다. '1년에 백 권 읽기'를 30년 이상 해온 나도 그것이 여전히 큰 고민이다. 고전 목록 정하기는 비교적 쉽다. 각종 기관이나 학교, 유명인들이 만든 필독 도서 목록을 열 개 정도 구해서 대조해보고 반복해서 추천된 책부터 읽어가면 큰 실패가 없다. 오히려 신간과 전문서의 선택이 힘들다. 다행히 내 주위에는 책을 열심히 읽는 친구들이 많아서 그 친구들을 만나면 꼭 묻는다. "요즘에 뭐 읽어?" 그렇게 귀동냥으로 추천받은 책들이 멋진 도서 목록이 된다. 그와 더불어 일간지 토요일자 책 섹션을 꼼꼼히 읽고 교보문고에서 공짜로 얻을 수 있는 월간지 〈사람과 책〉, 그리고 출판 문화 잡지 〈북새통〉, 한국출판마케팅연구소에서 나오는 〈기획회의〉도 참고한다. 인터넷 서점에서 읽으려고 하는 책의 독자 서평을 미리 찾아보는 것도 도움이 된다. 요즘은 다독가들이 책을 읽고 독후감을 올려두는 블로그가 활발한데, 취향이 비슷한 블로그를 몇 개 '즐겨 찾기'에 등록해놓고 정기적으로 방문하면 좋은 책을 고르는 데 도움이 될 것이다.

그렇게 신중하게 고르고 골라도 실패하는 책이 있다. 다 읽고 나면 꼴도 보기 싫어 그 자리에서 내던져버리고 싶을 만큼 허접한 책도 있게 마련이다. 그럴 때마다 들인 돈과 시간이 아까워 한 5분 정도 씩씩대지만 세상에는 그냥 그런 책도 있으려니 해야지 어쩌겠는가? 사실 이것도 수업료다. 이런 과정을 통해야만 비로소 나만의 책 고르기 안목이 길러지기 때문이다.

넷째. 마지막으로 제일 큰 관건인 독서 시간 확보하기. 좋은 도서 목록과 책을 확보했어도 책 읽을 시간을 내지 못하면 말짱 도루묵이다. 실제로 독서에만 집중하는 시간을 따로 낸다는 건 무척 어려운 일이다. 그러니 어떻게 하든 매일 밥 먹고 잠자는 것처럼 일상생활에서 시간을 낼 수 있어야 오래간다. 어느 날 하루 통째로 시간을 낼 수도 있고 자투리 시간을 이용할 수도 있다. 자주 가는 책방 직원은 나를 볼 때마다 이렇게 묻는다.

"긴급구호 하느라 바쁠 텐데 책 읽을 시간이 있으세요?"

물론 구호팀장도 책 읽을 시간은 얼마든지 있다. 국내에 있을 때는 지하철로 출퇴근하는 한 시간 반이 중요한 '덩어리' 독서 시간이다. 거기에다가 금요일 저녁부터 토요일, 혹은 토요일 저녁부터 일요일 오후까지는 좀 진지하게 읽을거리나 단숨에 읽으면 좋은 책들을 읽는다. 그리고 해외 출장 중에 공항에서 대기할 때 읽는 책과 비행기 안에서 읽는 책들만 따져도 1년에 족히 스무 권은 넘을 거다.

해외 근무를 할 때도 긴급구호 초기의 긴박한 상황이 아니면 하루에 30분 정도는 쉽게 책 읽을 시간을 낼 수 있다. 아이러니하게도 급박한 현장일수록 황당무계한 공상과학소설이나 비현실적으로 달콤한 연애소설을 읽게 된다. 어느 날 아침, 대문을 열고 나가니 지구 끝 낭떠러지였다는 이야기나 멋지고 아름다운 청춘남녀의 우연과 과장으로 가득 찬 로맨스 등을 읽으면서 잠깐 '딴 세상'에 다녀와야 현장에서 과열된 머리가 식는 것 같기 때문이다.

책 종류 이야기가 나와서 말인데 나는 책을 고를 때 편식하지 않도록 주의한다. 사람이 3대 에너지원인 탄수화물, 단백질, 지방을 골고루 섭취하고 거기에 비타민과 무기질을 잘 섞어 먹어야 건강하듯이 책도 그래야 한다고 생각한다. 그런데 누구든 그렇겠지만 나도 거의 보지 않는 종류의 책이 있다. 하나는 문학작품의 요약본이고 다른 하나는 '~하라'는 청유형의 목록으로 가득 찬 자기 계발서다. 문학작품에 요약본이라니? 문학작품 한 권을 읽는다는 것은 사과 한 알을 오감으로 충분히 음미하는 과정과 같다. 먹기 전에는 사과의 모양과 색깔과 향기를, 한입 베어 물었을 때는 새콤달콤한 맛과 아삭 씹히는 감촉까지를 고스란히 느끼고 자기 것으로 만드는 과정이다. 반면 요약본은 사과를 그저 비타민 C의 공급원이라고만 여기고 사과 맛 비타민 알약을 먹는 것이나 마찬가지 아닐까. 나는 진짜 사과를 얼마든지 구할 수 있는데도 지겹게 사과 맛 비타민 정제만 먹고 살기는 싫다.

자기 계발서도 그렇다. 예전에는 베스트셀러가 되는 경우 궁금해서 보기도 했는데, 이제는 별로 궁금하지도 않다. 누가 들어도 맞는 말로 가득하지만 결국 자기를 계발한다는 건 정보의 문제가 아니라 실천의 문제니까.

따져보니 '1년에 백 권 읽기'를 해마다 달성하면서 백 세까지 산다고 해도 앞으로 읽을 수 있는 책은 고작 5천 권 남짓이다. 생각보다 적어서 가슴이 덜컹 내려앉으며 갑자기 마음이 조급해진다. 1년에 백 권은 너무 조금인가, 그래도 2백 권은 좀 무리고 일단 20퍼센트 인상해서 120권은 되야 하지 않을까? 한밤중에 벌떡 일어나 서재로 달려가 그동안 사놓고만 있던 책, 선물로 받아놓은 책, 여러 출판사에서 보내준 책 등 산처럼 쌓여 있는 읽지 않은 책을 훑어보았다. 헬렌 한프의 《채링크로스 84번지》가 눈에 띄었다. 아, 이 책 좋다고 사방에서 난리던데.

결국 이 책 때문에 사단이 났다. 출근 시간에 지하철에서 책을 읽다가 환승역인 공덕역을 놓쳐버렸다. 이번에는 공덕 다음 역인 효창공원역이 아니라 네 정거장이나 지난 이태원역이다. 오늘은 왕창 늦겠군. 큰일났다. 어제 퇴근하면서 팀원들에게 오늘 출근하자마자 긴급 팀 회의를 할 거니까 절대 늦지 말라고, 늦으면 처절한 응징이 있을 거라고 종주먹을 휘두르면서 나왔는데……. 난 몰라!!!

한비야가 권하는
24권의 책

　이왕 책 이야기가 나왔으니 책을 읽는 것과 더불어 책 권하는 즐거움에 대해 말해보겠다. 사실 나는 책을 읽고 쓰는 것만큼이나 책 권하는 것도 좋아한다. 특히 원래 책이랑 안 친한 사람, 내가 아무리 재미있다고 호들갑을 떨어도 시큰둥한 사람을 꼬드겨서 읽게 하는 건 참으로 보람 있는 일이다. 내가 하도 살살 꾀는 바람에 마지못해 읽은 사람이 몇 년 만에 책 한 권을 단숨에 읽었다며 다른 책도 권해달라는 얘기를 할 때는 통쾌하기까지 하다.

　우리나라 사람들이 책을 안 읽는다고 걱정하는 사람들도 많지만 내 경험으로 볼 때 우리는 독서에 대한 욕구가 상당히 강한 국민이다. 중국에 어학연수를 갔을 때, 안면이 있는 사람이 베이징에 들를 때마다 동냥하다시피 해서 얻은 백 권 정도로 조촐한 도서관을 꾸린 적이 있다. 이름 하여 '419 도서관'. 내가 묵던 방이 419호이어서다. 같이 공부하는 한국 학생들이나 주재원 가족들에게 도서관을 꾸렸으니까 대출해 가라고 했더니 도서 대출장부가 한 권이 넘어갈 정도로 인기 만점이었다.

요즘 우리 집에 차려놓은 '독바위 도서관'도 호황이다. 반납 기일을 어길 경우 하루당 백 원(청소년 요금)과 천 원(어른 요금)이라는 연체료, 월남 국수 사주기, 영화 보여주기, 연대보증 등 엄격한 조건이 붙는데도 많은 사람들이 기꺼이 책을 빌려 간다. 한 번에 다섯 권 이상 열 권 이하로 빌려주는데 반납 기일이 빡빡하니까 책을 더 집중해서 읽는다. 이렇게 한번 맛을 들인 사람들은 '이달의 한비야 추천 도서들'을 기다렸다가 빌려 가기도 한다.

한 번에 여러 권을 빌려주는 이유는 분야별로 골고루 추천해주기 위한 고도의 전략인데, 대학생 조카 등 단골들에게는 그 전에 무엇을 빌려갔나 대출장부를 살펴서 맞춤 추천 도서 서비스까지 제공한다. 이렇게 조건만 만들어주면 책을 열심히 빌려 가니 한국 사람들이 애초부터 책을 잘 안 읽는 사람들이라고 말할 수는 없는 거다.

우리나라 사람들은 객관적인 독서 환경도 훌륭하다. 문맹률이 세계에서 가장 낮고, 국내에서 출간되는 책의 종수도 상당하며 책의 질도 뛰어나다. 게다가 다른 나라에 비해 책값도 싼 편이고, 도서관 시설도 잘되어 있다. 이렇게 온갖 요소가 잘 갖춰져 있는데 왜 책을 안 읽게 되는 걸까? 여러 가지 이유가 있겠지만 내 짐작으로는 그동안 우리 사회와 어른들이 독서를 강요하며 책 맛을 똑 떨어뜨려

왔기 때문인 것 같다. 나도 중학교 때까지는 책벌레와는 거리가 멀었는데, 특히 선생님들의 추천 도서는 그분들도 과연 그런 책을 읽었을까 의심이 갈 정도로 너무 어렵고 전혀 흥미롭지 않은 책들투성이였다.

최근 '책따세'(책으로 따뜻한 세상 만드는 교사들) 선생님들이 발표하는 도서 목록처럼 아이들 눈높이에 맞추려는 노력이 눈에 띄지만, 다른 목록들을 보면 예전의 도서 추천 방식이 완전히 사라진 것 같지는 않다.

얼마 전 여의도 공원에서 이런 일이 있었다. 약속 시간보다 일찍 도착해서 벤치에 앉아 책을 읽고 있는데 예닐곱 살 정도 된 꼬마가 날 한참 보더니 이렇게 물었다.

"아줌마, 무슨 시험 보세요?"

"아니, 왜?"

"시험도 안 보면서 왜 그림도 없는 책을 읽으세요?"

"재미있으니까 읽지."

"네? 글씨만 있는 책이 재미있어요? 난 하나도 재미없던데……."

"뭐라고?"

"엄마가 공부 잘하려면 읽어야 한다고 해서 억지로 읽는 거라구요. (작은 소리로) 이그, 지겨워."

이 아이는 책이 이끄는 신비한 이야기의 바다에 풍덩 빠져보기도 전에 책이란 그저 공부 잘하기 위해서 읽는 것이라고 생각하고 있었다. 요즘에는 그놈의 논술을 미리부터 준비한다며 초등학생들에게까지 니체를 읽히고 있다니 어른의 한 사람으로서 미안하기 짝이 없다.

이런 일도 있었다. 친구네 집에 갔다가 고 3 딸아이가 읽다가 놓아둔 책을 보고 깜짝 놀랐다. 《체 게바라 평전》이었는데, 그 책 모양이 가관이다. 갈피마다 갖가지 색깔의 포스트잇이 붙어 있고 군데군데 접은 페이지에는 형광펜으로 "★★★★★ 반드시 외울 것"이라고 씌어 있었다. 밑줄도 총천연색으로 그어져 있었다. 젊은이의 마음을 열정으로 들끓게 할 재미있는 평전을 교과서나 참고서처럼 이렇게까지 외우고 분석하면서 읽어야 하다니 씁쓸하기만 했다. 친구 말로는 요즘 논술 공부는 다 그렇게 한다는데, 나 같아도 그런 식으로 책을 읽어야 한다면 독서에 대한 순수한 애정은커녕 있던 정도 뚝 떨어지겠다. 그 아이의 책장에는 루소의 《에밀》과 스피노자, 데카르트 사상 등의 요약본으로 가득 꽂혀 있었다.

위의 책들은 물론 양서들이지만 독서도 나이와 수준에 맞아야 유익하고 교육적이며 재미있다. 한글로 씌어 있으니 이런 책을 못 읽을 리야 없겠지만 열여덟 살에 읽는 논술 준비용 요약본 데카르트와 스물다섯 살에 자발적으로 읽는 완역본 데카르트는 이해의 수준이나 즐거움의 정도에서 하늘과 땅 만큼 다를 것이다.

나는 책 덕분에 풍성한 인생을 살고 있다고 확신하기 때문에 이런 일들을 볼 때마다 안타까움에 몸서리가 쳐진다. 왜 우리 아이들이 마땅히 누려야 할 책 읽는 즐거움의 싹을 이렇게 무참하게 꺾는가 말이다. 이렇게 싹을 꺾어놓을 때는 언제고 이 아이들이 어른이 되면 왜 그렇게 책을 안 읽느냐고 몰아붙일 것 아닌가. 정말 속상하다. 기왕 책 추천 얘기가 나왔으니 이참에 내가 눈높이에 맞춘 책 추천을 해보면 어떨까? 우선 아쉬운 대로 스물네 권을 가려 뽑아 권하면서 사람들을 책 읽는 즐거움에 풍덩 빠뜨릴 수 있다면 나 역시 매우 즐거울 거다.

아래 책들은 그래서 골라본 책들이다. 선정 기준은 최근 내가 권해서 짭짤한 재미를 본 것 중 고등학생 이상이라면 누구나 무리 없이 읽을 수 있는 책이다. 내가 잘 아는 분야, 즉 종교·구호·고전·교양 네 개의 분야에서 각각 여섯 권을 골랐고, 나의 다른 책에서 권한 헨리 데이비드 소로우의 《월든》이나 스콧 니어링의 《조화로운 삶》, 법정 스님의 《무소유》 등은 제외했다.

이 목록 만드느라 여간 힘든 게 아니었다. 이 책 넣었다 저 책 넣었다, 빼고 더하고 빼고 더하고……. 이 한 꼭지 쓰는 데 몇날 며칠이 걸렸지만 쓰고 나니 기분이 좋다. 여기서 선정한 스물네 권은 재미, 영양가, 맛 등을 두루 고려해 여러분을 위해 정성스럽게 차려낸 밥상이다. 이 책이라는 밥상, 부디 기쁘게 받고 맛있게 먹어주었으면 좋겠다. 앞글을 읽고 1년에 백 권 읽기를 결심한 사람이라면 올해의 목록에 넣어도 크게 후회는 하지 않을 것이다.

여기 골라놓은 책들은 모두 나와 각별한 인연이 있다. 그중에서도 내가 가장 큰 영향을 받고 있는 책은 성경이다. 성경은 늘 곁에 두고 매일 읽으면서 그날의 말씀과 지혜를 얻는 책이다. 천주교 신자인 내게는 생명의 말씀인데 특히 인생의 전환기나 어려울 때마다 힘이 되고 길을 보여주는 인생의 나침반이다. 최근에는 여호수아와 사제들이 요르단 강을 건널 때, '길이 있어서 나선 게 아니라 한 발을 디디니 길이 생겼다'는 대목이 마음 깊숙이 파고든다.

그러나 성경을 한 번에 일독하는 것은 기독교 신자들에게도 매우 어려운 일이다. 한창 성경을 열심히 읽던 이십대에 '1년에 일독하기'를 3년 동안 연이어 한 적이 있는데 솔직히 죽을 뻔했다. 그래서 권하고 싶은 마음은 굴뚝같지만 이번 스물네 권에는 제외하기로 했다. 큰 부담이 될 수 있기 때문이다. 그래도 해보겠다면 구약과 신약으로 나뉜 성경을 창세기부터 차례대로 읽기보다는 신약을 먼저 시작하길 바란다. 기독교 신자가 아닌 사람에게는 기독교 문화와 사상을 이해하는 데 결정적인 도움을 줄 것이다.

자, 이제부터 본격적으로 권해보겠다. 첫 번째 책은 장 지글러의 《왜 세계의 절반은 굶주리는가?》. 최근 세계적인 식량 위기를 맞아 더 많이 밑줄 치고 더 많이 책 귀퉁이를 접어놓으며 꼼꼼하게 읽은 책이다. 처음 이 책이 나왔을 때 나는 제목과 지은이만 보고 망설이지 않고 샀다. 번역이 후져도 참아주겠다고 생각했다. 내용이 좋을 게 뻔하니까. 내 분야에서 일하는 사람들은 제대로 쓴 전문 분야의 책에 늘 목말라 있다. 그래서 특별히 좋은 책을 만나면 반드시 권하게 되는데, 이 책이 바로 그런 책이다. 세상 사람들 모두를 뚱뚱하게 만들 수 있을 정도로 이 지구상에는 식량이 충분하다면서 왜 세계의 절반은 굶주리는가? 세계시민이라면 누구나 궁금해할 근본적인 문제를 아버지와 아들의 대화 형식으로 쉽게 풀어 썼다. 한번 잡으면 마지막 장을 덮을 때까지 손을 놓을 수 없는 책이다.

두 번째 책은 이덕일의 《정약용과 그의 형제들》. 나는 정약용에 관한 책은 무조건 산다. 뭔가 한 줄이라도 새로운 게 있을까 싶어서다. 한마디로 '이름 마케팅'이 통하는 사람이다. 정약용은 내가 아주 좋아하는 인물이다. 최근에 다산초당에 새로 걸린 안경 낀 정약용의 초상화도 복사본이라도 구할 수 있다면 한 장 구하고 싶다. 새로운 정약용의 모습을 찬찬히 보고 싶어서다. 그가 좋아서일까? 나는 늘 정약용이 궁금하고 그가 궁금하니까 그에 관한 모든 것이 궁금해진다. 그가 쓴 책, 그의 친구나 형제들, 그가 살았던 시대, 그의 '님'이었던 정조까지.

이 책을 읽으면서 정약용은 훌륭한 형제들과의 교류를 통해 완성된 사람이라는 것을 알게 되었다. 특히 그의 형제들이 모두 천주교가 우리나라에 정착하는 과정에서 맹활약을 했던 훌륭한 신앙의 선배들이라 매우 흥미로웠다. 여러분도 우리의 자랑스런 전방위 지식인 정약용과 친하게 지냈으면 좋겠다.

세 번째 책은 포리스트 카터의 《내 영혼이 따뜻했던 날들》. 이 책은 서른아홉 번째 생일 선물로 '얻어 걸렸는데', 읽고 난 후 사람들에게 가장 많이 권하는 책 중의 하나가 되었다. 특히 책을 잘 안 읽는 친구들을 살살 꼬드길 때 쓰는 미끼로는 그만이다. 체로케 인디언인 할아버지 밑에서 자라는 깜찍한 인디언 꼬마의 성장담이자 자연과 인간이 서로 사랑을 주고받는 이야기다. 읽는 동안 저절로 미소가 얼굴가득 피어 오르는 책, 읽고 나면 영혼과 가슴이 동시에 따뜻해지는 책, 그래서 몇 번이고 다시 읽고 싶어지는 책이다.

네 번째 책은 안소영이 엮은 《책만 보는 바보》. 이덕무와 그의 벗들도 내가 좋아하는 조선시대 인물들이다. 시대를 잘못 만나 제 뜻을 펼 수 없었던 서자와 무인들이 책을 매개로 얽히고설키며 우정을 가꿔가는 모습이 아름답다. 병풍을 팔아 《논어》를 사고 이불을 팔아 《한서》를 샀다던 이덕무. 그의 책에 대한 애정이 경건하기까지 하다. 만듦새도 예뻐서 선물하기에 안성맞춤이다.

다섯 번째 책은 버트런드 러셀의 《행복의 정복》. 나는 책을 읽고 나면 그 책의 맨 뒷장 면지에 간단한 독서 일기를 적어두는 습관이 있다. 이 책에 써놓은 독후감을 그대로 옮겨본다.

2007년 5월 20일

Great!! 역시 고전은 뭐가 달라도 다르구나! 좋은 영양제를 한 대 맞은 기분이다. 세상에는 행복을 갈망하는 사람들에게 마셔도 마셔도 갈증만 더하는 '바닷물' 같은 책이 얼마나 많은가. 이 책은 마시는 순간 바로 갈증이 해소되는 맑고 깊은 샘물 같은 책이다. 내가 왜 지금 행복하다고 느끼는지를 알게 해준 책, 어떻게 하면 이 행복을 죽을 때까지 누리고 나눌 수 있는지도 생각하게 하는 책이다. 매끄러운 번역 덕분에 예전에 나온 판본보다 읽기가 훨씬 즐거웠다!

늘 자신이 불행하다고 생각하는 사람에게 일독을 권한다. 어떻게 하면 행복해질 수 있을까 고민하는 사람도 일독. 이미 행복한 사람은 행복의 확실한 근거와 명백한 증거를 제공하는 책이므로 일독. 특히 고전은 무조건 재미없다고 생각하는 사람도 반드시 읽어보기를 권한다.

여기서 자세히 소개하지 못한 나머지 책들은 짧은 서평으로 대신한다.

〈종교 · 영성 분야〉
1) 《단순한 기쁨》(피에르 신부 저)
프랑스 신부이자 빈민구호 운동가인 피에르 신부님이 우리에게 털어놓는 고백성사다. 월드비전에 들어가기 직전, 내게 '타인 없이 행복할 것인가, 타인과 더불어 행복할 것인가'라는 강력한 화두를 던진 책.
2) 《진리의 말씀 법구경》(법정 역)
법구경은 팔만대장경이라 일컫는 수많은 불경 중 가장 많이 읽히는 법문이다. 졸고 있던 내 영혼이 죽비로 한 대 세게 맞아 정신이 번쩍 든 느낌이다. 불교 최고의 잠언이 주는 깊이와 향기를 동시에 누려보시기 바란다.

3) 《청바지를 입은 부처》(수미 런던 편)

아이러니하게도 세계 여행 중 미국인 불자 친구가 적극 추천해서 읽게 된 책. 반갑게도 한국어 번역본이 있었다. 미국의 이십대 젊은 이들이 어떻게 동양에서 온 불교를 받아들여 불자가 되고 그 가르침을 일상생활 속에 녹여내고 있는가가 흥미롭다.

4) 《이슬람교》(발터 M. 바이스 저)

이슬람교가 전 세계 12억 신도를 지닌 세계 4대 종교임에도 불구하고 우리나라에는 일반인을 위한 이슬람교 책이 없어도 너무 없다. 이 책이라도 있어 얼마나 다행인지. 사진과 그림 자료를 곁들여 이슬람 세계의 흐름을 알기 쉽고 재미있게 설명해주어 고마운 책이다.

5) 《침묵으로 말씀하시는 하나님》(피트 그리그 저)

이번 책을 쓰면서 우연히 알게 되었다. 내 기도가 왜 응답이 안 되는지 속 시원하게 밝혀준 책.

6) 《의식혁명》(데이비드 호킨스 저)

종교와는 무관하게 자신의 의식 수준과 영성 수준을 어떻게 높일 수 있는지 명쾌히 알려주는 책. 누구라도 읽고 나면 머릿속이 환해질 거다.

〈구호·개발 분야〉

1) 《왜 세계의 절반은 굶주리는가?》(장 지글러 저)

2) 《빈곤의 종말》(제프리 삭스 저)

빈곤의 종말이라니. 이게 과연 가능할까? 경제학자이자 UN 새천년 개발 목표의 제안자인 저자는 가능하다고 단언하고 있다. 그가 무슨 말을 하는지 궁금하지 않은가?

3) 《세계에서 빈곤을 없애는 30가지 방법》(다나카 유 외 저)

아프리카 속담에 이런 말이 있다. "거미줄도 모이면 사자를 묶는다." 우리의 작은 실천이 세상의 빈곤을 퇴치하는 데 어떻게 도움을 주는지 정말로 친절하게 설명해준다.

4) 《개발 협력을 위한 한국의 이니셔티브》(권해룡 저)

개발 협력에 관심있는 친구들에게 무조건 권하는 책. 가히 이 분야의 입문서라 할 수 있다. OECD 대표부에서 개발 원조를 담당했던 현직 외교관이 발로 뛰며 쓴 글이다. 여러 번 고개를 끄덕이며 읽었다.

5) 《처음 읽는 아프리카의 역사》(루츠 판 다이크 저)

이제까지 알던 아프리카는 잊어버리시길. 여기 선입견 없이 아프리카의 다채로운 역사와 참모습을 보여주는 책이 있다. 대여섯 장 넘길 때마다 나오는 유화 또한 볼만하다.

6) 《가난한 사람들을 위한 은행가》(무하마드 유누스 저)

가난한 사람들에게 묻지도 따지지도 않고 돈을 빌려준다고? 그

것도 방글라데시에서? 그런 미친 짓(?)을 시작하여 무려 240만 명에게 돈을 빌려주었는데 백 퍼센트에 가까운 대출 상환률을 보였다며 우리에게 인간에 대한 근본적인 희망을 전하는 책.

〈읽고 나서 다른 사람에게 권하면 좋은 교양서〉

1)《내 영혼이 따뜻했던 날들》(포리스트 카터 저)

2)《정약용과 그의 형제들 1, 2》(이덕일 저)

3)《책만 보는 바보》(안소영 저)

4)《장미의 이름》(움베르토 에코 저)

소설다운 소설이란 무엇인가를 알게 해주는 책, 역시 움베르토 에코라는 말이 절로 나온다.

5)《오래된 미래》(헬레나 노르베리 호지 저)

자본주의적 가치와는 전혀 다르게 살아가는 라다크 마을 사람들, 그들의 지혜와 평화를 배울 수 있는 책이다. 개발이라는 이름의 폭력이 얼마나 무서운지도.

6)《살아 있음이 행복해지는 희망 편지》(김선규 외 저)

내 눈높이로 본 자연과 생명은 어떤 모습일까? 평이한 제목과는 달리 페이지마다 시선을 얼어붙게 하는 사진과 가슴이 멍해지는 글로 가득하다. 다 읽고 나서 이 사랑스런 책을 꼭 안아주었다.

〈누구나 한 번은 읽었으면 하는 고전〉

1)《행복의 정복》(버트런드 러셀 저, 사회평론)

2)《데미안》(헤르만 헤세 저)

한때 헤르만 헤세의 열기가 뜨겁던 적이 있었다. 젊은날 이 책을 만나지 않았다면 헤세의 다른 주옥같은 책들도 모르고 지냈을 것 아닌가? 생각만 해도 아찔하다.

3)《그리스인 조르바》(니코스 카잔차키스 저)

여러분께 호탕하고 야성적이며 너무나 자유로운 한 인간을 소개한다. 그 이름은 조르바! 일단 그를 만나보시라. 당신도 나처럼 그의 치명적인 매력에 빠져들고 말 것이니.

4)《열하일기 상, 하》(박지원 저, 그린비)

호생전 등 부분적으로만 읽었던 방대한 열하일기를 그림과 해설을 곁들여 끝까지 흥미롭게 읽을 수 있는 책이다. 세계 최고의 여행기라는 이름이 전혀 무색하지 않다.

5)《황진이》(홍석중 저)

제19회 만해문학상에 이례적으로 북한 소설가의 작품이 선정되었다는 소식 기억하는가? 바로 이 책이다. 벽초 홍명희 선생님의 손자가 쓴 소설로 기생 황진이, 평양 황진이의 과감하고도 비극적인 사랑을 그렸다. 아름다운 북한식 우리말을 감상하는 재미도 쏠쏠하다.

6)《아침 꽃을 저녁에 줍다》(루쉰 저)

"광야를 만나면 광야를 개간하고 사막을 만나면 사막에 우물을 파라. 이미 가시덤불로 막힌 낡은 길을 찾아 무엇할 것인가? 너절한 스승을 찾아 무엇할 것인가?" 이렇게 토로하는 루쉰을 읽으면서 피가 끓지 않는 젊은이가 있을까? 짧은 산문집 안에 그의 역사에 대한 통찰과 강력한 다짐이 담겨 있다.

〈보너스로 한 권만 더〉

《갈대는 속으로 조용히 울고 있었다 – 꼭 읽어야 할 한국의 명시 100》(신경림 편저)

여고 시절, 시를 가르치시던 국어 선생님이 문고판《한국의 명시선》과《세계의 명시선》세트를 펴내셨다. 그 책에 실린 2백 편도 넘는 시를 몽땅 외워보려고 한 적이 있는데 그 옛날 외운 시가 지금까지도 머리에 남아 있고 입에 붙어 있는 게 신기하다. 시집은 한꺼번에 읽지 말고 매일매일 몇 편씩 읽되 꼭 소리 내어 읽어보기 바란다. 시는 글이 아니라 노래이기 때문이다. 나는 지금도 아침마다 발음 교정용으로 시 한 편씩을 큰 소리 내어 읽는다. 평소에 나도 모르게 튀어나오는 아름다운 시어는 다 이렇게 해서 얻은 것이리라.

단순함의 미덕

돈 돈 돈 돈!!!

아카시아 향기 가득한 산에서 한참 동안 돈 얘기가 오갔다.

"로또에 당첨되거나 펀드가 대박 나서 부자 됐으면 좋겠어요. 시급 4천 원 아르바이트로는 죽었다 깨도 부자 못 되잖아요."

"얼마쯤 있어야 부자냐고요? 한 10억 원 정도?"

"배우자요? 돈만 있으면 웬만한 건 다 괜찮아요. 어머, 놀라셨어요? 아마 다들 그렇게 생각할걸요. 나처럼 솔직하지 못해서 그렇지."

얼마 전 등산하다 우연히 일행이 된 대학생들과 실제로 오간 대화다. 부자가 되고 싶은 소망은 새삼스러울 것도 없다. 돈이면 귀신도 부리고 돈 준다면 뱃속의 아이도 나온다는 우리 속담처럼 돈만 있으면 마음대로 할 수 있다는데, 누군들 돈이 좋지 않겠는가? 그러나 아무리 농담이라도 이 친구들이 생각하는 부자 되는 법이 로

또 당첨이나 부자와 결혼하기 등 실현 가능성이 희박할뿐더러 자기 노력과는 전혀 무관한 방법이라는 건 좀 놀라웠다. 한술 더 떠서 시급 4천 원은 너무하다며 징징대던 남학생은 오늘 부자 되는 확실한 아이템을 찾았다며 내 일기장을 몰래 가져다 책으로 펴내면 분명히 대박날 거란다. 그러면 자기는 그 돈으로 세계 일주를 해서 그 이야기를 또 책으로 쓰고 그 책이 베스트셀러가 되면 평생 인세로만 살 수 있지 않겠느냐고 너스레를 떨어 다 함께 배꼽을 잡았다.

약간 씁쓸한 돈 얘기가 지나간 후 학생들은 다시 이십대의 재기발랄하고 유쾌한 얼굴로 돌아가 산을 오르는 내내 같이 웃고 떠들면서 즐거워했다. 그날 헤어지면서 내 조카 또래의 이 사랑스런 친구들과 어떻게 돈을 버는가 대신 어떻게 돈을 쓸 것인가에 대한 생각을 좀 더 나누었으면 좋았을 걸, 무척 아쉬운 마음이 들었다. 듣고 싶은 이야기도 많았지만 사실 해주고 싶은 이야기가 더 많았다.

돈이 있어야 사람대접 받는다는 얘기, 이렇게 하면 돈을 벌 수 있다는 얘기는 매일 귀가 따갑도록 듣는다. 일상에서 접하는 자본주의의 폭풍도 거세기 짝이 없다. 요즘 광고들을 보라. 당신이 사는 집이 당신을 말해준다고 하질 않나, 친구가 "어떻게 지내?" 묻자 말없이 자기가 타는 고급 차를 가리키겠다질 않나. 그런 걸 갖지 않은 사람들에게는 거의 모욕에 가까운 말이 무차별적으로 쏟아져 나온다.

모든 사람이 원하는 집을 갖고 고급 차를 모는 부자가 될 수 있다면야 좋겠지만 보통 사람이 소위 '부자'가 될 확률은 높지 않은 것이 현실이다. 그러니 평범한 사람들에게는 돈이 많지 않아도 상대적 박탈감 없이 사는 법을 배우는 게 훨씬 중요하고 현실적이지 않을까. 그런데도 사회 전체는 왜 이런 이야기에 대해서는 말을 아끼는지 모르겠다. 말하면 안 되는 비밀이라도 되는 건가?

돈 있으면 갖고 싶은 걸 다 가질 수 있고, 다니고 싶은 데도 마음껏 다닐 수 있고, 일하지 않아도 되니까 돈이 곧 자유가 아니겠느냐던 학생들의 말에 마음 한구석이 짠해진다. 물론 그건 자유다. 그러나 돈이 있어야만 자유를 얻을 수 있다면 그건 종속된 자유가 아니겠느냐고, 돈 없이 자유로운 것이 진짜 자유 아니냐고, 너희들은 어떻게 생각하느냐고 이야기를 나눠보고 싶었다.

나는 경제학자도 아니고 철학자도 아니고 돈을 어떻게 벌고 쓰나를 집중적으로 연구하는 재테크 전문가도 아니다. 그러나 돈 얘기가 나온 김에 이 학생들에게 우리가 돈 쓰기를 부추기는 자본주의의 광풍 속에서도 소비를 최소화해 간소한 삶을 사는 것만으로도 어느 정도 돈으로부터 자유로울 수 있다는 말도 해주었으면 얼마나 좋았을까? 나 스스로 조금이라도 돈으로부터 자유롭기 위해 수십 년째 실천하고 있는 방법을 알려주어도 좋았을텐데…….

나는 될수록 간단하게, 최대한 간소하게 살자는 주의다. 철들면서부터는 화려하게 사는 스타나 재벌보다 소박하게 사는 스님이나 수도자들이 훨씬 멋있게 보이고 진하게 화장한 얼굴보다 말갛게 씻은

맨얼굴을 더 좋아했으니 이건 어쩌면 취향의 문제일지도 모르겠다.

삼십대의 대부분을 배낭여행이라는 유목민 생활을 하면서 이런 성향은 더욱 굳어졌다. 배낭 무거워질까 봐 비누도 반으로 잘라 넣는 판에 꼭 필요하지도 않은 걸 이고 지고 다닐 수는 없었으니까. 그래서 지금도 나는 뭘 사서 쟁여놓지 않는다. 내 사전에는 지름신이 강림한 충동구매라는 말은 애시당초 없다. 당장 필요한 물건이라도 이게 없으면 정말로 안 되는지 따지고 또 따진다.

친구들은 나만 보면 몇 년째 같은 옷이 지겹지 않냐며 옷 좀 사라지만 나는 지금 있는 옷도 이미 너무 많다고 생각한다. 몸은 하나인데 웬 옷이 그렇게 많이 필요한가 말이다. 나는 차도 없다. 한국은 대중교통이 잘 발달했으니 굳이 내 차가 필요치 않다. 지하철을 타고 다니면 빠르기도 하고 정확하기도 하고 책 읽는 시간까지 확보할 수 있어 내겐 안성맞춤이다. 집에는 침대, 소파, 책장 등 필수적인 가구 이외에는 아무것도 없다. 벽이고 선반이고 뭘 걸고 붙이며 장식하는 것도 딱 질색이다. 그냥 선방처럼 깔끔하고 소박한 게 좋다.

필요한 게 별로 없으니 쇼핑 다닐 일도 거의 없다. 평소에 쇼핑을 잘 안 해서일까, 못 해서일까? 나는 쇼핑만 가면 힘이 쭉 빠지고 정신이 혼미해진다. 특히 백화점에 가면 그렇다. 들어서면서부터 사방에 진열된 엄청난 양의 물건들 때문에 멀미가 날 지경이다. 그 많은 물건들 중 마음에 드는 것을 찾기도 힘들고 일껏 골라놓은 것도 마지막 순간에 마음이 바뀌어 결국 아무것도 사지 못하고 나오기

일쑤다. 정말이지 나는 백화점에 가서 한 15분 정도만 지나면 힘이 다 빠져서 '박카스'를 한 병 마셔야 한다. 쇼핑이고 뭐고 빨리 맘에 드는 게 나타나서 얼른 여길 나가고 싶을 뿐이다. 남들은 즐겁기만 하다는 쇼핑이 나에게는 고역 중의 고역이다.

지난 주말에도 그랬다. 여름 정장에 받쳐 입을 셔츠 한 벌과 여름용 핸드백 그리고 친구 생일 선물로 양산 하나가 꼭 필요했지만 혼자 쇼핑하기가 싫었다. 차일피일 미루다가 친구 생일이 코앞에 닥쳐서야 '세일 전문 쇼핑 퀸'이자 '보물찾기 명수'인 다른 친구에게 무교동 낙지를 사주겠다고 꼬드겨서 백화점에 갔다.

이 친구와 쇼핑할 때는 사라는 것만 사면 디자인이고 가격이고 틀림없다. 그래서 내 물건을 고르면서도 입도 벙끗하지 않는다. 실은 친구가 내 의견을 묻지도 않는다. 그날도 선물용 양산을 하나 골라서 "이거 어때?" 했더니 날 확 째려보면서 "우리 할머니 드리면 딱 좋겠네" 하는 바람에 슬그머니 내려놓았다. 잔잔한 파란색 꽃무늬가 내 눈엔 좋아 보이던데……

옷 코너에서도 그랬다. 연한 보라색 블라우스를 집어 들고 "이거 괜찮지 않아?" 이 한마디 했다고 "너 평양에서 왔지? 요즘 거기선 이런 스타일이 유행이지?" 하는 바람에 찍소리도 못했다. 평소에는 순하디 순하고 남에게 싫은 소리 한마디 못 하는 친구가 쇼핑만 같이 오면 이렇게 사납게 변해 날 모질게 구박한다. 그날도 그 친구, 낙지볶음 때문이 아니라 날 구박하는 재미로 같이 왔을 거다. 정말

치사하다. 이러니 쇼핑을 좋아할 수 있겠는가.

오랫동안 이렇게 살다 보니 어느덧 나는 소비가 미덕인 자본주의에는 어울리지 않는 사람이 되었고 돈이 있어도 잘 쓰지 않는 사람, 아니 쓰지 못하는 사람이 되어버렸다. 이게 자랑은 아니지만 그렇게 창피할 것도 없다. 오히려 이렇게 돈 못 쓰는 나, 돈 안 쓰는 나의 소비습관이 장점으로 느껴질 때가 많다.

제일 좋은 건 내 삶이 대책 없을 정도로 돈에 휘둘리지 않아도 된다는 사실이다. 돈이 있을 땐 자발적인 가난을 택하고 돈이 없을 땐 평소에 하던 대로 해도 크게 불편하지 않으니까 돈 때문에 애면글면하지 않아도 된다는 말이다.

내 경우에는 부양해야 할 가족도 없고 꼭 필요한 돈도 적기 때문에 돈을 벌기 위해 내키지 않는 강의나 글쓰는 일을 하지 않아도 된다. 쓰고 싶은 글만 쓰고 하고 싶은 강연만 하니까 일도 잘되고 즐겁기도 하다. 이렇게 하면서 품위와 자존심도 더불어 유지되는 느낌이다. 게다가 주위에서 나를 돈으로 움직이기 어려운 사람이라고 여기기 시작한 건 예상치 못한 수확이다. 적어도 저 사람은 돈만 많이 주면 어떤 선약도 깨고 자신의 부탁을 최우선으로 할 거라든지, 돈만 많이 주면 이제까지의 소신과는 전혀 다른 주장이라도 할 거라는 생각들은 하지 않는 것 같다. 이것 역시 내게는 품위와 자존심의 문제이고, 종국에는 자유의 문제다. 이렇게 돈이 많아야 자유로운 것이 아니라 돈이 없어도 자유로울 수 있다는 사실을 아는 것 자체가 당당할 수 있는 힘의 원천이다.

아까 산에서 만난 학생들을 포함해 로또 당첨될 확률이 매우 희박한 사람들은 로또 당첨이 되지 않았을 때를 대비(?)하여 부자가 아니라도 상대적인 박탈감을 느끼지 않으면서 간소하게 사는 법을 연습해보았으면 한다. 처음에는 어려워도 숙달되면 할 만할 거다. 우선 소비의 최우선순위를 정하고 그걸 위해서라면 다른 것들을 기꺼이 희생하거나 포기하는 연습이 필요하다. 만약 수중에 만 원밖에 없는데 배도 고프고 옷도 사고 싶고 책도 사고 싶다고 해보자. 사람마다 자신이 가장 중요하다고 생각하는 것에 돈을 쓸 것이다. 그 돈으로 밥을 먹는 사람이 있겠고 밥은 굶어도 옷을 사거나 책을 사는 사람도 있을 것이다.

이 연습의 핵심은 이럴 때 돈이 많아 세 가지를 다 하면 좋을텐데, 돈이 없어 딱 한 가지밖에 못해 분하고 초라하다라고 생각하지 않는 데 있다. 대신 한정된 돈이지만 제일 하고 싶은 일을 했으니 다른 건 안 해도 상관없다고 마음먹는 거다. 밥을 굶고 책을 사는 사람이라도 자기가 좋아하는 책을 사기로 선택했기 때문에 밥 먹는 사람을 부러워하거나 나는 밥도 못 먹는다고 크게 한탄하지 않을 수 있어야 한다. 내 경험으로 보면 다른 것을 희생해가면서 선택한 것일수록 오히려 훨씬 큰 기쁨과 만족감을 주었다. 점심은 굶었지만 갖고 싶었던 책을 마침내 손에 넣었을 때처럼 말이다.

뭐니 뭐니 해도 간소하게 살기 연습의 최강자는 배낭여행이다.

무거운 배낭을 메고 다니다 보면 가진 물건이 많다는 것이 자유가 아니라 족쇄라는 것을 단박에 깨달을 수 있다. 있으면 조금 더 편리하다고, 조금 더 멋있어 보인다고 이것저것 배낭에 넣다 보면 그 쇳덩이 같은 배낭을 지고 다니느라 여행이 고행이 되기 마련이다. 배낭여행을 하다 보면 또한 우리가 일상을 살면서 꼭 필요한 것이 그렇게 많지 않다는 것도 깨닫게 된다. 심지어 휴지나 모자 등 없으면 절대로 안 된다고 여겼던 것조차도.

더불어 배낭여행 중에는 아무리 허름한 차림으로 허름한 숙소에서 잔다고 해도 누가 날 돈 없다고 업신여기지는 않을까 신경 쓸 필요가 없으니 남들의 시선에서 자유로워지는 연습까지 할 수 있다. 실제로 내가 그랬다. 세계 오지를 여행하면서 7년 내내 가장 싸구려 숙소에서 자고 가장 싸구려 음식을 먹고 가장 싼 교통수단으로 이동했다. 다른 장기 배낭여행자들도 혀를 내두를 정도로 짠순이 여행이었다. 그러나 여행 중 그러는 나를 스스로 초라하게 생각해본 적이 단 한 번도 없다. 돈이 떨어지면 여행을 중단하고 한국에 돌아와야 했으니 잠깐 편하게 자고 맛있는 음식을 먹는 것보다 조금이라도 더 아껴서 계획했던 나라들에 다 가보는 것이 중요했기 때문이다. 이 목표를 위해서는 어떤 불편함도 감수할 수 있었고, 좋은 숙소에서 자고 멋진 곳에서 식사하는 다른 여행자들을 보면서도 상대적 박탈감을 전혀 느끼지 않았다.

한마디로 배낭여행은 간소하게 살면서 돈이 많지 않아도 품위와 자존심을 지키는 법을 연습하고 실천해볼 수 있는 단기 심화 코스다. 특히 산에서 만났던 학생들 또래의 젊은이들은 반드시 해보기 바란다. 트렁크 여행이 아니라 자기 짐을 스스로 지고 다니는 배낭여행이라면 기간이 일주일이든 한 달이든 1년이든, 국내든 해외든, 혼자 가든 여러 명이 가든 여행 중에 배우고 느끼는 것은 본질적으로 같을 것이다. 나는 여행이란 길 위의 학교라고 굳게 믿는다. 그 학교에서는 다른 과목들도 그렇지만 단순하게 사는 삶, 돈이 없어도 주눅 들지 않고 당당하게 사는 삶에 대한 과목을 최고로 잘 가르친다. 한번 배우면 평생 쓸 수 있는 매우 유익한 수업이니 필히 수강하시길. 강추!

산에서 만난 그 학생들 중 몇 명도 이번 여름방학에 인도로 한 달간 배낭여행을 가려고 한다는데 여행에서 돌아오면 돈에 대한 생각이 어떻게 변해 있을지 자못 궁금하다. 그런데, 혹시 시급 4천 원으로 여비를 모으다 방학 때까지 안 모이면 정말 딴생각하는 거 아니야? 얘들아, 아무리 여행 비용이 모자라도 내 일기장만은 절대로 안 돼!!!

좋은 습관,
나쁜 습관,
이상한 습관

"너 웬 밥을 그렇게 빨리 먹니? 누가 쫓아와?"

오랜만에 한국에 온 작은 언니가 밥을 먹다가 놀라 묻는다.

"내가 좀 그렇지? 그래도 지금은 천천히 먹는다고 먹는 건데……."

"천천히는 무슨. 너 씹지도 않고 넘기지? 나까지 체하겠다."

"구호팀장 되고 나서 빨리 먹는 거야. 이것도 일종의 직업병이라니까."

"그게 무슨 직업병이야? 그냥 너의 나쁜 습관이지."

"이그, 소화 안 되게 웬 잔소리."

"내가 언니가 아니라 간호사로 말하는데 그거 아주 나쁜 습관이니까 고치려고 노력해봐. 하루에 세 번씩 위가 얼마나 부담스럽겠니?"

갑자기 정색을 하고 말하는 걸 보니 어지간히 걱정이 되었나 보다. 반복되는 일상의 행동이 모여 습관이 되고, 그런 습관이 모여 인생을 만드니 결국 밥 먹는 것 같은 사소한 행동이 사람의 인생을 결정하는 거라는 미니 강의가 저녁식사 내내 이어졌다. 아, 동생만 보면 솟구치는 세상 언니들의 저 잔소리 본능!

언니들에게는 나의 나쁜 습관이 먼저 눈에 띄겠지만 알고 보면 내게도 몇 가지 좋은 습관이 있다. 그중 하나는 매일매일 일기 쓰기와 메모하기다. 초등학교 2학년 때 담임선생님이 내 일기를 반 친구들에게 읽어주시며 옆에서 보는 듯 생생하게 잘 묘사했다고 칭찬해주신 것에 신이 나서 열심히 쓰기 시작한 게 오늘에 이르렀다. 메모하는 습관은 나이가 들수록 더욱 진가를 발휘하고 있다. 전화하거나 이메일 보내기 등 꼭 해야 할 일이 생각날 때마다 적어놓으면 실수와 염려를 크게 덜 수 있다. 스쳐 지나가는 단상이나 아이디어도 그때그때 적어두어야만 '포착'이 되고 안심이 된다. 1분만 지나면 깜빡 잊고 아까 그게 뭐였지 하며 끙끙대지 않아도 되기 때문이다. 앞으로도 이 메모 습관 덕은 톡톡히 보고 살 것 같다.

또 다른 좋은 습관은 칭찬하기다. 칭찬은 시체도 벌떡 일으킨다고 했던가? 내가 별것 아닌 걸로도 칭찬을 많이 받고 살았기 때문에 그 힘이 얼마나 센지 잘 알고 있다. 칭찬으로 얼굴이 환해지고 작은 칭찬 덕분에 사람이 크게 달라지는 걸 보면 매우 즐겁다. 아파트 엘리베이터 안에서 고개만 까딱하는 아이에게 넌 어쩜 그렇게 인사를 잘하느냐, 정말 착한 어린이구나 칭찬해주면 십중팔구 그 아이 다음 번에는 "안녕하세요?" 큰 소리로 인사한다. 직장에서 팀원이 조금만 잘해도 "와아, 훌륭해. 우리 팀에 괴물이 들어왔다니까……"라고 하면 다음 보고서는 10점 만점에 10점짜리로 만들어 온다.

그러나 나의 가장 좋은 습관은 뭐니 뭐니 해도 맞장구다. 난 유전적으로 감정이입이 무지 잘 되는 사람이다. 누가 슬프면 내가 더 슬프고 누가 기쁘면 나도 모르게 내가 더 기뻐 날뛰게 된다. 친구들이 남편과 싸우고 하소연하면 그 친구보다 더 분해서 길길이 뛰며 남편 흉을 보니까 친구들이 번번이 "얘, 우리 남편 그렇게 나쁜 사람은 아니야"라고 할 정도다. 이 정도면 병인가? 그래도 맞장구는 즐겁다. 앞으로도 지금처럼 열심히 칠 생각이다.

반면 자타가 공인하는 나쁜 습관은 일명 벌컥증이다. 잠시 자아비판을 하자면 나는 정의 사수나 약자 대변을 위한 것도 아니면서 제 성질에 못 이겨 벌컥 화내는 습관이 있다. 속으로 꽁하다가 나중에 뒤통수치는 것보다 상대방에게 내가 왜 화가 났는지 확실히 알려 같이 풀고는 바로 잊어버리는 게 뒤끝 없이 좋은 거라고 스스로 변호해보지만, 바르르 화내고 나면 언제나 찜찜하고 화낸 사람에게 미안하다 못해 창피하기까지 하다.

명리학을 공부하는 친구에게 재미 삼아 사주를 보았더니 글쎄 내가 워낙 강한 불기운을 타고났다는 거다. 사주팔자(四柱八字), 즉 사람의 운명을 결정하는 데는 네 가지 기둥과 여덟 자의 기운이 있고 그 여덟 자는 화, 수, 목, 금, 토의 다섯 기운이 골고루 섞여 만들어지는데 나는 그 여덟 자 중에 불 기운이 자그마치 네 개나 있단다. 속에 활활 타는 큰 불을 가졌으니 에너지가 남보다 많다는 장점도 있지만 웬만한 내공으로는 그 화를 다스리기가 어려운 단점도 있다는 거다. 어쩐지 어렵더라니!

난 정말 이 벌컥증을 어떻게 해서든 없애고 싶다. 내 앞에서 사소한 일로 버럭 화내는 사람을 보면 꼴 보기 싫고 같이 있기 불편한 것처럼 화내는 내 모습 역시 번번이 꼴불견이고 밥맛 없을 거다. 내 나이라면 이건 더 이상 사주팔자나 유전자 때문이 아니라 순전히 내공과 인간의 성숙도 문제다(생각해보면 내 이 불같은 성격 때문에 알게 모르게 많은 사람의 마음을 상하게 했을 거다. 부디 용서해주시길). 벌컥증이 물건이라면 아무리 비싸고 정든 거라도 당장 버리겠지만 그럴 수도 없는 노릇. 이런 나쁜 습관이 하루아침에 생긴 게 아닌 것처럼 하루아침에 고칠 수도 없을 거다. 그래도 진심으로 반성하고 결심하고 노력하면 화내는 빈도와 강도를 적어도 반으로는 줄일 수 있지 않을까 기대해본다.

아메리카 인디언의 가르침 중에 이런 말이 있다. 사람 마음속에는 좋은 양과 나쁜 늑대가 함께 살고 있는데 어느 쪽이 힘이 세지는 가는 우리가 어느 쪽에 먹이를 더 많이 주느냐에 달려 있다고. 그래서 새해를 맞으며 올해의 목표를 '두 배로와 반으로'로 정했다. 칭

찬과 맞장구라는 양에게는 예전의 두 배로, 벌컥증이라는 늑대에게
는 예전의 반만 먹이를 주기로 결심했다. 이 '사소한 결심'만 잘 지
켜도 올 한 해는 성공적이다.

덕분에, 오늘 아침 회의 때 직원 하나가 영 개념 없는 얘기를 해
서 화를 낼 뻔했는데, 마음속으로 '반으로!'를 외치면서 간신히 넘
겼다. 요즘 이렇게 자주 선방(善防)을 한다. 이게 언제까지 갈지는
모르겠지만 결심하지 않았을 때보다야 오래가지 않겠는가.

습관 얘기가 나왔으니 말인데 나는 좋은 습관, 나쁜 습관 외에도
몇 가지 이상한 습관이 있다. 우선 나는 단것을 먹지 않는다. 과일
도 너무 달면 안 먹고 특히 초콜릿과 아이스크림은 근처에도 가지
않는다. 내가 세상에서 제일 싫어하는 건 바로 초콜릿 아이스크림!
난 초콜릿 아이스크림을 사 주는 사람도 싫고, 내 앞에서 먹는 사람
도 싫다. 보기만 해도 소름이 돋는다. 식당에 가면 스스로 부여한
'메뉴 선택권'을 행사하는 습관도 있다. 두 명이든 스무 명이든, 어
른하고든 조카하고든 밥 먹으러 가면 무조건 선봉장으로 나서서 메
뉴에 있는 음식을 재료와 조리법별로 골고루 시켜야 성이 찬다. 그
래서 월드비전 동료들이랑 식당에 가면 메뉴판을 들여다볼 생각도
안 하고 조용히 앉아 내 처분만 기다린다.

그뿐인가. 하루에도 열 번 이상 이 닦는 습관, 박스나 쇼핑백을
버리지 못하고 쌓아두는 습관, 발을 밟거나 발 끝을 건드리면 화들
짝 놀라며 왕짜증을 내는 습관, 책상 위나 책상 근처가 마구 어질러

져 있어야 공부가 잘되고 글도 잘 써지는 습관 등은 내 인생과 일상을 나름 지루하지 않게 만들어주는 특이한 습관들이다. 이 이상한 습관들은 나와는 사뭇 다른 사람을 이해하는 데 도움을 주기도 해서 고맙다는 생각까지 든다.

내가 좋아하는 짭짤한 과자를 싫어하는 사람을 보면 내가 초콜릿 아이스크림을 싫어하는 것과 같은 느낌이겠지, 책상 근처가 깔끔하게 정리되어 있어야 일이 된다는 사람을 보면 책상이 어질러져 있느냐 깔끔하냐는 현상만 다를 뿐 일이 잘되는 상태라는 점에서는 똑같은 거겠지, 내가 발끝 건드리는 걸 싫어하는 것처럼 어깨를 건드리면 와락 화를 내는 사람도 저 사람은 어깨 부분이 예민한 모양이군 생각하며 이해할 수 있기 때문이다.

그런데 신기하게도 좋은 습관, 나쁜 습관, 그리고 이상한 습관은 처음 그 습관을 어떻게 들였느냐에 따라 완전히 달라질 수 있다. 습관이란 돌에 새겨진 글귀처럼 절대로 변할 수 없는 게 아니니 어떤 계기로든 다시 새로운 관계를 맺기만 하면 얼마든지 달라질 수 있다는 말이다. 나도 이런 경험을 일상생활에서 무수히 했다.

전에 살던 동네에서 나는 비디오나 DVD 반납을 연체하기로 소문난 사람이었다. 하도 제때에 안 갖다 주니까 최신 개봉 영화를 빌려 오면 가게 주인이 친히 우리 집까지 찾아와서 수거해 갈 정도였다. 실제로 홍익대 앞에 살던 2년 동안 대여료보다 연체료를 훨씬 더 많이 물었다.

그런데 놀랍게도 지금 동네에서는 몇 년간 단 한 번도 연체한 일이 없다. 연체는커녕 최신 개봉 영화는 반납일 전에 돌려줘서 주인 아줌마에게 '우수 고객'이라는 칭호까지 받았다. 홍대 앞 비디오 가게 아저씨가 들으면 절대 믿지 못할 일이다.

같은 사람이 비디오 반납이라는 똑같은 일에 대해 어떻게 이렇게 다른 행동을 보일 수 있을까, 처음에는 나도 의아했다. 그러나 곰곰이 생각해보니 두 비디오 가게에는 큰 차이가 있었다. 홍대 앞에서는 비디오를 빌리기 시작할 때 처음 몇 번을 늦게 갖다 주면서 그런 습관이 들어버렸고, 지금 동네에서는 처음 몇 번을 날짜에 맞춰 반납했더니 또 그렇게 굳어져버린 거다. 한마디로 처음에 어떻게 관계가 만들어졌는가의 문제였다.

원고 마감도 마찬가지다. 맨 처음 두세 번만 잘 지키면 그다음부터는 마감일을 넘기는 일이 거의 없다. 몇 해 전 가톨릭 〈서울 주보〉에 고정 칼럼을 썼는데 데드라인에 딱 맞춰 보낼 때는 있을지언정 마감일을 넘긴 적은 단 한 번도 없다. 담당 수녀님은 수십 년 넘게 원고 청탁을 해왔는데 이렇게 '착실한' 필자는 없었다며 좋아하셨다. 반대로 〈한겨레 21〉 원고는 기고하는 내내 단 한 번도 마감일을 넘기지 않은 달이 없었다. 번번이 늦는 내 원고 때문에 인쇄기를 제시간에 돌리지 못할 판이라고 난리였지만 어쩌겠는가. 첫 번째와 두 번째 원고 마감일이 모두 해외 출장 기간이거나 장거리 비행 중이어서 불가피하게 마감일을 넘겼더니 그게 그렇게 굳어져버렸는지 그렇게 싫은 소리를 들으면서도 매번 마감일을 넘겼다.

비디오 가게나 원고 마감 경험으로 볼 때 내가 언제나 비디오를 늦게 반납하고 마감일을 넘기는 사람이 아니라 초기에 어떻게 습관을 들였느냐에 따라 우수 고객이나 착실한 필자가 될 수도 있고 그 반대가 될 수도 있다는 걸 깨달았다.

이 말대로라면 무슨 일을 새로 시작할 때마다 여태껏 불만족스럽거나 엉망이던 관계를 전혀 새롭게 만들 수 있는 거다. 패자 부활전의 기회를 얻는 거다. 예컨대 새 학년, 새 직장, 새 집, 새 친구, 새 일기장, 새해, 새 달. 새 자가 들어간 세상의 모든 것은 우리 모두에게 새로운 기회가 된다. 이건 정녕 희망의 발견 아닌가?

그나저나 벌컥증은 새해 첫날에 반으로 줄이기로 결심했고 나름대로 선방을 하고 있지만 밥 빨리 먹는 버릇은 어쩐다지? 식탁을 새로운 자리로 옮겨볼까? 밥그릇과 수저도 새 걸로 바꿔볼까? 이건 긴급구호팀장이어서 생긴 직업병이니까 이참에 직업을 확 바꿔버릴까?

이런 성공이라면
꼭 하고 싶다

"한비야 팀장님은 팀장 9년차인데 승진 안 하세요?"

"글쎄 말이에요. 승진을 안 시켜주네요."

매번 대답은 이렇게 하지만 솔직히 말하면 나는 승진할까 봐 두렵다. 구호팀장에서 승진하면 해외 사업 본부장인데 정말 본부장 되기는 싫다. 본부장이 되면 조직 내에서 영향력이야 생기겠지만 구호현장과는 어쩔 수 없이 멀어질 수밖에 없기 때문이다. 어떤 사람에게는 해외 사업 본부의 총사령관이 되어 조직을 돌보고 키우며 조직원들의 역량을 강화하는 것도 보람 있겠지만 나는 책상 대신 현장에서 일하는 것이 좋다. 아니, 현장에 있어야만 힘이 솟고 능력의 최고치가 나오는 사람이라서 절대 현장을 떠날 수 없다.

"못 한다니까요. 본부장으로 발령 내면 정말 그만둘 거예요."

인사철에 해외 본부장 자리를 제안받을 때마다 정색을 하고 이렇게 협박(?)해왔는데 이게 유효했는지 내 생각을 존중해주었는지 다행히 아직까지 팀장으로 남아 있다. 조직에서 일하는 사람에게 승진이 성공의 한 지표라면 솔직히 나는 그런 성공에는 별로 관심이 없다. 내게는 명함에 적힌 직함보다 실제로 무슨 일을 하고 있는가가 훨씬 중요하기 때문이다.

성공이라는 말이 나왔으니 말인데 지금부터 내가 하는 말에 놀라지 마시길. 국제구호개발 NGO의 일개 팀장인 내가 최근 몇 년 동안 해마다 대한민국에서 가장 성공한 여성 혹은 닮고 싶은 여성 중 한 사람으로 뽑혔다는 사실! 2006년에는 어느 신문사가 사십대 이하 성인 남녀 약 1,500명을 대상으로 조사한 '한국에서 가장 영향력 있는 여성 톱 10' 중 7위에 뽑혔고 2009년에는 이화여대에서 조사한 '가장 닮고 싶은 한국 여성 2위'에까지 올랐다. 이게 무슨 일인지 도무지 모르겠다. 나와 함께 높은 순위에 오른 사람들의 면면을 살펴보면 나 따위는 도저히, 절대로 낄 수 없는 자리다. 1위는 박근혜 전 한나라당 대표, 2위는 당시 국무총리였던 한명숙, 3위는 나도 좋아하는 재간둥이 연예인 이효리, 그리고 뒤를 이어 재계를 주름잡는 현정은 현대그룹 회장과 이명희 신세계 회장 등이 순위에 올라 있었다. 그런데 왜 그 사이에 뜬금없고 앞뒤 맥락도 없이 한비야란 말인가? 오죽하면 이 설문 조사를 했던 신문사도 나의 출현이 매우 의외라는 분석 기사를 자세히 썼다. 본인도 이렇게 놀라는데 그들이 얼마나 놀랐을지 짐작이 가고도 남는다.

설문 결과로 나온 순위를 따져보면 세상 사람들은 박근혜 전 대표 같은 거물 정치인이나 한명숙 전 총리 같은 고위 관리를 성공한 사람으로 간주하는 것 같다. 그들의 말 한마디, 작은 결정 하나가 대한민국을 들었다 놓았다 할 정도로 가공할 만한 영향력을 가졌기 때문일 거다. 자본주의 사회에서 서민들로서는 상상할 수도 없는 돈을 쥐락펴락하는 대기업 총수들을 성공한 사람으로 간주하는 것도 이해가 되고, 자기 재능을 마음껏 발휘하면서 사람들에게 즐거움을 주고 동시에 대중의 사랑을 한몸에 받는 인기 연예인들도 분명 성공한 사람이라 할 수 있겠다.

그렇다면 나는 도대체 왜 그들 사이에 끼어 있단 말인가? 그들과 멀어도 한참 먼 사람 아닌가? 난 거물급 정치인이나 고위 관리처럼 사람들에게 뭔가 지시하고 명령하며 세상에 영향력을 행사하기는커녕 만나는 사람들을 어떻게든 설득해서 구호 현장에 필요한 지원을 부탁하며 아쉬운 소리를 해야 하는 사람이다(한마디로 앵벌이다!). 그동안 책을 써서 인세 수입이 있긴 하지만 위에서 언급한 CEO들이 운용하는 자금에 비하면 그야말로 새 발의 피이자 새 코의 먼지이고, 언제 어느 때 텔레비전을 틀어도 얼굴을 볼 수 있는 연예인들에 비하면 나는 1년에 한두 번 방송에 나올까 말까 한 '평민'이다. 가끔 내 책을 읽은 사람들이 길이나 공항에서 나를 보면 무척 반가워하기는 하지만 그 정도의 관심과 사랑을 전 국민이 좋아하는 이효리의 인기에 어찌 비할 수 있으랴. 게다가 국제구호개발에 관심 있는 사람이 아닌 다음에야 월드비전 긴급구호팀장이라는 직함이 탐나는 자리도 아닐 텐데 말이다.

아무리 생각해보아도 내가 성공한 사람으로 꼽히는 이유는 딱 한 가지밖에 없다. 이제까지 사람들이 성공의 잣대로 삼았던 기준 자체가 바뀌었거나 그 기준이 다양해졌기 때문일 거다. 물론 옛날처럼 권력과 영향력, 돈과 인기는 여전히 성공의 중요한 잣대다. 여기에 덧붙여 돈의 유무나 사회적 지위와는 상관없이 하고 싶은 일을 하면서 바람처럼 자유롭게 사는 삶, 자기도 즐겁고 남에게도 도움이 되는 삶이 새로운 성공의 기준으로 떠오른 것이 분명하다. 그게 아니라면 내가 성공한 사람 리스트에 끼어 있을 리 만무하다.

나도 예전에는 눈에 보이는 성공만을 성공으로 여겼다. 세상에 그런 성공 이외에 다른 종류의 성공이 있는지조차 몰랐다. 그래서 좋은 성적, 일류 대학, 번듯한 직장, 폼 나는 직함, 높은 연봉, 세련된 외모와 풍부한 인맥 등이 성공적인 삶으로 이끌어주는 확실한 티켓이라고 생각했다. 이런 외적인 조건들이 다 갖춰지면 다른 것은 저절로 따라온다고 믿었다. 미국 유학을 다녀와서 국제홍보회사에 다닐 때까지도 이렇게 생각했다. 그럴 수밖에 없었다. 거기가 바로 그런 조건이 잘 통하고 그런 조건을 통해 성공이 보장되는 '정글'이었으니까. 그러나 그 후 세계 오지 여행을 하고 재난 현장에서 구호 활동을 하면서 성공한 삶에 대해 다르게 생각하기 시작했다. 지금 내가 성공했다고 꼽는 사람들은 NGO 직원들처럼 화려하진 않지만 자기가 하고 싶은 일을 하면서 남에게도 도움이 되는 사람, 또 우리 큰형부처럼 평범한 회사원이지만 아내와 딸과 처제 등 가족의 사랑과 존경을 한몸에 듬뿍 받는 사람이다. 또한 다른 사람 안에 있는 소중한 싹을 발견하고 북돋워주는 사람, 자신이 평생을 바쳐도 아깝지 않을 가치를 발견하고 그것을 다른 사람들과 공유하려는 사람, 자신의 전 생애를 통해 원칙과 소신을 끝까지 관철하려는 사람을 성공한 사람이라고 생각한다.

나는 인생은 상대평가에 의한 선발고사가 아니라 절대평가에 따른 자격고사라고 굳게 믿는 사람이다. 선발고사란 무엇인가. 아무리 열심히 실력을 갈고닦으며 노력해도 한 사람만 자기보다 잘하는 사람이 나타나면 떨어지고 마는 경쟁 구조의 시험이다. 인생에서의 성공이 이런 거라면 수많은 평범한 사람들은 몇몇 뛰어난 사람들에게 늘 패배할 수밖에 없다.

반면 절대평가에 따른 자격 고사는 어느 수준만 해내면 누구든 통과다. 이 자격고사는 인생을 진지하게 살면서 최선의 노력을 다해 스스로에게 떳떳하면 누구나 합격이고 그러므로 성공이다. 세상의 성공은 이런 것이어야 한다. 세상 어떤 사람도 누군가의 들러리가 되려고 이 땅에 태어나지 않았다. 누구에게나 단 한 번밖에 없는 귀한 인생인데 그럴 리가 있겠는가.

공교롭게도 이 글을 쓰는 동안 친한 신문기자가 〈성공한 사람이 닮고 싶은 성공한 사람들〉이라는 기획기사를 쓰고 있다며 성공한 사람을 두 명만 실명으로 밝히고 왜 그렇게 생각하는지 알려달라는 부탁을 했다. 덕분에 내가 생각하는 성공한 사람을 하나하나 떠올리면서 그들이 어떤 공통점을 갖고 있는지 깨닫게 되었다. 대여섯 명 정도가 머릿속을 스쳐갔는데 가장 먼저 떠올랐던 두 사람을 소개한다.

우선 빈민구호 공동체인 '엠마우스'를 창설한 프랑스의 피에르 신부님. 이분은 프랑스인 사이에서는 금세기 최고의 휴머니스트로 꼽히며 8년 동안 일곱 차례나 프랑스에서 가장 존경받는 사람 1위에 올랐다. 나중에는 다른 사람도 순위에 오를 수 있도록 자신의 이름을 아예 후보 명단에서 빼달라고 사정했다는 일화도 있다.

피에르 신부님은 2차 세계대전 때 치열하게 항독 레지스탕스 활동을 펼친 투사에서 국회의원으로 변신, 가난한 사람들을 구제해보려 했으나 정치적인 힘만으로는 그들을 도울 수 없다는 현실을 깨닫고 직접 집 없는 사람들과 부랑자, 전쟁 고아들 속으로 들어가 그들에게 피난처이자 안식처를 만들어주는 '엠마우스' 운동을 시작했다. 상류층의 자식으로 태어났지만 열아홉이라는 나이에 일찌감치 모든 기득권을 포기하고 부자와 가난한 사람이 다 같이 행복한 세상을 꿈꾸며 그런 세상을 앞당기기 위해 죽는 날까지 자신이 가진 모든 것을 완전히 태워버린 피에르 신부님. 이분처럼 뜨겁게 자신이 꿈꾸는 세상을 모든 이의 꿈으로 만드는 사람이 내게는 성공한 사람이다.

베네수엘라 음악가 호세 아브레우는 최근에 알게 되어 그의 매력에 푹 빠져버린 올해 일흔한 살의 멋쟁이 할아버지다. 이분은 지난 30년간 마약과 빈곤에 찌든 40만 명의 빈민가 어린이들에게 음악을 가르쳐 새봄 같은 희망을 찾아주었다. 베네수엘라의 문화부 장관이자 경제학 박사이자 피아노 연주자로 거리의 아이들을 모아 시작한 음악 교육 프로그램 엘 시스테마를 통해 아이들의 아픔을 치유하고 미래를 꿈꾸도록 도와주고 있다. 그의 이런 순수한 열정과 추진력에 입을 다물 수가 없고 기립 박수를 치지 않을 수가 없다. 자기 재능을 백 퍼센트 이용해 모두의 이익을 추구하는 삶, 평생 어둠 속에서 살 뻔했던 무수한 어린아이들에게 날개를 달아주는 그의 삶이 눈부시도록 아름답다.

이 두 분 외에도 내가 성공적인 삶을 살았다고 생각하는 사람들에게는 공통점이 있다. 그들이 무엇인가를 이루었을 때 우리 모두가 함께 기뻐하며 진심으로 축하의 박수를 보내준다는 점이다. 그들이 공공의 선을 이루려 했기 때문이다. 그리하여 그들이 성공의 열매를 맺는다면 그 열매는 우리 모두의 것이 되리라는 걸 믿어 의심치 않기 때문이다. 이런 사람들, 정말 부럽다.

미국의 사상가 랄프 왈도 에머슨은 성공을 이렇게 정의하였다.

무엇이든 자신이 태어나기 전보다
조금이라도 나은 세상을 만들어놓고 가는 것

당신이 이곳에 살다 간 덕분에
단 한 사람의 삶이라도 더 풍요로워지는 것
이것이 바로 성공이다.

이런 성공이라면 나도 꼭 하고 싶다.

우리는 모두
	같은 아침을
맞고 있어

수녀님의 콜택시

내가 지난 2000년 느닷없이 중국어를 배운 이유 중 하나는 중국어를 하면 중국으로 넘어오는 탈북자들을 도울 수 있을 거라고 생각했기 때문이다. 그때는 중국 접경 지역은 물론 몽골에도 탈북자마을을 만들 가능성이 있다는 소문이 파다했다. 마흔두 살에 중국행 짐을 꾸리면서 이렇게 결심했다. 오로지 중국어를 위해 1년이라는 귀한 시간을 내는 거니까 다시 고 3이 되었다는 생각으로 열심히 하자고.

다행히 중국어는 생각보다 훨씬 재미있었다. 중고등학교 시절 학교에서 한문 공부를 많이 시켰기 때문에 한자에 대한 부담이 적어 더 그랬을 거다. 나름대로 열심히 읽고 쓰고 말하는 공부를 하다 보니 중국인 가정교사에게 이런 말까지 들었다.

"난 비야 언니처럼 이렇게 열심히 공부하는 사람 처음 봤어요."

나는 피식 웃으면서 대답했다.

"처음 보기는. 우리나라 고 3들은 다 나처럼 공부해!"

그런데 1년 만에 중국어 학력고사 격인 HSK 7급을 따고 금의환향해서 월드비전에 들어왔지만 예상과는 달리 중국어를 쓸 일은 그리 많지 않았다. 어쩌다 한 번씩 국제회의에 참석한 중국계 주요 인사들과 중국어를 매개로 쉽게 친해진다든지 말레이시아로 출장 가서 그 나라의 부자 화상(華商)을 만났을 때 중국어로 열심히 월드비전을 소개하여 기업 차원의 제법 큰 후원을 이끌어냈다든지 하는 정도다. 현장에서 중국어가 결정적인 활약을 한 것은 미얀마와 라오스 북부의 중국 접경 지역에서 월드비전이 벌이고 있는 프로젝트 몇 개의 진행 상황을 살펴보러 갔을 때가 전부였다. 지금도 잊어버릴까 봐 아침마다 출근 준비를 하면서 30분씩 테이프를 들으며 큰 소리로 따라 하고 있지만 언제쯤 중국어를 옹팡지게 써먹을 수 있을지는 모를 일이다.

그렇다고 중국어 배운 게 모두 헛일이 되었다는 얘기는 아니다. 덕분에 세계 도처에 있는 중국 음식점에서 제대로 된 중국 음식을 시켜 먹을 수 있고, 아프리카 오지에서도 중국인 식당 주인만 만나면 좋은 환율로 현지 돈을 바꿀 수 있고 현지 사정도 속속들이 알 수 있다. 그뿐이랴. 가끔이지만 중국어를 하는 덕에 하늘에서 내려온 천사도 되고 간절한 기도의 응답이 되기도 한다.

몇 년 전 일이다. 남아프리카 요하네스버그 공항에서 갈아탈 비

행기를 기다리는데 오십대 중반의 중국 아줌마가 미친 듯이 "메이
여우 중궈런(중국인 없어요)?"이라고 외치는 게 보였다.

"제가 한국 사람이지만 중국어를 좀 할 줄 아는데 무슨 일이세
요?"

내가 물었다. 반쯤 넋이 나간 아줌마가 하는 말,

"내가 탈 비행기가 떠나버렸어요. 그 비행기 놓치면 난 끝장이에
요. 정말 끝장이에요."

사색이 된 아줌마의 입술이 파르르 떨렸다. 얼른 비행기 표를 보
니 '요하네스버그 출발 07:00'이라고 씌어 있었다. 그때가 저녁 7시
경이었다.

"비에 딴신(걱정 마세요). 이 비행기 출발 시간은 오늘 저녁 7시
가 아니라 내일 아침 7시예요."

그러고는 겁에 질린 아줌마와 같이 항공사 데스크에 가서 비행편
을 확인해주었다. 항공사 직원은 내일 아침 5시에 오면 탑승권을 발
급해주겠다고 했지만, 아줌마는 영어 한마디 못 하는 자기 혼자 오
면 이 사람들이 딴소리를 할 거라며 또 벌벌 떨었다. 하는 수 없이
그 직원에게 아줌마가 저렇게 불안해하는데 비행기 표 뒷면에 내일
아침 5시에 오면 반드시 탑승권을 주겠다고 쓰고 그 밑에 사인을 해
주면 안 되겠느냐고 부탁했다. 그 직원은 어이가 없는지 웃으면서
도 순순히 그렇게 해주었다.

그제야 아줌마 얼굴이 환해졌다. 이 아줌마는 중국 남부 시골 출

신인데 동네 사람들에게 막대한 빚을 내서 비행기 표를 사고 비자를 받아서 케이프타운으로 일하러 가는 중이란다. 비행기를 놓쳐 공항에 마중 나올 고용주를 못 만날 생각을 하니 심장이 멎는 것 같더란다. 그제야 제정신이 돌아왔는지 손에 들고 있던 비닐봉지에서 빨간 사과 하나를 꺼내 주며 "니스 텐시아라이더 텐스"(당신은 하늘에서 내려온 천사입니다) 하는 것이 아닌가. 비행기를 놓쳤구나 생각한 순간 속으로 얼마 전부터 믿기 시작한 하느님께 아주 간절하게 기도했단다.

"하느님, 저를 한 번만 도와주세요. 도와줄 사람을 보내주세요. 제발 부탁이에요!"

이렇게 기도하고 몇 분 지나지 않아 내가 하늘에서 뚝 떨어진 것처럼 불쑥 나타났다는 거다. 정말 고맙다며 이 은혜 잊지 않겠다며 이제부터 한국 사람들을 다 자기 은인으로 생각하겠단다. 조금 전까지 종잇장처럼 하얗던 아줌마 얼굴에 핏기가 돌아와 사과처럼 발개졌다. 웃을 때 가지런한 이가 다 보이는 이 예쁘장한 아줌마가 안아주고 싶을 만큼 사랑스러웠다. 그까짓 중국어 몇 마디로 결정적 도움을 주었다고 생각하니 아주 기분이 좋았다. 내가 "아줌마, 케이프타운에 가서 돈 많이 버세요" 하며 작별 인사를 하고 있는데, 공항이 떠나갈 듯이 안내 방송이 나왔다.

"한비야 고객님, 한비야 고객님, 이것이 마지막 콜입니다. 즉시 탑승구로 오시지 않으면 손님의 짐을 꺼내고 우리 비행기는 이륙하겠습니다."

화들짝 놀라 아줌마와 제대로 인사도 못 끝내고 탑승구를 향해 백 미터 달리기를 해야 했다. 손에 사과를 든 채 뛰면서 생각했다.

'중국어 배우길 정말 잘했지 뭐야. 아니면 내가 무슨 수로 하늘에서 내려온 천사가 되고 간절한 기도의 응답이 되겠느냐고?'

따져보면 매우 사소한 일이고 자칫하다 비행기까지 놓칠 뻔했던 일인데, 이렇게 생생히 기억나고 생각할 때마다 기분 좋은 걸 보면 모르는 사람에게 친절을 베풀고 작은 복이라도 전해주는 게 기쁜 일임에는 틀림없다. 복이라면 나도 받고 싶다. 그것도 많이, 듬뿍, 넘치도록 받고 싶다. 넘치도록 복을 받는다면 그 복을 다른 사람에게도 전해주고 싶다. 이름하여 '복의 통로'가 되고 싶다. 다행히 내가 해야 하는 일 자체가 현장에서 도움이 필요한 사람들과 한국에서 도움을 줄 수 있는 후원자들을 연결해주는 다리 역할이라서 '복의 통로가 되는 복'만큼은 풍성히 누리고 있다.

2007년에 파견 근무한 남부 아프리카의 짐바브웨는 극심한 가뭄과 정치 불안으로 긴급 식량 지원이 절실히 필요한 곳이었다. 경제역시 매우 불안하여 나라 전체에서 자동차용 기름을 구하기가 하늘의 별따기였다. 우리 팀도 식량 운반 트럭용 기름을 구하지 못해 발을 동동 구른 적이 한두 번이 아니었다.

내가 머물렀던 현장은 수도인 하라레에서 다섯 시간 정도 떨어진 곳이었다. 한번은 동료 세 명과 하라레에 있는 본부 회의에 갈 일이 있었다. 승용차를 타고 길을 나서자마자 설날 귀성길처럼 수많은 사람들이 팻말을 들고 있는 게 보였다. 장거리 버스가 기름 사정으로 사실상 운행을 전면 중단했기 때문에 얻어 탈 차를 무작정 기다리고 있는 거였다. 우리 차에는 한 사람을 더 태울 여유가 있었지만 단체 규정상 모르는 사람을 태울 수는 없었다. 그래도 길가에 서 있는 사람들을 지나쳐 가자니 마음이 불편했다.

한 시간 남짓 달렸을까, 큰길가 나무 밑에 칠십대 수녀님 한 분이 '하라레'라는 팻말을 들고 있는 게 눈에 들어왔다. 순간 우리 네 명은 눈을 마주치며 동시에 고개를 끄덕였다. 태워주자는 묵언의 합의였다. 끼익, 급정거를 해서 수녀님 앞에 차를 세웠다. 그런데 수녀님의 반응이 너무나 의외였다. 반가워서 용수철이 튀어오르듯 뛰어올 줄 알았는데 마치 우리 차가 예약해둔 콜택시라도 되는 양 천천히 짐을 뒤 트렁크에 넣고는 고맙다는 말 한마디 없이 뒷자리에 앉는 게 아닌가. 차가 출발하고서야 의아해하는 우리에게 수녀님은 차분한 목소리로 말했다.

"하느님께 감사드립니다. 여러분은 저희들 기도의 응답입니다."

우리가 기도의 응답이라니? 사연인즉 이랬다. 이 원장 수녀님은 일주일 전부터 하라레에 갈 차편을 백방으로 알아보았지만 찾을 수가 없었단다. 볼일을 더 이상 미룰 수 없어서 어젯밤에 수녀원의 수녀님들이 모두 모여 이렇게 기도했단다.

"하느님, 당신은 왜 우리가 하라레에 가야 하는지 잘 알고 계십니다. 내일까지는 꼭 가야 하는 것도 아십니다. 그러니까 내일 아침 8시에 큰 나무 밑으로 차를 보내주셔야겠습니다. 그럴 줄 믿겠습니다."

입이 쩍, 벌어졌다. 우리가 차를 세운 시간이 아침 8시였던 것이다. 아, 하느님은 수녀님의 간절한 기도를 들어주기 위해 우리를 쓰셨구나! 놀랍기도 하고 기쁘기도 하고 고맙기도 했다.

자기도 모르게 복의 통로가 되는 일, 일하다 보면 이런 비슷한 경우를 무수히 만난다. 후원자들이 자신이 후원하는 해외 아동을 방문하는 프로그램으로 아프리카 말라위에 갔을 때다. 에이즈가 한 마을을 완전히 초토화해버린 곳이었다. 일할 만한 장년층은 전부 에이즈에 걸려 농사지을 사람이 없고 마을의 유일한 교사와 보건요원도 에이즈로 죽어 학교와 보건소는 문을 닫았다. 부모를 다 에이즈로 여읜 고아의 수가 마을 전체 어린이의 3분의 1이 넘었다.

우리가 찾아간 열두 살 소년 사무엘은 후원 아동의 형이었는데, 에이즈 고아이자 에이즈 환자였다. 엄마가 에이즈에 걸린 채 사무엘을 낳아 수직 감염된 거란다. 삐쩍 마른 몸은 온통 부스럼투성이에 기침까지 심했다. 안내자의 말로는 6개월 이상 살기가 힘들단다. 이 집 아이의 후원자는 서울에서 출발할 때부터 몹시 까탈스럽고 불평불만이 많았던 오십대 남성인데 에이즈에 걸린 사무엘에게 가까이 가는 게 꺼림칙했는지 굳은 얼굴로 먼발치에 서 있었다. 그런데 숨 쉬기도 어려워하는 사무엘에게 이분이 동생의 후원자라고 소개하니까 눈이 휘둥그레져서 말까지 더듬으며 이렇게 말하는 게 아닌가?

"이, 이분이 제 동생의 후원자라구요? 고, 고맙습니다. 다, 당신은 제 간절한 기도의 응답이십니다."

아니, 방금 만난 사람이 어떻게 기도의 응답이란 말인가? 알고 보니 사무엘은 1년 전 엄마마저 잃은 후부터 하느님께 자기는 어찌 되어도 좋으니 열 살, 여섯 살 두 동생만은 굶지 않고 학교에 다니게 해달라고 밤낮으로 기도했단다. 아프면 아플수록 더욱 열심히 기도했는데 마침내 석 달 전 동생들이 한국의 후원자와 결연되었다고 말하면서 그 후원자의 손을 덥석 잡았다. 순간 그가 아이의 손을 뿌리치면 어쩌나 조마조마했는데 웬걸, 놀랍게도 그 후원자가 부스럼투성이인 사무엘을 힘껏 껴안아주는 게 아닌가. 여행 중 처음으로 만면에 웃음까지 띠면서 말이다.

어찌 이 사람뿐일까? 월드비전 33만 명의 후원자 한 명, 한 명이 인도에서, 에티오피아에서, 볼리비아에서 고통받는 아이들이 하느님께 드린 기도의 응답이요, 복의 통로다. 기쁜 일이다. 멋진 일이다. 정말 복 받을 일이다.

나도 이런 복을 많이 받고 싶다. 내 기도가 응답되는 복도 받고 싶지만 누군가의 간절한 기도의 응답이 되는 복 또한 한껏 받고 싶다. 언감생심 복의 원천까지는 바라지 않지만 적어도 복을 전달해 주는 통로는 꼭 되고 싶다. 복이 들어와 쌓이는 '복의 종착지'가 아니라 들어와 쌓인 복이 골고루 나누어지는 '복의 환승역'이 되고 싶다. 그래서 하느님의 평화의 도구가 되고 싶다.

내가 다니는 성당에서는 수십 년 동안 성 프란체스코의 '평화를 위한 기도'로 미사를 마쳤다. 그때는 늘 하는 여러 기도문 중 하나려니 생각했는데 축복의 통로가 되고 싶어진 요즘 다시 보니 얼마나 아름다운 기도문인지 모르겠다. 이 아름다운 기도문을 여러분께 선물로 드리고 싶다. 부디 소리 내어 읽어보시고 마음으로 받아주시기 바란다. 기독교 신자가 아닌 사람들은 각자가 믿는 신에게 드리는 기도라고 생각하면 좋겠다.

평화를 위한 기도

오, 주님 저를 당신의 평화의 도구로 써주소서.
미움이 있는 곳에 사랑을
다툼이 있는 곳에 용서를
의혹이 있는 곳에 믿음을
절망이 있는 곳에 희망을
어두움에 빛을
슬픔이 있는 곳에 기쁨을 가져오게 하는 자 되게 하소서.

위로받기보다는 위로하고

사랑받기보다는 사랑하며

용서받기보다는 용서하게 하여 주소서.

우리는 줌으로써 받고 용서함으로써 용서받으며

자기를 버리고 나아감으로써 영생을 얻기 때문입니다.

파키스탄 리포트

"팀장님, 전화 좀 받아보세요."

같이 있던 출판사 직원이 다급한 목소리로 휴대전화를 건넨다. 2005년 10월의 어느 토요일 오후, 나는 한 대형 서점에서 일주일 전에 나온 《지도 밖으로 행군하라》의 사인회를 하던 중이었다. 전화 내용인즉 파키스탄에 강진이 발생, 열두 시간이 지난 현재 이미 사상자가 수만 명에 달하는 긴급 상황이라는 거다. 국제 월드비전은 즉각 '카테고리 2'를 선포해 아시아 대륙의 모든 인원과 자원을 총동원하고 긴급구호요원은 대기하라는 명령을 내렸다.

사인회가 끝나자마자 쏜살같이 사무실로 가서 메일을 확인했다. 국제 월드비전은 지진 피해가 큰 만세라 지역을 중심으로 구호 활동을 할 계획이고 당장 필요한 물자는 텐트, 담요 등 생존자들을 위한 긴급구호품과 주검을 쌀 흰 헝겊과 비닐 백 그리고 의약품과 의료진 등이었다. 구호용품은 파키스탄 현지에서 살 수 있도록 현금 지원을 하는 것이 더 효과적일 테고, 우리는 쓰나미 때나 라이베리아 전후 복구 때 의료 구호를 한 경험이 있는 만큼 의료 지원이 가장 현실성 있다고 판단했다. 즉시 국제 월드비전에 메일을 띄웠다.

"월드비전 한국, 의약품과 의료진 급파할 의사 있음."

일요일 내내 국제 월드비전과 메일, 전화 등으로 파악한 상황을 기초로 월요일 아침 월드비전 한국 지도부는 1억 원의 지원금과 의료진을 파견하기로 결정했다. 우리 팀은 지체 없이 협력 관계를 맺고 있는 병원과 연락을 취해 하루 만에 의료팀을 꾸릴 수 있었다. 수요일 오전, 인천공항에 도착하니 해외 현장에 익숙하고 이동 진료 경험이 풍부한 여의사 두 명과 남자 외과의사 한 명, 간호사 두 명이 와 있었다. 일행은 긴급구호팀 두 명과 MBC 기자 한 명 포함, 도합 여덟 명이었다.

10월 13, 14일

비행기를 여러 번 갈아타며 30시간 넘게 걸려 파키스탄 이슬라마바드에 도착. 그곳 월드비전 사무실에서 상황에 대한 오리엔테이션을 마친 후 우리가 월드비전 파키스탄의 지원 요청을 받고 왔다는 서류를 받고 곧장 만세라로 출발했다. 이곳에는 월드비전 재난 현장 본부와 협력 관계에 있는 이 지역 최대 의료 기관이 있다. 도착하자마자 현지 병원 지도부와 머리를 맞대고 의료 구호가 가장 절실한 곳을 논의한 결과 한국 팀은 의료진의 손길이 전혀 닿지 않는 산골 지역인 자보리를 중심으로 그 일대의 마을들을 며칠씩 돌아가며 이동 진료하기로 했다.

해 지기 전까지 시간이 조금 남아 이번 지진의 직격탄을 맞았다는 발라코트 근처를 돌아보았다. 아, 이 냄새. 발라코트에 다다르자 쓰나미 직후 인도네시아 아체 지방에서 몇 주일간 맡았던 주검 썩는 냄새가 진동을 한다. 사람들은 마스크를 두 개, 세 개 하고서도 인상을 찌푸리며 다닌다. 도시 전체의 콘크리트 건물들이 모두 빈대떡처럼 폭삭 내려앉았다. 아무것도 남지 않은 학교 터, 6백여 명의 여자아이들이 수업을 받다가 고스란히 묻혀버린 곳이다. 이 건물더미 안에는 아직도 치우지 못한 주검들이 수없이 많단다. 도시의 길 곳곳을 막고 있는 꽃상여보다 화려한 트럭에는 세계 곳곳에서 온 구호물자가 가득 실려 있고, 각국에서 온 취재진과 지역 및 국제 NGO들도 많이 눈에 띈다. 확성기에서 주검을 찾은 가족은 그냥 집으로 옮기지 말고 반드시 재난 본부에 알릴 것을 호소하는 방송이 나왔다. 일가친척이 다 죽은 집에서는 주검 수습이 쉽지 않을 거다.

밤새 우르릉 쾅쾅, 천둥 벼락이 무섭게 쳤다. 저렇게 비가 오는데 내일 우리가 가야 할 산길은 괜찮을까, 걱정이 되어 잠을 이룰 수 없다. 설상가상으로 새벽녘 침대가 심하게 흔들릴 정도로 강력한 여진이 왔다. 일행을 깨워 모두 마당으로 피신했다. 콘크리트 건물

안에 있다가 무너지는 날에는 뼈도 못 추리게 되기 때문이다. 놀라서 얼떨떨해하는 일행에게 아무렇지 않은 듯 웃으며 말했다. "호호호, 이게 바로 말로만 듣던 지진이랍니다. 발밑이 꿈틀거리는 것 느끼셨죠? 앞으로 이런 여진 생방송이 자주 있을 테니 기대하시라!"라고 안심을 시켰다. 어찌 되었든 내일부터는 진료를 시작해야 하는데……. 꼭 그렇게 될 수 있기를. 인샬라.

10월 15일

아침에 일어나자마자 하늘부터 보았다. 흐리긴 하지만 멀리 보이는 구름이 밝은 하얀색이라 안심. 두 대의 소형 버스에 약품과 텐트 등 이동 진료소 장비를 싣고 길을 나섰다. 그러나 우리 차가 산길에 접어들자마자 일군의 군인들이 산길은 절대 통행 불가라며 길목을 막아섰다. 오리엔테이션 때 파키스탄에서는 군부가 막강한 영향력이 있다는 것과 이번 지진 직후 군인 출신 대통령이 군에 적극적인 구호 활동을 지시해놓았을 뿐 아니라 국제사회의 구호 활동에 대해서도 매우 긍정적이라는 것을 들은 터였다. 그래서 나는 오히려 이 군인들에게 도움을 요청해보기로 했다. 아니나 다를까, 장교 한 명이 월드비전 파키스탄 지원 요청 확인서를 훑어보더니 우리가 한국에서 온 구호단체이고 현지 병원과 협력하여 의료 구호를 하러 왔다는 것에 큰 관심을 보였다. 운 좋게도 이야기를 나눈 사람이 이 지역 사단장의 비서급 장교여서 곧바로 우리를 사단장실로 안내해주었다. 결과는? 황송하게도 사단장이 직접 그 장교더러 공병을 앞세우고 우리의 목적지인 자보리까지 호위해주라는 특별 명령을 내렸다. 덕분에 우리끼리 갔더라면 하루 종일도 모자랐을 거리를 세 시간여 만에 갈 수 있었다. 정말 하늘이 도왔다.

"오늘 오전 중에 새로 뚫린 길은 어디인가요?"

같이 갔던 중령에게 물었다.

"여기서 30분 거리인 자바까지는 뚫렸습니다."

"지진 뒤에 처음 길이 열렸으니 부상이 심한 환자들이 많을 텐데 오늘 오후 거기서 진료를 해도 괜찮을까요?"

"오늘요? 지금이 벌써 2시인데……."

우리 의료진을 둘러보니 모두가 결의에 찬 표정이었다. 확신을 가진 내가 자신 있게 말했다.

"여기서 거기까지는 차로 30분, 간이 진료소 차리는 데 20~30분, 그러면 3시부터 5시까지 적어도 두 시간 정도는 환자를 볼 수 있으니 갈 수만 있으면 그렇게 하고 싶습니다."

중령은 옆에 있던 소령에게 인솔 명령을 내렸고 우리는 곧 소형 버스에 있던 의약품 등을 작은 군용 지프차 두 대에 나눠 싣고 위험 천만한 길을 따라 좀 더 북쪽에 있는 산골로 이동했다.

자바에 도착하자마자 우리는 군인들의 도움을 받아가며 개미처럼 달라붙어 이동 진료소부터 설치했다. 우선 천막 네 동을 짓고 외과, 내과, 한의과 병동, 약국을 만든 뒤 천막마다 과별로 필요한 물품을 배치하고 약들을 배분하기 좋게 늘어놓으니 20여 분 만에 이동 병원이 완공(?)되었다. 어디서 그런 일사불란함이 나오는 건지 우리 스스로도 놀랐지만 훈련 잘 받은 파키스탄 병사들도 우리를 외계인 보듯했다.

오후 3시 30분, 드디어 첫 진료가 시작됐다. 우리가 진료소를 꾸미는 동안 소문을 듣고 이미 환자 백여 명이 기다리고 있었다. 외상이 심한 환자부터 보기 시작했는데, 지진 때 무너지는 지붕에 맞아 두개골이 완전히 갈라진 아이, 오른쪽 다리 위로 벽이 무너져 뼈와 힘줄이 다 보이도록 깊게 상처가 난 할아버지, 갈비뼈가 잘게 부서져 내장을 모두 찌르고 있는 젊은 여자, 지진이 날 때부터 피똥을 싸느라 완전히 탈진한 2주 된 아기까지, 우리가 오늘 들어오지 않았으면 내일까지 어떻게 견뎠을까 하는 환자들이 많았다. 오늘부터 진료를 보겠다고 우긴 건 정말 잘한 일이었다.

산속이라 해가 빨리 지는 데다 5시 40분경까지는 베이스캠프로 돌아가야 했기 때문에 아쉽지만 5시 정도에 진료를 마쳤다. 그 한 시간 반 동안 본 환자는 중환자를 포함, 무려 여든한 명이다. 30분만 더 있어도 백 명은 볼 수 있었는데. 오랫동안 기다리다 치료도 받지 못하고 가는 주민들에게 너무 미안했다.

그러나 우리는 만세라로 돌아가지 못했다. 우리가 진료를 하는 사이 여진으로 자보리까지 가는 산길이 무너졌기 때문이다. 이럴 줄 알았으면 한 시간만이라도 더 환자를 보는 건데……. 별수 없이 그날 밤은 군인들과 함께 병영에서 자기로 했다.

파키스탄 취사병이 만든 차파티와 볶음밥, 감자 반찬을 먹고 우유가 듬뿍 든 차이까지 마시고는 겨우 이만 닦고 잠자리에 들었다. 침낭에 군용 담요를 깔고 덮었지만 산속이라 그런지 땅바닥에서 올라오는 냉기가 뼛속까지 파고들었다. 옷이란 옷은 몽땅 껴입고도 모자라 수건을 목에 두르고, 머리에 모자 대신 비닐봉지를 쓰고, 몸을 있는 대로 잔뜩 움츠렸다. 등산 다니면서 겨울 야영을 많이 해본 나도 이렇게 추운데 만날 진료실에서만 사는 '진료실 귀신'들인 의사, 간호사들은 얼마나 추울까. 다들 춥다는 소리는 한마디 안 했지만 이를 딱딱 부딪쳐가며 달달 떨면서 서로 어깨를 붙이고 양처럼 한 덩어리가 되어 잠을 청했다.

몸은 파김치가 되었지만 찬 데 누워 있자니 오히려 정신이 들었다. 잠이 오지 않아 옆에 딱 달라붙어 있는 사람과 소곤대다 보니 갑자기 확 친해진 느낌이었다. 담요를 들썩이면 함께 덮은 사람이 추울까 봐 숨도 크게 안 쉬었지만, 머리에 검은 비닐봉지를 쓴 상대방의 모습에 웃음을 참을 수 없어 본의 아니게 쉴 새 없이 담요를 들썩거려야 했다.

10월 16일

간단한 아침식사를 하고 어제 만든 이동 병원에 도착하니 벌써

백오십여 명 정도가 길게 줄을 서 있었다. 어제보다 외상이 심한 환자들이 눈에 많이 띄었다. 영어 통역으로는 이십대 초반의 이샴과 카자르, 현지 병원 소속 아가와 와카르가 있었다. 카자르와 이샴은 미국 유학파 컴퓨터 공학도고, 아가와 와카르는 만세라에서 내로라하는 보석상과 변호사였다. 특히 부잣집 아들로 곱게 자란 이샴은 하루가 다르게 체력이 뚝뚝 떨어지는 것이 확연히 보였다. 고생해본 경험이 없는 아이가 거친 식사와 험한 잠자리에 무리한 일정을 소화하느라 며칠 만에 얼굴이 눈에 띄게 수척해졌다. 보다 못한 내가 "이샴, 너 집에 가야겠다. 그러다 쓰러지겠어" 하자 이샴이 말했다.

"그런 말 마세요. 우리나라랑 아무 상관없는 누나들도 여기 와서 이렇게 열심히 일하는데. 전 파키스탄에서 받은 것이 너무 많은 사람이에요. 이게 내가 할 수 있는 최소한의 것이죠."

그러면서 진료가 시작된 내과 병동으로 달려갔다. 아가와 와카르도 마찬가지다. 세상에 어느 보석상과 변호사가 자원봉사 의료진의 짐꾼이 되어 약품을 나르고 잔심부름을 하고 자청해서 통역을 할까? 사회적으로 많은 것을 누리는 자가 마땅히 해야 하는 의무, 그것을 의식하지도 못한 채 자연스레 노블레스 오블리제를 실천하는 이들을 파키스탄 산속 구호 현장에서 만난 것이 놀랍고 신선했다.

"얍카카 남해?"(이름이 뭐죠?)

"우므르 캐트내해?"(몇 살이에요?)

"타클리프 카해?"(어디가 아파요?)

이 세 마디는 하도 많이 써서 죽어도 안 잊어버릴 것 같다. 일손이 모자라 나도 접수를 도왔는데 남자보다 여자들이 접수하는 데 훨씬 시간이 걸렸다. 이름까지는 모기만 한 소리로 말해주지만 나이부터는 아예 입을 다물고 웃기만 한다. 그냥 알아맞혀 보라는 식이다. 아니, 그보다 나이가 얼마인지 잘 모르는 것 같다. 어떤 파파 할머니는 자기 나이를 자신 있게 스물다섯 살이라고 해서 나도 자신 있게 쉰두 살이라고 적었다. 또 임산부에게는 쓰면 안 되는 약이 있기 때문에 임신 여부를 꼭 알아야 하는데, 그걸 말해주지 않아 내과의사가 무척 곤란해했다. 모두 헐렁한 옷을 입고 다녀 그냥 봐서는 알 수가 없었다. 특히 시골에서 여자의 임신 여부는 남편 이외에는 친정아버지나 오빠는커녕 친정어머니나 언니도 물어볼 수 없다는데, 젊은 남자가 통역이라고 앉아서 임신했느냐고 물어보니 누가 대답할 것인가.

그나마 외상 환자들이야 한눈에 알 수 있지만 내과 환자들은 말을 재해석해서 병을 짐작해야 했다. 머리에 불이 났다면 고열, 가슴에 불이 붙었다면 해소 천식, 까만 눈이 노랗게 되어 땅바닥에 쓰러져 벌벌 떨었다면 간질, 며칠 만에 대변을 보았더니 창자가 함께 나왔다니 이건 치질인가.

하루 종일 입에서 단내가 나도록 일하다 보니 어느덧 오후 5시, 그동안 우리의 온갖 수발을 들어주던 분대원들, 동네 사람들, 소령과 기념사진을 찍고 한 줄로 서서 "미션 컴플리티드"(임수 완수)라고 크게 외치며 첫 번째 마을에서 이틀간의 진료를 마감했다. 그날 본 환자 수만 무려 220명. 이틀 도합 301명. 말 그대로 임무 완수다! 그나저나 오늘도 무너진 산길을 뚫지 못해 만세라로 돌아가기는 글렀다. 불감청(不敢請)이언정 고소원(固所願)이라고 했나. 사실 이건 내가 내심 바라던 바다. 이참에 만세라까지 왔다 갔다 하며 하루에 두세 시간씩 길에다 버리느니 여기 산속 병영에 머물면서 그 시간에 환자 한 명이라도 더 돌보는 게 좋지 않겠느냐고 의료진들을 설득했다. 그리고 앞으로 딱 5일 동안 감지 않은 머리, 냄새 나는 발, 거친 음식과 추운 잠자리, 공포의 여진 등은 조금만 참으면 어떻겠느냐고 조심스럽게 말했더니 누구 하나 군말 없이 고개를 끄덕인다. 역시 멋진 NGO 협력 의료진이다.

오후 늦게 병영 천막으로 돌아오니 취사병이 얼른 따뜻한 차를 만들어 내놓았다. 입 안과 목구멍을 지나 온몸으로 뜨겁게 퍼지는 달콤한 밀크티. 군용 머그컵에 담아 마시는 이 차 한 잔이 하루의 고단함을 풀어주었다. 이를 닦으러 밖으로 나왔는데, 깜깜한 밤하늘에 보름에서 이틀 정도 모자란 노란 달이 예쁘게 떠 있다. 그 옆의 큰 별 이름은 뭘까? 앞에 흐르는 개울 소리도 맑고 깨끗하다. 이렇게 대자연은 며칠 전 그 많은 사람을 죽여놓고도 '무슨 일 있었어?'라며 아무렇지도 않은 얼굴을 하고 있다. 무심하기도 하지.

10월 17일

아침에 따뜻한 차를 마실 요량으로 따끈한 물을 준비해달라고 했더니 취사병이 잘못 알아듣고는 큰 물통 한가득 따뜻한 물을 가져왔다. 와아, 웬 호강이냐. 그 물로 며칠 만에 세수다운 세수를 하고 나니 갑자기 모든 상황이 견딜 만해지는 것 같았다. 밤마다 뼛속까지 스미는 것 같은 냉기도, 공포스러운 새벽의 여진도, 며칠째 신고 있는 냄새 나는 양말도, 거의 식용유에 말아 먹는 수준인 기름 범벅 볶음밥도.

"오늘 아침 강력한 여진으로 또 산사태가 나서 오늘 가려던 만다쿠차로 가는 길이 꽉 막혔습니다."

다음 마을로 떠날 준비를 하고 있는 우리 일행에게 잘생긴 통신장교가 헐레벌떡 달려와 보고한다.

"언제쯤 길이 뚫릴 것 같아요?"

"산 곳곳이 무너졌으니 오늘 중으로는 힘들겠는데요."

오늘 중으로 힘들다? 도로가 유실되어 차를 타고 갈 수 없다면 걸어가면 되는 것 아닌가?

"음, 그 마을까지 걸어가려면 얼마나 걸리나요?"

"걸어서요? 한 한 시간은 넘게 걸릴걸요."

'겨우' 한 시간이라면 걸어서라도 가야지. 강진 이후 한 번도 의료진의 손길이 닿지 않은 곳이라니 우리 도움이 얼마나 절실할까.

우리 약품과 텐트와 물자를 군인들이 운반해주기만 하면 무조건 가야지. 우리 진심을 알아차린 중령의 특별 배려로 그날 오전 8시, 우리 일행 여덟 명과 통역 두 명, 짐을 나르는 군인과 통신병 스무 명, 장교 한 명, 그리고 임시 다리도 놓고 길도 봐줄 공병 다섯 명, 이렇게 총 서른여섯 명이 '걸어서 마을까지'라는 대장정에 올랐다. 하늘도 푸르고 바람도 산뜻해 구호 활동이 아니라 소풍 가는 것처럼 마음이 가벼워졌다.

만다쿠차로 가는 길은 듣던 대로 가파른 산길. 가다가 무너진 길은 치우고 폭이 넓은 개울을 만나면 공병이 임시 다리를 놓아 건넜다. 이렇게 걷기를 한 시간 사십오 분, 의료품과 천막을 나르는 군인들의 얼굴에 땀이 비 오듯 쏟아지고 우리 일행들의 얼굴도 시뻘겋게 달아오를 때쯤 오늘의 목적지이자 헬기장이 있는 군인 캠프에 도착했다. 어제부터 마을 사람들에게 알린 덕에 이미 백오십여 명이 진료를 기다리고 있었다.

얼른 다섯 동의 천막 병동과 약국을 만들고 진료에 들어갔다. 예상대로 심각한 외상 환자가 많았다. 과다 출혈 등 당장 후방 병원으로 후송하지 않으면 안 될 생명이 위태로운 환자도 네댓 명 됐다. 고개를 갸우뚱하며 안 될 거라는 장교에게 되든 안 되든 월드비전 한국 이름을 대고 본부에 환자 수송 헬기를 요청해달라고 부탁했다.

"뚜뚜뚜둑 뚜뚜뚝."

한 시간쯤 지났을까, 멀리서 헬리콥터 소리가 났다. '아, 이제 저 환자들은 살았구나' 기뻐하고 있는데 기쁨도 잠시, 헬리콥터가 착륙하면서 일으키는 바람 때문에 우리 천막 병동들이 모두 날아갈 판이었다. 민완한 장교가 잽싸게 천막 중앙에 있는 폴대를 일부러 쓰러뜨리지 않았다면 약품이고 청진기고 몽땅 바람에 쓸려 갔을 거다. 우리는 최대한 납작 엎드려 흙바람이 잦아들기만을 기다렸다. 중환자 다섯 명을 실은 헬기는 굉음을 내며 하늘 저편으로 사라졌다.

그런데, 이건 시작에 불과했다. 쓰러지고 무너진 천막 병동을 겨우 추스른 지 몇 시간, 아까보다 더 큰 헬리콥터가 나타났다. 이번에는 군인들의 물자 수송 헬기. 어찌나 바람이 세던지 헬기가 물자를 놓고 떠난 뒤에는 천막 병원이 완전히 폐허가 되어 아예 처음부터 다시 만들어야 했다. 그 뒤에도 환자 수송용 헬기가 한 번 더 왔고 오후 늦게 주민을 위한 물자 수송기까지 왔다. 이 작은 마을에 하루에 무려 네 번이나 헬기가 오다니, 세상에 이런 일이. 우리는 하루 종일 헬기가 나타날 때마다 서류나 약품을 꼭 부여잡고 땅바닥에 납작 엎드려 있다가 헬기가 떠나고 나면 다시 텐트를 세우고 사방으로 흩어진 물건을 정리해가면서 진료를 해야 했다. 영업 방해도 이런 영업 방해가 없다!

이런 모진 영업 방해 속에서도 하루에 250여 명을 진료한 건 역경 속에서 더욱 강해지는 한국 사람이니까 가능한 일이었을 거다. 늦은 오후, 진료를 끝내고 떠날 준비를 하는데 저 짐을 이고 지고 다시 걸어서 병영으로 돌아갈 생각을 하니 끔찍했다. 밑져야 본전이라는 심정으로 잠깐 눈인사를 했던 물자 수송 헬기 조종사에게 한껏 고단한 표정을 지으며 우리를 병영 근처까지 태워다 줄 수 없느냐고 물으니, 7분 안에만 준비하면 그렇게 해주겠단다. 재빠르기로는 우리들 따라갈 사람들 없지. 6분 45초(?) 만에 준비해서 헬기에 올랐다. 끝이 좋으면 다 좋은 거라더니 오늘 마무리는 깔끔하다.

이번 긴급구호 의료 활동은 반도 끝나지 않았지만 벌써부터 성공 예감이다. 팀원 간의 팀워크가 더할 수 없이 좋기 때문이다. 오늘만 해도 그렇다. 아침에는 여진 때문에 식겁하고 여기까지 걸어오느라진 다 빼고 하루 종일 텐트를 새로 치면서도 의사와 간호사들과 일행 모두 생글생글 웃는 얼굴이다. 누군가 조금만 싱거운 소리를 해도 숨넘어가도록 웃으면서 그 많은 사람들의 진료를 해냈다. 정말로 자랑스럽고 사랑스럽다. 엉뚱하고 말도 안 되는 실수를 계속해서 가끔씩 눈을 흘기게 하는 사람도 있지만 따지고 보면 그 사람도 좋은 팀 분위기를 유지하는 데 윤활유 역할을 하고 있었다. 우리 팀워크의 핵심은 눈만 마주치면 아무 이유 없이 웃는 것과 함께 서로의 고유 영역에 대한 신뢰라고 생각한다. 난 의료에 관한 판단은 전적으로 의료진의 의견을 따랐고, 의료진은 그 외의 모든 일은 내 판단을 믿고 따랐다. 이러니 환상의 드림팀이랄밖에.

10월 18, 19일

우리 팀끼리는 이렇게 좋았지만 사실 병영에서 며칠간 함께 지냈던 독일인 의사 팀과 약간 마찰이 있었다. 다섯 명의 의사로 구성된 의료진인데 이들은 무조건 먼 데로, 오지로만 가고 싶어 했다. 그렇게 먼 곳에는 마을이 형성돼 있지 않아 환자가 몇 명 없고, 길이 뚫리면 위급하고 중한 환자들은 오히려 이곳 큰 마을로 모인다고 군인들이 설명해도 헬기를 동원해서라도 그곳에 가겠다며 막무가내였다. 이곳의 유일한 헬기가 마치 자기들 자가용인 것처럼 말이다. 통역으로 이 지역에 한 명밖에 없는 군의관도 데리고 가겠다니 더욱 가관이다. 머저리 같은 놈들, 웬 꼴값이람. 나는 이런 재수 없는 화상들 현장에서 많이 보았다. 구호 지원금을 가지고 온 것이, 의사라는 좀 좋은 직업을 가졌다는 것이, 심지어 잘사는 나라에서 태어난 것이 마치 자신의 인간적인 가치를 높여주는 양 우월감에 취해 으쓱대는 사람들. 십중팔구 이런 인간들은 남을 도와주러 온 게 아니라 자기 만족감이나 공명심을 채우려고 온 것이 분명하다. 정말 밥맛 없다.

이 사람들이 하도 우리 팀이 가기로 한 지역으로 가겠다고 생떼를 쓰는 바람에 이해심 많은(!) 우리가 일정을 바꾸어 이틀 남은 일정 중 하루는 자바에서, 나머지 하루는 병영이 있는 나와자바드 베이스캠프에서 진료하기로 했다. 외과의사는 전에 보았던 외상 환자들을 다시 치료해줄 수 있게 되었다며 기뻐했고, 이틀 동안 친해진 소령과 각 병동의 보조병들도 다시 찾아온 우리를 보고 매우 반가

위했다. 동네 아이들도 시집간 언니가 온 듯 뛸 듯이 좋아했다. 한국 팀이 다시 온다는 소문을 듣고 근동 마을 사람들이 구름같이 모여들었다. 오후가 되니 진료소 천막마다 "아차!"(그래요), "티이케!"(알았어요)라는 소리가 여기저기서 들리는 걸 보면 병원(?) 시스템이 제 궤도에 오른 것 같다. 이제야 호기심 어린 눈으로 내 주위를 둘러싼 아이들과 놀아줄 여유가 생겼다.

아이들에게 물었다.

"지진이 났을 때 어땠어?"

"갈갈갈갈 산이 이상한 소리를 냈어요."

"발밑에서 괴물이 산을 들어 올리는 줄 알았어요."

"무너진 벽에 몇 시간 동안 깔려 있었어요."

그러더니 한 아이가 갑자기 두려움에 찬 눈망울로 내게 물었다.

"큰 지진이 또 올까요?"

갑자기 말문이 막혔다. 뭐라고 해야 하나. 사실은 이 산골 마을에 또다시 지진이 올 거라는 소문이 파다한데. 그러나 나는 거짓말을 했다.

"물론 다시는 안 오지. 안전하니까 우리도 너희 마을에 온 거잖아. 안 그래?"

아이들의 얼굴에 일순간 안도의 빛이 지나갔다. 나는 그날 오후 시간 대부분을 아이들과 함께 신나게 놀았다. 내가 우르두어로 "슈크리아"(고마워)라고 하면 자기들은 영어로 "쌩큐" 하고, 내가 "쌩큐"라고 하면 자기들은 "슈크리아"라고 하면서 톤과 길이를 바꾸어가며 몇십 분을 이 두 단어만 가지고 놀았는데 나중에는 다 큰 군인들까지 합세하는 바람에 얼마나 배꼽 빠지게 웃었는지 모른다. 진료를 마치고 마을을 떠나올 때는 정말 마지막이라고 생각했는지 의료진과 군인, 마을 사람들 모두가 섭섭해서 "호다헤페즈"(잘 가)와 "굿바이"를 합창으로 계속 외쳐댔다. 마을이 떠나가도록. 사방이 어둑어둑해질 때까지.

내일이면 산 밑으로 내려가는 날. 우리는 그날 밤 군인들을 상대로 야간 진료를 하기로 했다. 매일 밤 몇몇 군인들이 우리 막사를 찾아와 머리가 아프네, 눈이 아프네 하며 약을 원했는데, 아예 하룻밤 시간을 잡아 군인들만을 대상으로 진료해주자고 의사들이 기특한 제안을 한 것이다. 사방이 칠흑처럼 깜깜한 병영에서 막사 한 동을 환히 밝히고 병사들과 마주 앉아 이런저런 얘기를 나누는 우리 젊은 의사와 간호사들이 너무나 멋져서 어둠 속에 선 채로 한참 동안 그 모습을 바라보았다. 사랑이 넘치는 산속 천막 안의 진료, 모두에게 보여주고 싶은 명장면이다.

산골짜기에 있는 일주일 동안 우리를 세상과 연결해준 것은 위성 전화다. 선불금이 떨어지고 나면 끝인지라 얼마나 마음 졸이며 아껴 썼는지 모른다. 그래도 그거 하나로 일주일간 한국 라디오 방송과 인터뷰도 하고, 매일 현장 본부에 업무 보고를 하고, 일행들이 돌아가면서 1분씩 집에 안부 전화까지 했다. 그래도 보통 때는 배터리를 절약하는 차원에서 꺼놓고 있었기 때문에 세상 밖에서 오가는 우리에 대한 무성한 소문을 제대로 알 수 없었다.

알고 보니 산 아래에서 우리는 이미 전설이 되어 있었다. 천막 병원을 눈 깜짝할 새에 세우는 마술사라느니 다른 의사들은 못 찾는 정맥을 단번에 찾는 '매직 핸드'라느니, 무너진 산길도 뚫고 고립된 마을에도 가는 특전사들이라느니, 하는 소문이 파다했다. 누가 그랬겠는가. 우리와 같이 일했던 헬기 조종사, 통역 장교, 치료받은 환자의 친척과 마을 사람들이 그들의 놀라움을 담아 우리 활약상을 퍼뜨린 것이다. 심지어 그 지역 사단장이 한국인의 헌신적인 구호 활동을 파키스탄 전 국민이 알아야 한다고 하도 우겨서 나는 얼떨결에 파키스탄 국립 라디오와 인터뷰까지 하게 되었다.

이건 정말 잘된 일이다. 현지 주민들과는 물론 군과도 이렇게 좋은 관계를 맺어두면 향후 월드비전이 만세라 지역에서 재난 복구 활동을 하는 데 군부의 적극적인 협조를 받을 수 있을 뿐만 아니라 한국과 파키스탄 양국 간의 우호 증진에도 적지 않은 도움이 될 테니까.

10월 20~23일

산에서 돌아온 다음 날부터 이틀간은 시골에서보다 훨씬 많은 환자를 본 도시 진료가 있었는데 나는 그만 우리 이동 병원의 마지막 환자가 되고 말았다(9일간 우리가 진료한 총 환자 수는 1,550명, 나까지 포함하면 1,551명이다). 그동안 너무 애를 썼는지 온몸에 힘이 없고 지독한 두통과 어지럼증이 겹친 탈진 증세가 나타난 것이다. 의사는 일단 안정을 취하며 링거 몇 대를 맞아야 한다고 했지만 아직 일이 남은 상태라 이동하는 차 안에서 링거를 맞으면서 전화 인터뷰도 하고 업무 보고도 해야 했다. 그런 내 모습에 한 간호사가 사진기를 꺼내 마구 사진을 찍으며, "한 팀장님. 진짜 긴급구호팀장 같아요. 저도 링거 한 번만 빌려주세요. 그 포즈로 기념 사진 한 장 찍게요"라고 흰소리를 해 한바탕 사람들을 웃겼다. 나도 숨넘어가게 웃느라 링거 주사 줄을 건드려 주사 바늘이 빠질 뻔했다.

링거 덕분인지 실컷 웃어서 그런지 기운이 좀 돌아와 만세라 월드비전 현장 사무소에 가서 오랜만에 이메일을 체크했다. 출판사로부터 한 통의 메일이 와 있었다.

"이번 주 토요일에 한국으로 돌아오신다면서요? 그럼 일요일에 잡혀 있는 사인회랑 저자와의 대화는 계획대로 진행해도 되는 거죠? 그럼 그날 뵙겠습니다, 선생님~ 호호호."

어느덧 나는 이렇게 일상으로 돌아가고 있었다.

이 아이들에게
깨끗한 물을
줄 수만 있다면

내가 명색이 오지 여행가요, 구호팀장이지만 이런 현장은 난생처음이다. 소름 끼치도록 끔찍하고 숨 막힐 정도로 절박한 곳, 아프리카의 남부 수단 얘기다. 아프리카에서 제일 큰 나라인 수단은 아프리카계로 구성된 남부 수단과 아랍계 정부가 중심인 북부 수단으로 나뉘는데, 지난 20년간 차별을 받아온 남부 수단의 아프리카 토착민이 북부 수단 정부에 대항해 전쟁을 벌이면서 남부 수단 전체가 초토화되었다. 최근 국제 뉴스에 자주 나오는 다르푸르 사태도 남부 수단의 저항 세력에 의해 도발된 아프리카계 다르푸르 원주민들이 아랍계 정부에 반발함으로써 시작된 내전이다. 그곳에 우리 팀원이 파견되어 보건 의료구호 사업을 벌이고 있다. 나는 우리 사업이 계획대로 잘 진행되고 있는지, 현지 주민과 지역 정부의 반응은 어떤지, 파견된 팀원에게 무슨 어려움은 없는지 등을 살피러 왔다.

케냐에서 경비행기를 탈 때 우리가 가져갈 수 있는 수하물의 무게가 넘쳐 팀원 어머니가 보낸 김치와 고추장 멸치볶음을 싣네 못 싣네 실랑이를 벌였다. 마지막 순간까지 항공사 직원에게 협박과 읍소를 번갈아 한 끝에 겨우 싣고 도착한 남부 수단 톤즈. 한 달 반 만에 만난 김성태 팀원은 해바라기처럼 환하게 웃고 있었지만 고생한 흔적이 역력했다. 숯처럼 새까맣게 탄 팔뚝은 온통 벌레에 물린 자국투성이고 몸은 가시같이 말랐다. 한 달 이상 질긴 염소 고기 등 비위에 맞지 않는 현지 음식만 먹고, 물 때문인지 2주일 넘게 설사를 했다니 왜 안 그렇겠는가? 게다가 허허벌판에 텐트만 몇 동 달랑 있는 숙소 안에 모기, 벼룩, 빈대는 물론 전갈이며 1.5미터가 넘는 뱀까지 들어와 잠을 설치기 일쑤인 데다 말라리아도 한 번 걸렸단다.

이 지역 길은 백 퍼센트 비포장도로. 설상가상으로 요즘이 우기라서 진흙 밭과 물웅덩이 위를 달려야 하는데 한번 떴다 하면 대여섯 시간 이상 걸리는 현장까지 가는 동안 한 시간에 한 번 꼴로 차바퀴가 빠진단다. 빠진 차를 진흙탕에서 꺼내려면 몇 시간씩 걸리는데 그나마 해가 지고 나서 일을 당하면 꼼짝없이 차 안에서 밤을 새워야 한다. 야영이나 마찬가지라서 밤새도록 말라리아모기에 뜯겨야 할 뿐 아니라 어느 때는 하이에나도 왔다 갔다 하고 헤드라이트, 사이드미러 등 차의 부속품을 탐내는 좀도둑이 꼬이기도 한단다. 그나마 소말리아에서처럼 총기 사고는 별로 나지 않아 다행이라며 웃는다. 웃기는…….

내가 현장 근무를 할 때는 상황이 열악하면 열악할수록 일할 맛이 난다며 좋아했는데 막상 우리 팀원이 이런 생고생 하는 걸 보니 코끝이 찡해진다. 가까스로 가져간 김치와 마늘을 듬뿍 넣은 양념 고추장에 비빈 밥을 볼이 터지게 먹는 모습을 보면서도 그랬다. 대견하면서도 짠한 마음, 이게 팀장의 마음인지 누나의 마음인지 모르겠다.

남부 수단에서 제일 큰 문제는 식수다. 우리 구호 사업장이 있는 톤즈 지역에는 마을 한가운데로 강이 흐르는데 그곳이 이 지역의 유일한 식수원이다. 사람들은 거기서 물을 길어 먹고 빨래도 하고 목욕도 한다. 같은 강물을 소 떼도 함께 마시고 똥오줌을 누는데, 그 옆에서 목동은 그 물을 손으로 퍼서 그냥 마신다. 그 아이들도 잘 알고 있다. 이 물이 더럽다는 것을. 그러나 어쩌랴. 다른 물이 없는데. 그래서 이곳에는 기니아충이라는 끔찍한 기생충이 흔하다. 기니아충 알은 물벼룩에 기생하는데 물벼룩이 섞인 강물을 마시면 알이 몸속으로 들어가 부화하고, 그것이 자라서 성충이 되면 머리건 다리건 얼굴이건 살을 뚫고 나온다.

마빗이라는 열 살 난 남자아이도 더러운 강물을 마셔서 기니아충에 감염된 수많은 아이 중 하나다. 보건 요원과 그 아이 집에 갔을 때 마당에 누워 있는 아이의 발과 다리와 엉덩이에서 하얀 실 같은 기생충이 살을 뚫고 나오고 있었다. 보건 요원이 집게로 잡아 빼려니까 살 속으로 다시 숨어들었다. 아이는 아파서 어쩔 줄 몰랐다. 길이가 긴 것은 1미터도 넘는다는데 무조건 잡아 빼다 끊어지면 낭패니까 몸 밖으로 나온 만큼만 실로 묶어 살 속으로 도망가지 못하게 해두어야 한단다. 그래서 오늘은 그렇게만 하고 3일 뒤에 다시 와서 완전히 빼주겠다고 했더니 아이는 안심하는 표정이었다. 며칠 동안은 열이 펄펄 나고 온몸이 미친 듯이 가려웠는데 기생충이 살을 뚫고 나온 그날은 종일 토할 것 같았단다.

보건 요원 얘기로는 기니아충이 팔다리만 뚫고 나오면 다행이지만 뱃속의 내장이나 뇌를 건드리면 죽을 수도 있는데 마빗의 몸속에 기생충이 어디에, 얼마나 더 있는지는 알 수 없다고 했다. 기가 막혔다. 이게 다 물 때문이 아닌가.

깨끗한 물로 손만 씻어도 낫는 눈병 트라코마에 걸려 영원히 시력을 잃은 일곱 살짜리 남자아이도 만났다. 또래 아이들처럼 까만 눈망울이 아니라 눈동자 전체가 하얀 막으로 덮여 있었다. 안쓰러운 마음에 그 아이의 조그만 손을 잡아주었더니 좋아서 혓바닥을 내밀고 하얀 이를 드러내며 활짝 웃는다. 아이는 웃고 있는데 나는 눈시울이 뜨거워졌다. 너무나 미안하고 마음이 아프다. 멀쩡하게 태어나서 깨끗한 물이 없어서 눈이 멀었다니, 이제 평생 아무것도 볼 수 없다니……,

강물도 강물이려니와 뚜껑도 없는 노천에 동물의 오물까지 섞인 물웅덩이는 모기 서식처가 되기도 하고, 수인성 전염병의 온상이 되기도 한다. 그래서 이 물을 먹어야 하는 주민들은 말라리아나 콜레라, 장티푸스 등 전염병에 시달리다 목숨까지 잃는다. 이렇게 죽는 사람들이 세계적으로 한 해 평균 5백만여 명, 깨끗한 물만 있어도 전 세계 유아사망률은 무려 절반 가까이 줄어든다고 한다.

물 자체도 그렇지만 물 긷는 데 시간이 너무 많이 드는 것도 큰 문제다. 오는 길에 들른 케냐 북부 주민들은 왕복 대여섯 시간을 걸어야 물을 구할 수 있었다. 8년 전 이 지역에 처음 방문했을 때만 해도 두세 시간만 걸으면 됐는데, 불과 10년도 채 되지 않아 이렇게 물 사정이 급격히 나빠진 거다. 게다가 물은 보통 여자아이들이 길어 오는데, 그 일을 하느라 학교도 가지 못하고 오가는 길에 다치거나 성폭행까지 당하는 일도 부지기수란다. 겨우 물 한 동이를 긷기 위해 어린 여자아이들이 성폭행의 위험까지 감수해야 하는 것이 아프리카의 기막힌 현실이다.

이곳 아이들은 공포영화처럼 기생충이 살갗을 뚫고 나오고, 눈이 멀거나 성폭행을 당하거나 수인성 질병에 걸려 죽는다. 이 엄청난 일들이 겨우 물 때문이라는 사실이 믿기지가 않고 이런 고통을 당하는 아이들을 볼 때마다 번번이 가슴이 찢어지는 것같이 아프고 괴롭다.

물. 말 그대로 물은 생명이다. 적어도 아프리카에서는 그렇다. 그런데 이게 정말 아프리카만의 문제일까? 물은 지구에 사는 모든 사람이 나눠 써야 하는 한정된 자원이다. 지구의 85퍼센트가 물이라지만 그 가운데 사용할 수 있는 물은 1퍼센트뿐이다. 그나마 모든 사람이 공평하게 나눠 쓴다면야 뭐가 문제일까마는 이런 불공평한 현실은 15초에 한 명씩 사람을 죽일 만큼 살인적이다. 예를 들어, 아프리카에서 한 사람이 하루에 평균적으로 쓰는 물의 양은 10~20리터. 특히 에티오피아 등 극심한 물 부족 국가에서는 1인당 5리터 미만인 곳도 수두룩하다. 긴급구호에 관한 국제 기준에 따르면 사람이 사람으로서 품위를 지키며 생명을 유지하기 위해 필요한 물의 최소량이 하루 15리터인데, 그것의 3분의 1에도 미치지 못하니 그 사정이야 오죽하겠는가. 그럼 우리나라 사람들의 하루 물 사용량은 얼마나 될까? 무려 395리터, 작은 생수병으로 8백 병가량이다.

외국 생활을 하다 보면 한국 사람들의 물 낭비가 유난히 눈에 띈다. 학교 기숙사 등 공동 세면대에서 물을 틀어놓고 설거지나 양치하는 사람은 십중팔구 한국 사람이다. 나 역시 중동의 한 공중 목욕탕에서 무심코 샤워기를 틀어놓은 채 왔다 갔다 하다가 현지인 아주머니에게 호되게 야단을 맞은 적이 있다.

우리가 양치 한 번 할 때 흘려보내는 수돗물의 양은 10리터 정도로 에티오피아의 한 사람이 하루에 쓰는 물보다 두 배나 많다. 샤워하면서 쓰는 물은 평균 50리터, 아프리카의 한 가족이 하루 종일 먹고 마시고 씻는 물보다 훨씬 많다. 놀랍지 않은가? 조금 미안한 마음이 들지 않는가? 물론 우리가 한국에서 물을 아껴 쓴다고 해서 그 아낀 물이 고스란히 아프리카로 가지는 않겠지만 그 미안한 마음, 그래서 이제부터 이 한정적인 자원인 물을 아껴 써야겠다는 마음은 지구 전체의 물 부족 문제를 해결하는 첫걸음이 될 것이다. 매우 의미 있는 걸음이 될 것이다.

이렇게 첫걸음을 뗀 사람이라면 기왕에 나선 걸음, 한 발짝 더 나아가 일상생활에서 적극적으로 작은 실천을 해보면 어떨까? 우선 이 닦을 때 물을 틀어놓는 대신 컵 사용하기(이것만으로도 한 번에 9리터 이상 절약할 수 있다), 샤워 도중 비누칠할 때 샤워기 꺼놓기(이렇게 하면 한 번에 30리터 이상 물 사용량을 줄일 수 있다), 자기 집뿐만 아니라 공공시설이나 야외 공원 등 언제 어디서든 물이 똑똑 떨어지는 수도꼭지 꽉 잠그기(하루 75리터 이상의 물 낭비를 막을 수 있다). 이렇게 하면 지구를 위해서도 좋고, 나 스스로도 공공의 이익을 위해서 매일매일 무엇인가를 하고 있다는 작은 자부심을 느낄 것이다. 모르긴 몰라도 주위에 있는 사람도 당신이 훌륭하다고 생각할 것이다.

이런 정도의 실천만 가지고는 성에 차지 않는다고 하는 사람들이 있다. 반가운 일이다. 두 손 들어 환영할 일이다. 아프리카 물 문제를 해결하기 위한 보다 적극적인 방법이 당연히 있다. 다시 이곳 남부 수단 이야기로 돌아가 보자. 현지인들이 마실 수밖에 없는 더러운 강물이나 웅덩이 물은 얇은 천에 한 번 걸러 정수약 한 알만 넣으면 마실 수 있는 깨끗한 물이 된다. 10리터의 물을 정수할 수 있는 정수약 한 알이 10원이니까 6인 가족에게 한 달 동안 깨끗한 물을 제공하는 데 드는 정수약 값은 단돈 3천 원이다. 매달 3천 원이면 한 가족, 만 원이라면 적어도 세 가족에게 깨끗한 물을 마시게 할 수 있다. 한마디로 식수 사업 정기 후원을 하란 말이다(너무 속 보였나?).

한 걸음 더 나아가서 물을 매번 정수하지 않고 언제라도 깨끗한 물이 나오는 펌프가 있으면 얼마나 좋을까? 아프리카 오지 마을에 펌프를 놓으면 위에서 언급했던 물 부족과 수질 불량으로 인한 문제를 해결하는 것은 물론 여자들이 멀리까지 가지 않고도 물을 길을 수가 있어 그 동네의 삶의 질이 전과 비교할 수 없이 높아진다. 아이들을 돌볼 시간과 농사지을 시간을 확보할 수 있고, 가축도 제대로 돌볼 수 있어 새끼도 훨씬 많이 낳는단다.

이런 펌프 한 대를 놓는 데 드는 돈은 약 7백만 원. 혼자서 지원하기에는 너무 큰돈이기도 하고 혼자보다 여러 사람이 마음을 모으는 게 훨씬 의미 있는 일일 거다. 그러니 물의 날, 회사 창립기념일, 동호회 정모 등 특별한 날에 학교나 회사, 종교 단체, 취미 동아리 등에서 아프리카의 물 사정을 설명하고, 신나고 재미있는 모금 이벤트를 해보면 어떨까? 이렇게 하는 과정에서 분명히 여러분은 물 문제에 대해 더욱 큰 관심을 갖게 될 것이고, 이 전 지구적인 거대한 문제를 함께 해결해나가려는 훌륭한 세계시민이 될 것이다. 참가자들의 열화와 같은 성원으로 펌프까지 기증할 수 있다면 금상첨화다. 내 덕분에 누군가가 깨끗한 물을 마시고 건강하게 살 수 있다고 생각해보라. 뿌듯하지 않은가.

남부 수단 현장에서 나는 또 생각한다. 이 아이들에게 깨끗한 물을 마시게 할 수만 있다면 구호팀장인 내 한 몸쯤은 으스러져도 상관없다고. 아마 성태도 같은 생각일 거다. 우린 같은 팀이니까.

다히로 이야기

'사막의 꽃(Desert Flower)?'

3년 전인가, 방콕 공항 책방에서 시간을 때우고 있을 때였다. 무표정한 아프리카 여인의 흑백사진이 실린 책 표지가 눈길을 끌었다. 소말리아의 한 유목민 소녀가 세계적인 슈퍼 모델이자 UN 인권 대사가 되기까지의 여정을 그린 이야기였다. 또 그렇고 그런 신데렐라식 성공기려니 생각하고 내려놓으려는데, 옆에 있던 말쑥한 정장 차림의 사십대 서양 여자가 불쑥 이렇게 말했다.

"그 책, 꼭 읽어보세요. 나도 그 책 덕분에 여성 할례에 대해서 알게 되었어요."

여성 할례? 방콕에서 한국으로 오는 다섯 시간 내내 나는 책에서 눈을 뗄 수가 없었다. 별 기대 없이 산 책 안에는 소름끼치는 세계가 펼쳐져 있었다. 그동안 이곳저곳에서 어렴풋이 듣긴 했지만 이 정도인 줄은 몰랐다. 한국으로 돌아온 다음 날, 마지막 장을 덮고서도 주말 내내 충격에서 헤어나질 못했다. 그런데 이게 웬일인가, 월요일에 사무실에 나가니 월드비전 소말리아에서 보낸 사업 제안서가 한 부 도착해 있었다. 제목은 '여성 할례 피해자들을 위한 보건의료 사업과 할례 방지를 위한 주민 교육 사업', 지체 없이 읽어내려 갔다. 제안서에 나타난 실상은 책보다 훨씬 적나라했다.

여성 할례(女性割禮)! 용어만 놓고 보면 마치 종교의식이라도 되는 듯 신성하게 들리지만 실은 목숨을 위협하는 매우 잔인한 신체 훼손 전통이다. 여성 할례란 여성의 외부 성기를 잘라내어 성적 쾌감을 느끼지 못하게 하는 수천 년 된 관습이다. 주로 아프리카 북부에서 행해지는데 지역에 따라선 상징적으로 살짝 상처만 내기도 하지만 소말리아에서는 외부 성기 전체를 잘라낸 뒤 소변이 겨우 나올 만큼의 성냥개비 머리만 한 공간만 남기고 전부 꿰매버리는, 소위 봉쇄술이라는 가장 끔찍한 종류의 할례가 자행되고 있다.

할례의 대상은 8세에서 10세 사이의 어린 꼬마들이다. 전문 의료인이 아닌 동네 여인이 깜깜한 방이나 집 마당에서 불결한 면도날이나 칼로 마취도 하지 않고 시술을 하니 정신적·육체적 후유증이 어떨지 불을 보듯 뻔하다. 평생 소변을 볼 때마다 10분 이상 걸리고 매달 생리 때면 제대로 빠져나가지 못한 생리혈이 고여 배가 몹시 아프고 아이를 낳을 때면 죽음까지 각오해야 한다. 소말리아에서 출산 중 사망하는 산모의 비율이 가장 높은 데는 다 이유가 있었다.

문제는 여성 할례가 해외토픽에나 나올 만큼 희소한 특정 지역의 특이한 전통이 아니라는 점이다. 15초마다 한 명, 하루에 6천여 명, 한 해에 무려 3백만여 명의 여자아이들이 받고 있는 대단히 일반적인 관습이다. 이 순간에도 전 세계 1억 5천여 명의 여성들이 할례 후유증으로 말할 수 없는 고통을 겪고 있지만 그녀들은 절대 이런 얘기를 입 밖에 내지 않는다. 이것은 준엄한 전통이고, 고통이 있다면 그건 전통을 지키기 위해 개인이 마땅히 감수해야 할 운명이라고 배웠기 때문이다.

제안서의 사업 내용은 여성 할례 피해자들을 돌보면서 동시에 지역 주민, 특히 종교 지도자와 부족장들에게 이 전통의 폐해를 잘 알려서 스스로 없앨 수 있게 하는 것이다. 이 사업은 단순히 보건 의료 측면에서만이 아니라 여성 전체의 인권 향상에도 결정적인 도움이 될 테니 꼭 지원하고 싶었다. 사업의 실행 가능성을 보다 확실히 하기 위해 월드비전에서 소말리아 현장을 직접 방문하기로 했다.

소말리아는 1991년부터 무정부 상태이고 부족 간의 전쟁이 끊이지 않아 치안이 매우 불안하다. 우리가 소말리아로 떠나기 직전 용감무쌍(?)한 소말리아 해적이 미 군함을 납치해 거액의 몸값을 요구하는 일이 생겨 방문할 수 없으면 어쩌나 했는데 다행히 현장 방문에는 차질이 없었다(한국 정부가 소말리아를 여행 금지국으로 지정하기 직전이었다).

우리 팀은 여성 할례 피해 상황을 자세하고 정확하게 알아보기 위해 전직 산파이자 할례 시술자로, 지금은 여성 할례 금지를 위해 불철주야 뛰고 있는 삼십대 중반의 여직원과 동행하기로 했다. 아이디라는 이 직원은 성격이 서글서글하고 영어도 상당히 잘했다. 어디서 영어를 배웠느냐니까 국경 너머에 있는 케냐 난민촌 학교를 다녔단다. 아이디 외에도 영어를 하는 소말리아 직원들은 백 퍼센트 케냐 난민촌으로 자발적으로 '유학' 가서 중등교육을 받았다니 케냐 난민촌이 소말리아의 하버드대학인 셈이다.

먼저 지역 보건소를 방문했다. 우리가 건물에 들어서기가 무섭게 피를 흘리는 여자아이가 아버지 등에 업혀 들어왔다. 세상에……. 입에서 젖 냄새도 가시지 않은 일곱 살짜리 꼬마가, 한창 인형놀이나 해야 할 어린아이가 성기가 절단된 채 업혀 온 것이다. 아이는 온몸을 뒤틀고 입술을 깨물며 고통을 참고 있었다. 할례 중에는 아무리 아파도 신음 소리를 내면 안 된다고 철저히 교육받은 탓이리라.

"저 아이, 괜찮을까요?"

아이디에게 물었다.

"보건소에 왔으니 괜찮을 거예요."

할례 도중 부지기수로 일어나는 일인데 부모가 보건소 근처에 살고 월드비전을 신뢰해 아이를 데리고 왔으니 망정이지 보통은 소오줌으로 피를 씻어내고 염소 지방으로 상처 부위를 덮어 피가 멈추기만을 기다린단다.

"피가 멈추지 않으면요?"

"고스란히 죽을 수밖에 없죠. 그게 소말리아 여자아이들의 운명이랍니다."

도대체 세상의 어느 부모가 자기 딸에게 저토록 가혹한 짓을 할 수 있단 말인가? 도대체 그 전통과 관습이 무엇이기에 아이의 목숨까지 걸고 지켜야 한단 말인가? 아이디의 말에 따르면 이곳에서 할례받지 않은 여자는 불결한 여자로 간주되어 결혼을 할 수 없을뿐더러 자기 딸에게 할례를 시키지 않는 집안은 마을과 부족에서 따돌림을 당해 도저히 살 수가 없단다.

여성 할례는 여자란 전적으로 남성의 소유물이니 결혼할 때까지 처녀성을 지키기 위해서 어릴 때부터 성기를 꿰매고 있어야 마땅하다는 극단적인 남성 우월주의에서 비롯된 것이라고 한다. 이런 말도 안 되는 이유로 정상으로 태어난 여자아이들을 모두 비정상으로 만드는 거다. 이게 멀쩡한 사람을 성인 의식이라는 이름으로 혀를 잘라 벙어리로 만들거나 다리를 잘라 절름발이로 만드는 것과 뭐가 다른가.

갑자기 분노가 치민다. 그러나 다음 순간 이런 생각이 들었다. 아무리 나쁜 전통이라도 이방인인 우리가 무슨 자격으로 그들에게 없애라 마라 할 수 있을까? 이렇게 뿌리 깊은 전통에 맞서 우리가 무슨 일을, 얼마만큼이나 할 수 있을까? 할례를 근본적으로 막지도 못하면서 할례 후유증을 겪는 겨우 수백 명의 여성을 치료해주는 것만으로 무슨 의미가 있을까? 어깨에서 힘이 빠져나갔다.

그때 극심한 할례 후유증을 앓고 있는 사례로 섭외해놓은 여자가 나타났다. 얼굴만 동그라니 내놓고 머리와 온몸을 가린 전통 의상을 입은 앳된 다히로는 잔뜩 긴장한 얼굴이었다. 이야기를 나누려고 마주 앉았다. 나는 이런 순간이 싫다. 누군가에게 자기 인생에서 가장 힘들고 괴로운 순간을 되씹게 하는 건 매우 잔인한 일이라 늘 미안하다. 그러나 피해갈 수도 없는 과정이다. 인터뷰를 시작하기 전에 당신을 도우러 왔으니 힘들겠지만 될수록 자세하게 말해주면 좋겠다고 부탁했다. 너무 사무적으로 보인 것 같아 친근함을 표시하려고 손을 잡으니 어색했는지 살짝 빼면서 남 얘기하듯 덤덤한 얼굴로 말문을 열었다.

다히로는 방년 19세, 여덟 살에 할례를 받을 때 학교 보낼 밑천인 소까지 잡아 친척들을 융숭히 대접하느라 학교는 근처에도 못 가봤단다. 열여섯 살에 결혼하고 열일곱 살에 첫 아이를 임신했는데, 무려 일주일 동안이나 진통한 끝에 낳은 아이를 잃고 말았다고 한다. 이 지독한 산고 중에 무슨 신경을 건드렸는지 한쪽 다리가 마비되어버렸고 소변 통제 기능도 잃어버렸다. 중년의 남편은 몸도 가누지 못하는 어린 부인을 버리고 딴 부인을 얻어 나가버렸단다(나쁜 놈!!!).

갑자기 울컥하면서 눈시울이 뜨거워졌다. 이 어린아이가 전통이라는 포승줄에 꽁꽁 묶인 채 포악하기 짝이 없는 운명에게 죽도록 두들겨 맞고 있는 걸 보고 있는 느낌이었다. 분해서 몸까지 덜덜 떨렸다. 다히로는 이런 나의 반응이 매우 의아하다는 듯 숙였던 고개를 살짝 들어 나를 훔쳐보았다. 난 아이의 손이라도 잡아주고 싶었지만 또 뿌리칠까 봐 그러지 못했다. 다히로는 약간 떨리는 목소리로 이야기를 계속했다.

하혈이 멈추지 않은 채로 시골 움막에 홀로 버려진 다히로는 반기절 상태에서 며칠을 물 한 모금 마시지 못하고 지냈단다. 몸을 움직일 수 없어 얼기설기한 움막 천정으로 차가운 비가 떨어져도 고스란히 맞았고, 피 냄새를 맡고 온 하이에나가 주변을 어슬렁거려도 어디로 도망갈 수조차 없었단다.

"그런데 들짐승들도 내가 불쌍했는지 날 해치지 않더라구요."

나는 더 이상 눈물을 참을 수 없었다. 짐승도 불쌍히 여기는 삶이라니……. 굵은 눈물이 뚝, 손등 위로 떨어졌다. 우는 나를 본 다히로는 몹시 당황하여 통역하는 아이디와 나를 번갈아 쳐다보며 어쩔 줄 몰라 했다. 나는 눈가에 눈물방울을 매단 채 괜찮다고 얘기를 계속해달라고 말했다.

겨우 정신을 차리고 보니 자기의 처지가 너무나 기가 막혔단다. 만신창이가 된 몸으로 이혼까지 당했는데 이대로 식구들이 많은 친정으로 돌아가 짐이 되느니 차라리 여기서 죽는 게 낫겠다고 체념하고 있던 차에 우연히 움막 앞을 지나던 아이디의 눈에 띄었던 것이다.

두 시간 넘게 계속된 인터뷰 내내 이런 일을 당한 게 마치 자기 잘못인 양 고개를 푹 숙이고 있는 다히로가 너무나 안쓰러웠다. 이제 겨우 열아홉 살인데, 한창 멋 부리며 부푼 가슴으로 미래를 꿈꿀 나이인데……. 불행했던 결혼과 이런 육체적 고통이 절대 네 잘못이 아니라고, 너는 전통의 희생자일 뿐이라고, 그러니 고개를 들고 어깨를 펴라고 소리치고 싶었다. 그러나 내 입에서는 생각과는 전혀 다른 말이 흘러 나왔다.

"걱정 마, 다히로. 우리가 옆에 있어줄게. 이제부턴 무조건 좋은 일만 있을 거야."

이 말을 하면서 다히로를 꼭 껴안았다. 나의 기습 포옹에 아이는 멋쩍어 하면서도 날 만난 후 처음으로 미소를 지어 보였다. 아, 저 박꽃처럼 환한 미소. 그제야 다히로는 그동안 꽁꽁 숨겼던 보통의 열아홉 살짜리 얼굴을 보여주었다. 다음 순간 다히로가 갑자기 내 목에 두 팔을 두르더니 나를 꽉 껴안는 게 아닌가? 나도 놀랐지만 옆에 있던 아이디의 눈이 더 휘둥그레졌다. 몇 달 동안 같은 집에 살았어도 그 아이가 이렇게 애정 표현을 하는 것도, 이토록 행복한 표정을 짓는 것도 처음 본다는 거다. 다히로는 많은 사람이 보고 있어서 쑥스러울 텐데도 한번 잡은 내 손을 꽉 쥔 채 놓지 않았다. 헤어질 때가 되자 수줍어 홍당무가 된 얼굴로 이렇게 작별 인사를 했다.

"나바드 갈리요, 왈라아레이(잘 가요, 언니)."

가슴이 뭉클했다. 왈라아레이(언니), 나더러 언니란다. 그래, 다히로. 내가 언니가 되어줄게. 정말이지 나는 이 아이에게 구호팀장이 아니라 다정한 언니가 되고 싶다. 자기의 힘든 과거를 귀 기울여

들어주며 함께 아파하고 함께 울어주는 언니가 되고 싶다. 그런 언니가 곁에서 늘 지켜보고 있다는 것을 느끼게 해주고 싶다. 다행히 다히로는 극심한 할례 후유증 환자를 에티오피아 병원으로 보내 복원 수술을 해주는 우리 프로그램의 혜택을 받게 되었다. 출발일이 바로 모레란다. 잘됐다. 이제 안심이다. 복원 수술 후 전혀 새로운 삶을 살게 될 다히로에게 응원의 박수를 보낸다.

아프리카 하면 많은 사람들이 전쟁, 굶주림, 에이즈를 떠올린다. 그러나 다히로에게서 보듯이 이런 고통의 밑바닥에는 차마 드러내어 말하지 못하지만 이들의 삶을 뿌리째 흔드는 할례라는 괴물이 있었다. 나는 어떻게 그렇게 모르고 있었을까? 지난 십수 년간 여행과 구호 활동을 하느라 아프리카를 내 집처럼 다니면서 스치고 만나고 친하게 지냈던 많은 여인들도 같은 고통으로 몹시 힘들었을 텐데. 내가 어렴풋이 알고 있던 것의 실체가 그렇게 독한 것이었는지 눈치도 채지 못했다. 그들의 소리 없는 목소리를 들을 귀가 없었기 때문일 거다.

소말리아 방문 이후 월드비전 한국은 '여성 할례 피해자들을 위한 보건 의료 사업 및 주민 교육 사업'을 적극 지원하기로 했다. 더불어 나는 목소리 없는 그들의 목소리가 되어주겠노라고 굳게 마음먹었다. 나는 목소리가 크니까 잘할 수 있을 것 같다. 지금 내가 알고 있는 것만이라도 사람들에게 전하면 얼마나 많은 다히로에게 힘이 될까.

나는 요즘도 종종 다히로 이야기를 한다. 다히로도 때때로 내 얘기를 했으면 좋겠다. 그래서 세상 어딘가에 진심으로 자기가 행복하기를 바라는 언니가 있다는 것을 되새기며 살았으면 좋겠다. 다히로처럼 녹록치 않은 삶을 살고 있는 아프리카의 모든 여성들에게 뜨거운 응원의 박수를 보낸다.

당신은
무엇을 믿는 거죠?

　지난 5월 햇살 찬란했던 어느 일요일에 세계 무형문화재인 강릉 단오제를 보러 갔다. 강릉이 고향인 친구가 그곳의 대표적인 축제를 보고 바닷가 조개 구이 집에서 구공탄으로 구운 '불타는 조개'도 맛보자고 꼬드겨 몇 달 전부터 벼르던 나들이였다. 신새벽에 봉고차 한 대에 여덟 명이 끼어 타고 길을 나섰다. 차를 본 친구의 난폭 (?) 운전 덕분에 새로 난 고속도로로 들어선 지 두 시간 반 만에 강릉에 닿았다.

　행사장은 울긋불긋 화려한 색깔의 의상과 만장으로 가득했고 장구, 징, 꽹과리 등이 뿜어내는 소리로 시끌벅적 요란했다. 요즘에 누가 이런 행사에 올까 했던 내 예상과는 달리 풍어를 비는 강릉단오굿은 발 디딜 틈이 없었다. 우리처럼 구경 삼아 온 사람이나 민속학 등 학문 연구 차원에서 온 사람들도 있지만 굿을 하는 내내 두

손 모아 진심으로 풍어와 바다에 나가는 가족의 안녕을 기원하는 사람들도 많았다. 그들 한 사람 한 사람의 간절한 기도가 하늘에 닿기를 진심으로 바랐다.

행사가 끝나고 계획대로 바닷가에서 조개를 배 터지게 구워 먹으며 놀았다. 바다 구경을 좀 더 하고 싶었지만 일요일마다 절과 성당에 꼭 가는 친구들을 위해 서둘러 서울로 향했다. 올라가는 길에 오대산 월정사에 들러 불교 신자 친구들은 부처님께 108배를 올리고 다른 일행은 절도 둘러보고, 절 마당의 꽃구경도 했다. 서울로 들어서기 직전에 들른 수원 근처 성당에서는 일요일 마지막 저녁 미사를 함께 보았다. 신자도 아닌 친구들이 성당 맨 앞줄에 경건하게 앉아 있는 모습이라니. 하루 종일 싱거운 소리를 하며 웃고 떠들던 사람들이 얌전히 앉아 눈을 꼭 감고 기도하는 모습을 보니 귀엽고 사랑스러웠다. 그 친구들에게도 무릎을 꿇고 두 손 모아 기도하는 내 모습이 조금은 낯설었으리라.

내 친구들은 늘 이런 식이다. 개신교, 천주교, 불교 등 각자 다른 종교를 믿고 있고 각자 자기 종교에 대해서는 바위처럼 단단한 믿음을 가지고 있지만, 다른 종교의 존재를 인정하고 예의를 갖추는 성숙한 신앙인이다. 나 역시 천주교 신자로서 확고한 믿음과 무한한 자긍심이 있지만 이것이 다른 종교를 받아들이는 데 문제가 된 적은 한 번도 없다. 오히려 나의 하느님에 대한 흔들리지 않는 확신이 있기 때문에 타종교를 쉽게 포용할 수 있는 게 아닐까 한다. 여기서의 포용은 타종교의 교리를 수용하여 개종하겠다는 말이 아니라 내가 믿는 종교 이외에 다른 종교도 우리 사회와 세상을 구성하고 있는 주요 요소라는 사실을 인정하고 존중하는 태도다.

적어도 나같이 전 세계 재난 현장에서 일하는 구호단체의 요원들에게는 이런 마음가짐이 반드시 필요하다. 재난 현장에서 우리는 세상의 모든 종교와 만나게 된다. 실제로 우리가 구호 활동을 벌이는 곳은 기독교 국가일 때도 있지만 대부분 아프가니스탄, 수단, 방글라데시 등 이슬람 국가, 미얀마, 캄보디아 등 불교 국가, 인도나 네팔 등 힌두교 국가 혹은 아프리카 오지의 토착 신앙을 믿는 국가들이다. 이런 구호 현장에서 특정 종교를 앞세워 구호 활동을 하는 것은 '모든 사람은 종교, 성별, 정치·사회적 입장 등과 상관없이 공평하게 도움을 받아야 한다'는 국제 인권법과 인도적 지원에 관한 행동 강령을 정면으로 위배하는 일이다. 게다가 구호 현장에서 기독교든 불교든 이슬람교든 자기 종교를 내세우면서 일하는 것 자체가 현지 주민들에게 그 종교에 대한 오해와 반감을 부추길 수도 있다는 게 내 경험이다.

쓰나미의 최대 피해 국가인 인도네시아의 반다아체는 매우 보수적인 모슬렘 지역인데 긴급구호 초기에 우리 단체의 로고인 별 모양이 십자가처럼 보일 수도 있어 지역 주민들의 반감을 살지 모른다는 지적이 나왔다. 월드비전 지도부는 망설이지 않고 월드비전 로고를 사용하지 않기로 결정했다. 이건 대한민국 국가대표 선수가 올림픽에 나가며 태극 마크를 사용하지 않겠다는 것만큼이나 이례적인 일로 우리 단체의 홍보와 모금에는 치명적일 수 있는 결정이었다. 하지만 모금과 홍보보다 재난 피해자들이 거부감 없이 편안하게 우리의 도움을 받을 수 있도록 하는 게 최우선이라고 판단한 거다.

나 역시 백 퍼센트 동감이다. 구호의 궁극적인 목적은 재난을 당한 사람들의 목숨을 구하고 고통을 경감시키며 최대한 빨리 일상생활로 돌아가게 하는 것이다. 이 일을 하기 위해 구호 요원은 위험을 감수해야 하는 경우가 많다. 우리가 위험을 무릅쓰고 돕는 사람들에게 목숨보다 중요한 종교를 인정하지 않거나 심지어 폄하하면서 그들을 돕겠다고 나서는 것은 앞뒤가 전혀 맞지 않는 일이다. 극단적으로 이야기하자면 이건 남을 돕는 것이 아니라 순전히 자기 욕심을 채우는 일에 불과하다.

구호 현장에서 일하는 구호 요원뿐만이 아니다. 우리가 글로벌 시대의 세계시민이 되려면 적어도 세계 주요 종교에 대한 상식 수준의 이해가 있어야 한다고 생각한다. 그래야 무지에서 오는 편견과 오해와 갈등과 반목을 줄일 수 있기 때문이다. 기독교 신자가 아니더라도 서양 문화를 이해하는 교양서로 성경을 읽고, 불교 신자가 아니더라도 동양 문화를 알기 위해 불교의 역사와 철학을 공부한다면 편견과 오해를 크게 줄일 수 있다고 믿는다. 여기서 한 발 더 나아가 소통까지 할 수 있다면 종교 때문에 생기는 숱한 갈등과 반목은 상당 부분 사라지지 않을까.

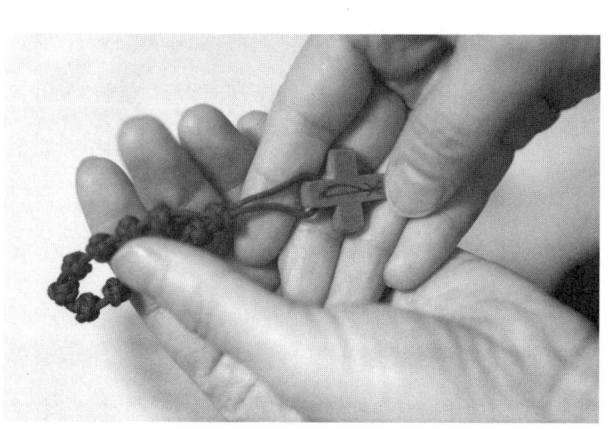

이렇게 말하면 사람들은 각 종교 간의 차이를 얘기하기 시작한다. 차이를 따지자면 한도 끝도 없다. 더구나 기독교나 이슬람교처럼 유일신을 믿는 종교 간에는 타협의 여지가 전혀 없어 보인다. 양쪽 모두 자기가 믿는 신 이외에는 어떤 신도 없다고 여기기 때문에 상대방의 신을 절대 인정할 수 없는 것이다. 물론 모든 종교는 전교를 의무로 하고 있다. 천주교에서도 미사 말미에 '미사가 끝났으니 가서 복음을 전하십시오'라고 한다. 서로가 서로를 개종의 대상으로만 여긴다면 종교 간의 소통은 불가능해 보인다. 그러나 상대방을 개종의 대상으로 보기 이전에 사랑의 대상이자 대화의 대상이라고 생각하는 것이 현실적으로 정말 불가능한 일일까? 나는 충분히 가능하다고 믿는다.

첫 파견지였던 아프가니스탄에서의 일이다. 전쟁이 끝나고 탈레반도 물러갔지만 그 세력의 뿌리가 워낙 깊은 터라 우리가 기독교 단체라는 사실을 공공연히 드러낼 수 없었다. 현지 직원들이 탈레반 잔당인지 비밀 요원인지 알 수 없는 일이므로 바깥은 물론 사무실이나 숙소에서도 조심해야 했다. 우리들은 각자의 신앙 생활을 혼자 있을 때 몰래 했다. 나 역시 식사 시간처럼 다 같이 모이는 장소에서는 드러내놓고 성호를 긋지 못하고 약식으로 작은 십자가를 엄지손톱으로 가슴에 그렸다.

그러나 기쁜 부활절마저 그렇게 할 수는 없는 일. 조심스럽게 다른 구호단체의 기독교 신자들을 우리 숙소에 초대해 조촐하게 부활절 예배를 보기로 했다. 각 단체의 개신교, 천주교, 성공회, 그리스 정교회 신자 등 스무 명 정도가 모였다. 현지 직원들에게는 회의하는 것처럼 보이려고 차트와 칠판도 갖다 놓았다.

숨어서 하는 예배라 그런지 더욱 경건하고 말씀이 마음 깊숙이 파고들었다. 여기까지는 좋았는데, 마무리 기도를 하던 미국인 직원이 기도 중에 갑자기 울먹이며 목소리를 높이더니 급기야 기도회에서 하듯 쩌렁쩌렁하게 목청껏 기도하는 게 아닌가? 주책도 그런 주책바가지가 없다. 누가 듣고 쫓아오면 어쩌려고……. 가슴이 조마조마했다. 아니나 다를까, 이상한 소리에 놀라 쫓아온 현지 직원 아슈라프가 회의실 문을 활짝 열었다. 순간, 그 직원이 멈칫했다. 책상에 놓인 성경과 십자가를 보았음이 분명했다. 사람들의 얼굴에도 당황하는 빛이 역력했다. 내 얼굴도 마찬가지였을 거다.

그날 저녁, 아슈라프가 나를 좀 보자고 했다. 가슴이 덜컹 내려앉았다. 삼십대 초반의 이 직원은 늘 웃는 얼굴에 지적이고 융통성이 많지만 종교적으로는 대단히 보수적이고 타협이 없는 사람이었다. 특히 당시 부시 미국 대통령이 믿는 기독교에 대해서는 적의에 가까운 생각을 가지고 있었다. 그가 웃음을 거둔 얼굴로 따지듯 물었다.

"당신들은 모슬렘이 아니지요?"

뜨끔했지만 거짓말을 할 수는 없었다.

"네, 아니에요."

"그럼 당신들은 무엇을 믿는 거죠?"

"하느님을 믿어요."

"당신들의 신은 당신들에게 도대체 무엇을 가르치나요?"

이 질문을 할 때 아슈라프는 따진다기보다 정말로 궁금해서 묻는 것 같았다. 그의 눈이 지적 호기심으로 반짝반짝 빛났다. 갑자기 용기가 생긴 내가 이렇게 대답했다.

"서로 사랑하고 범사에 감사하라고요. 말 나온 김에 우리 하느님이 주신 십계명에 대해 한번 들어보실래요?"

그날 나는 난생처음 이교도에게 십계명을 하나씩 짚어가며 설명해주었다. 부엌 한켠에서 이야기를 듣던 아슈라프는 말끝마다 "발레, 발레"(아, 그렇군요.)를 연발하며 신기해했다. 그의 맞장구에 신이 나서 구약성경과 코란은 뿌리가 같고 마리아(미리암)나 사라 등 아프가니스탄에서 흔한 이름들이 다 구약성경에 나온다고 하니까 눈이 휘둥그레진다.

"기독교는 우리와 비슷한 점이 참 많네요."

나 역시 아슈라프가 믿는 신이 무엇을 어떻게 가르치는지 궁금해졌다. 그날 이후 우리는 자주 부엌에 남아 저녁 늦게까지 성경 이야기와 코란 이야기, 내가 믿는 기독교와 그가 믿는 이슬람교에 대한 얘기를 주고받았다.

나는 성경을, 그는 코란을 펼치며 얘기하는 날이 많았는데 놀랍게도 코란에는 구약의 〈모세 5경〉, 〈시편〉, 신약의 〈복음서〉와 내용이 겹치는 부분이 많았다. 극과 극일 것 같은 두 종교의 가르침을 담은 경전이 이렇게 비슷한 내용을 담고 있다니! 더욱 놀라운 사실은, 나중에 한국에 돌아와 이슬람학 교수에게 들은 얘기인데, 코란에는 선지자인 마호메트의 행적보다 예수의 행적을 칭송하는 말이 더 많이 나온다고 한다.

제일 놀라운 일은 기회만 있으면 기독교에 대해 온갖 독설을 퍼붓던 아슈라프가 나와의 부엌 수업 이후 독설을 그쳤다는 점이다. 그뿐만 아니라 다른 현지 직원들이 기독교에 대해 나쁘게 얘기할 때마다 그 종교에 대해 잘 알지도 못하면서 그렇게 단정적으로 말하는 건 옳지 않다며 두둔하기에 이르렀다. 기독교에 대한 아슈라프의 이해와 호감이 높아지고, 이슬람교의 가르침에 대한 나의 호기심이 커질수록 사무실 분위기도 점점 좋아졌다.

그 과정에서 나는 한 번도 아슈라프에게 내 종교를 전교하려 들지 않았다. 그도 나에게 전교할 의사가 전혀 없었다. 우리는 이미 누구에게 개종될 만큼 각자의 신과 신앙에 대해 흔들리는 사람이 아니었다. 단지 우리는 대화를 통해 상대방의 종교를 좀 더 알고자 했고 차이점과 공통점을 인정하면서 타종교에 대한 이해의 폭을 넓히려 했던 것이다. 그 결과 적어도 우리 사이에는 상대방의 종교를 무조건 비난하거나 반목하는 태도가 사라졌다. 이게 바로 초교파적인 대화가 아닌가? 나는 그렇다고 생각한다.

아슈라프는 내게 무척 고맙다고 했다. 나 아니었으면 평생 기독교에 대해 반감만 가지고 살았을 거라고. 내 쪽에서 보면 기독교에 대해 제대로 알고 싶어 하던 아슈라프의 용기가 더 아름다웠다. 나야 이슬람교에 대해 공부한다고 해도 누가 뭐라 할 사람이 없지만 아프가니스탄의 종교 환경으로 볼 때 기독교에 대한 그의 관심이 단순한 지적 호기심이었다 하더라도 대단한 오해를 낳을 수도, 비난을 받을 수도, 곤경에 처할 수도 있었기 때문이다.

내가 아프가니스탄을 떠나는 날 우리는 약속했다. 나는 한국에 돌아가서 한글판 코란을 구해 읽고, 아슈라프는 내가 놓고 가는 영어 성경을 읽자고. 타종교의 경전을 읽는 것이 교양에 도움이 될 뿐만 아니라 우리 사이를 더 돈독하게 하는 일이 아니겠느냐고.

'종교 간의 대화 없이 종교 간의 평화가 있을 수 없고, 종교 간의 평화 없이 세계 평화가 있을 수 없다'는 말이 있다. 명언이요 진리이다. 나는 요즘도 텔레비전에서 부처님 오신 날 특집이나 이슬람 문명 특집을 하면 '본방 사수'를 해가며 꼭 챙겨 본다. 재방송이라도 본다. 이런 프로그램은 재미도 있지만 그냥 보기만 해도 세계 평화에 일조하는 거라고 생각한다. 이 지구상에 기독교, 이슬람교, 힌두교, 불교가 공존하는 건 엄연한 사실이다. 이 엄연한 사실을 인정하며 상대방을 제대로 알려고 노력하는 것이 종교 간의 평화, 나아가 세계 평화의 출발점이라고 믿는다. 아프가니스탄 부엌에서 얻은 내 확신이다.

이제
세상으로
나가겠습니다

도대체 아이들한테 무슨 일이 일어나고 있는 건가. 얼마 전 내게 온 한 초등학생의 이메일을 보라.

"저는 초등학교 6학년입니다. 제 꿈은 UN 사무총장이 되는 거예요."

그냥 국제기구에서 일하고 싶다가 아니라 꼭 집어서 UN 사무총장이 되겠단다. 아니, 언제부터 우리 아이들이 UN 사무총장 자리를 쉽게 넘볼 만큼 기세등등해졌나? 나 어릴 때는 UN 사무총장이란 되고 싶은 사람이 아니라 교과서 안에 있는 아득하기만 한 존재였는데 말이다. 그런 자리를 도전의 대상으로 여기는 아이가 신기하다고 할까, 당차다고 할까, 아무튼 귀엽고 기특하다.

그런데 어제 다른 이메일 한 통을 받고는 고개를 갸우뚱했다. 역시 초등학생인 꼬마가 단도직입적으로 물었다.

"저는 꼭 글로벌 리더가 되고 싶어요. 그래서 반장 선거에 나가려는데요, 반장 하면 나중에 UN 사무총장 되는 데 유리한 거 맞죠?"

둔기로 뒤통수를 한 대 맞은 기분이었다. 반기문 UN 사무총장 덕분에 우리 아이들이 글로벌 리더를 꿈꾸는 것까지는 좋은데 글로벌 리더의 조건에 대해서는 뭔가 커다란 오해가 있는 것 같아서다. 한 가지 분명히 말하자면 적어도 백 년 안에는 한국 사람은 UN 사무총장이 될 수 없다. UN 사무총장은 UN 회원국 중에서 대륙별로 돌아가면서 선출하는 것인데 이번 아시아 대륙 차례에 한국인이 되었으니 국제 관계를 고려해 다음에 아시아 대륙 차례가 온다 해도 또다시 한국인이 선출될 확률은 제로에 가깝다. 그러니 단지 UN 사무총장이 되기 위해서 반장 선거에 나갈 필요는 없는 거다.

그날 하루 종일 이 아이의 말이 머릿속을 떠나지 않았다. 아이는 왜 UN 사무총장이 되고 싶은 걸까? 그 자리에 올라 굶주리는 아이가 없는 세상, 전쟁 없는 세상을 만들고 싶어서일까? 모두에게 공평한 기회가 주어지는 평등한 세상, 강자가 약자를 돌보는 세상을 만들고 싶어서일까? 아니면 그냥 세계적으로 유명해지고 싶은 걸까? 혹시 '세계의 대통령', '세속의 교황'이라는 별칭처럼 UN 사무총장이 세상을 쥐락펴락하는 절대 권력자나 영웅이라고 생각하는 것은 아닐까? 만약 그렇다면 아이의 이런 생각은 어디에서 왔을까? 어느 부모가, 어느 선생님이, 어느 책이, 어느 방송 프로그램이 어린아이에게 이렇게 맞지도 않을뿐더러 위험하기까지 한 생각을 하게 한 걸가? 무섭도록 걱정스럽다.

글로벌 리더! 요즘 각급 학교는 물론 기업이나 정부 기관의 가장 흔한 캠페인이 '글로벌 리더가 되자'일 거다. 실제로 최근 내게 '글로벌 리더십' 강의를 요청하는 학교나 기업이 부쩍 많아졌다. 나로 보면 이런 기회를 통해 세계시민 의식에 대해 말할 수 있어 좋긴 하지만 이런 과정의 전체 교육 내용을 살펴보면 실망스럽기 짝이 없다.

대부분의 경우, 세계 무대에서 어떻게 하면 우리나라가 각종 경쟁에서 이겨 우위를 차지할 수 있는지, 세계시장에서 어떻게 돈을 많이 벌 것인지에 초점을 맞추고 있다. 물론 이런 내용들이 중요하지 않다는 말이 아니다. 그러나 컴퓨터에도 하드웨어와 소프트웨어가 있듯이, 우리나라가 진정한 글로벌 리더가 되고 싶다면 경제력이나 국방력 등의 하드파워와 함께 세계 문제를 같이 고민하고 해결하려는 노력과 국제사회의 약자를 진심으로 배려하는 소프트파워 또한 반드시 함께 갖추어야 한다는 뜻이다.

하드파워로만 본다면 국제사회에서 우리나라는 명실상부한 강대국이다. 이미 선진국 클럽이라고 일컫는 OECD 가입국이고 전 세계 2백여 개국 중 군사력이 6위, 국가 경제력은 13위를 차지하고 있다. 이제는 이 하드웨어를 통해 얻은 힘을 어디에 어떻게 쓰는 것이 마땅한지 생각해볼 때가 되었다.

내 생각에 글로벌 리더십 과정에서 제일 먼저 고려하고 일관되게 강조해야 할 핵심은 '세계 지도자가 되려면 먼저 세계시민이 되어야 한다'는 것이다. 세계의 지도자가 된다는 사람이 세계에 어떤 문제가 있는지, 사람들은 어떤 고민을 하고 있는지도 모르면서 어떻게 그 세계를 이끈다는 말인가. 어불성설이다.

그럼 세계시민이란 무엇이며 어떻게 되는 것일까? 여러 가지 관점에서 볼 수 있겠지만 국제구호단체의 구호팀장으로서 말하라면 세계시민이란 세계를 내 무대라고, 세상 사람들을 공동 운명체이자 친구라고 여기며 세계 문제를 함께 고민하고 해결하려고 노력하는 사람이다. 한마디로 세계시민 의식이 있는 사람이다.

세계시민이라면 우선 머릿속에 세계지도를 가지고 있어야 한다. 그 세계지도 안에는 우리가 필요한 나라뿐 아니라 우리를 필요로 하는 나라들도 골고루 들어 있어야 한다. 미국, 유럽, 일본, 중국도 있지만 소말리아, 라이베리아, 네팔 등 작고 힘없는 나라, 그래서 우리의 관심과 도움이 필요한 나라들도 빠짐없이 들어 있어야 한다. 이와 더불어 가슴에는 세계의 식량 위기, 지구 온난화, 에이즈 확산, 그리고 하루 천 원 미만으로 살아가야 하는 절대 빈곤의 현실 등 세계가 안고 있는 문제들을 담고 있어야 한다.

나는 이런 세계시민 의식이 있으면 좋고 없으면 할 수 없는 것이 아니라 이 시대가 요구하는 시대정신이라고 믿는다. 각 시대에는 저마다의 시대정신이 있다. 일제 강점기에는 자주 독립이, 5,60년대에는 가난에서 벗어나기 위한 산업화가, 7,80년대에는 군부독재에서 벗어나려는 민주화가 시대정신이었다면 21세기에는 세계시민

의식을 고취하는 것이 대한민국 국민, 특히 우리 젊은이들이 마땅히 해야 할 시대적 과제이자 역할이라고 믿어 의심치 않는다.

그래서일까? 나는 몇 년 전부터 세계시민 의식으로 무장한 우리 청소년들이 진정한 글로벌 리더로 성장해가는 모습을 상상하면서 이들을 위한 세계시민학교를 만들고 싶다는 꿈을 꾸게 되었다. 이 프로그램에 참여했던 아이들이 국제사회에 나가 당당히 한몫을 하게 된다면 얼마나 자랑스러울까? 다들 어느 나라 아인지 정말 잘 키웠네, 할 것 아닌가? 생각만 해도 가슴 벅찬 일이었고 꼭 이루고 싶은 꿈이었다.

그러나 현실은 그리 만만치 않았다. 그런 프로그램을 운용하려면 전문 인력도 있어야 하고 운용 자금도 있어야 했다. 월드비전에서도 이런 프로그램의 필요성은 잘 알고 있었지만 당장 벼랑 끝에 있는 사람들을 도와주는 것이 더 시급했기 때문에 이런 장기적인 교육 프로그램은 언제나 우선순위에서 밀릴 수밖에 없었다.

내가 결정권자라도 그랬겠지만 너무나 안타까웠다. 국제 월드비전에는 수십 년간 연구해 각 나라에서 실행하고 있는 세계시민 교육에 관한 무궁무진한 자료가 있고, 월드비전 한국은 십수 년간 청소년 세계시민 교육 프로그램의 하나인 〈기아체험 24시간〉을 진행해온 경험이 있는데 이런 어마어마한 자산을 하나도 활용하지 못한다는 점이 몹시 안타까웠다. 그러는 사이 1년, 2년 시간만 자꾸 흘렀다. 그 몇 년 동안 신문, 방송, 학교에서 글로벌 리더십, 그것도 왜곡되고 편협한 글로벌 리더십만 유행처럼 번지는 게 너무나 안타깝고 속상했다. 하루 빨리 뭐라도 해야 하는데……. 월드비전과 같이 현장 경험을 갖춘 구호개발 단체가 나서서 제대로 된 세계시민학교를 시작해야 하는데……. 무슨 좋은 수가 없을까? 틈만 나면 홍보팀, 기획팀 등의 팀장들과 머리를 맞대고 토론하며 한껏 꿈에 부풀었다가 심하게 좌절했다가 다시 부풀기를 수없이 반복했다. 세계시민학교를 어떻게든 해야 한다는 마음과 열정은 하나로 모아졌으니 아쉬운 대로 우선 1억 원만 있으면 얼개를 갖춰 시작은 해볼 수 있을 것 같았다.

하도 이 생각에 몰두해서였을까? 어느 날, 이런 꿈을 꾸었다. 허름한 기와집이 있는데 내가 이 집을 둘러싼 하얀 회벽 밑에 나 있는 쥐구멍에 밥을 주고 있었다. 내 행동이 자연스러운 것으로 봐서는 늘 해오던 일 같았다. 그런데 갑자기 그 구멍에서 뭉게구름 같은 하얀 연기가 일더니 연기 사이로 집채만 한 몸집의 쥐가 나타났다. 하얀 양복에 까만 나비넥타이를 맨 말쑥한 차림이었는데 몸은 사람이고 얼굴은 미키 마우스처럼 예쁜 쥐였다. 그 쥐가 나에게 몸을 숙여 정중히 인사를 하면서 이렇게 말했다.

"그동안 이렇게 키워주셔서 감사합니다. 이제 세상으로 나가겠습니다."

깜짝 놀라 얼떨결에 쥐의 어깨를 쳤더니 쥐가 갑자기 수십 마리의 작은 쥐로 분신을 했다. 그중 한 마리를 곁에 놓인 지팡이로 건드렸더니 그 쥐가 또다시 수십 마리로 분신하면서 순식간에 수천 마리가 되어 마당을 가득 채웠다. 양복 입은 쥐들은 나를 몇 겹으로 에워싸더니 일제히 공손하게 머리 숙여 인사를 했다. 꿈속이지만 매우 감동적이었다. 하도 신기해서 친구들에게 꿈 얘기를 했더니 그건 영락없는 태몽이라는 거다. 태몽이라니. 결혼도 안 한 내가 물리적으로 아이를 낳을 리 없으니 아마 내 사회적인 유전자를 물려줄 정신적 아들딸이 많이 생길 거라는 길몽이 분명했다.

놀랍게도 그 꿈을 꾼 지 일주일도 되지 않아 우리에게 기회가 왔다. 어느 대기업에서 내게 광고를 제안한 것이다. 사실 그간 이런저런 광고 모델 제안을 여러 번 받았지만 월드비전에 다니는 동안에는 어떤 상업 광고도 하지 않겠다는 나름의 원칙을 세웠기 때문에 처음에는 이 광고 역시 거절하려고 했다. 그런데 '사람을 향합니다'라는 광고의 메시지도 공익성이 있어 월드비전 이미지와 맞을뿐더러 무엇보다 제시한 광고 모델료가 세계시민학교 시작에 필요한 금액인 1억 원이었다. 오, 하느님! 쌩큐! 이 광고는 하느님이 우리에게 이 일을 시작해보라고 주신 절호의 기회임에 틀림없었다!

광고를 찍고 한 치의 망설임도 없이 광고 모델료 전액을 월드비전 세계시민학교 착수금으로 쾌척했다. 사실 그때 우리 형제 중 한 명이 딱 그만큼의 돈이 절박하게 필요한 일이 생겼지만 형제들은 그 일로 내게 마음의 부담을 주기는커녕 광고료를 고스란히 기부하는 건 정말 가치 있는 일이라며 진심으로 격려해주었다. 그때 내 마음을 편안하게 해준 우리 형제들이 고맙다.

그 돈을 종잣돈으로 전담팀인 옹호사업팀이 꾸려졌고 그들의 눈물 나도록 헌신적인 노력으로 2007년 여름부터 시작한 세계시민학교는 첫해 백 명, 이듬해 백 명, 이렇게 벌써 2백 명의 건강한 세계시민을 배출하였다. 청소년을 대상으로 3박 4일간 진행되는 세계시민학교는 일방적인 강의가 아니라 다양한 문화와 가상 재난 현장 체험, 모의 UN 총회, 실천선언문 채택 등 아이들 스스로 기획하고 참여하는 자율적인 프로그램이다.

예를 들어 야영장에 도착한 아이들에게 차에서 내리는 순서대로 세계 각 나라의 국적을 부여한다. 국적이라는 것이 자의로 선택할 수 없는 것이라는 사실을 알려주기 위해서다. 아이들은 새로 생긴 국적에 따라 각기 다른 생활 환경을 갖추게 된다. 프랑스나 일본 등 부자 나라 국민이 된 아이들은 밥과 반찬, 물, 담요 등을 풍성하게 받고, 수단 등 가난한 나라의 국적을 받은 아이들은 캠프 기간 내내 훨씬 열악한 조건에서 지내게 된다. 이런 상황에서 불공평하게 나뉜 자원을 어떤 태도로 어떻게 나누어 주고 받아 쓸지를 일체 아이들 자율에 맡기면서 스스로 세계시민의 바람직한 모습을 깨닫게 하는 식이다.

우리는 결코 아이들을 머리로만 가르치고 싶지 않다. 가슴만 뜨겁게 만들고 싶지도 않다. 냉철한 머리와 뜨거운 가슴과 더불어 부지런한 손발을 가진 세계시민으로 키우려 한다. 자신이 알고 있고 믿는 것을 실천하며, 시민학교에서 배운 바를 다른 사람들과 기꺼이 나누게 하는 것이다. 이것이 이 교육의 본질이고 핵심이며, 이 교육에 거는 우리들의 기대다.

이렇게 짧은 기간에 세계시민으로 쑥쑥 자라서 각자 학교에서 종교단체에서 지역사회에서 열심히 전달 교육을 하고 있는 아이들을 보면 경이롭고 고마워서 매번 눈물이 난다. 내 아이를 잘 키운 것처럼 대견하고 뿌듯하다. 우리 지도부들과 이 일을 직접 담당하는 직원들도 나와 같은 심정일 거다. 지금은 여건상 1년에 백 명씩밖에 배출하지 못하지만 앞으로는 한 해에 적어도 천 명 이상을 키워내고 싶은 욕심이다. 청소년과 더불어 일선 교사, 학부모, 나아가 일반인을 위한 세계시민학교도 정기적으로 열고 싶다. 아니, 아예 5천만의 국민교육 차원으로 일을 대대적으로 벌여보면 어떨까? Why not?

내가 월드비전에 들어와서 제일 잘한 일을 두 가지만 꼽으라면 해외 아동 결연 프로그램을 통해 딸 셋, 아들 둘을 키우는 후원자가 된 것과 세계시민학교를 시작하는 데 불쏘시개 역할을 한 거다.

앞으로도 그 역할, 기꺼이 할 거다. 이번 책 인세 중 일부도 세계시민학교에 쓸 예정이다. 학교니까 '한비야 장학금'을 만들까? 그것도 좋은 생각이다. 우리 세계시민학교의 별칭은 '지도 밖 행군단'이다. 나라는 지도, 나의 한계라는 지도, 사회의 통념과 편견이라는 지도 밖으로 나가라는 뜻이다. 그리고 지도 밖, 우리의 관심 밖에 있는 사람들도 살피고 돌보라는 뜻이다. 나는 이 행군단의 단장이다. 영원한 단장이고 싶다. 해마다 새로 만나게 될 눈빛 반짝이는 내 아들 딸 같은 행군단원들을 상상하는 것만으로도 짜릿하다.

이렇게 번듯한 세계시민으로 자란 아이들이 전 세계로 퍼져나가는 건 시간문제다. 마치 냄비 속에서 잔뜩 달궈진 옥수수 알갱이 같다고 할까? 그중 한 알이 튀기만 하면 그것을 신호탄 삼아 곧바로 냄비 안의 무수한 다른 알갱이들도 일제히 타다다닥 튀어오를 것이다. 이렇게 잘 튀겨진 팝콘들이 다양한 국제 무대에서, 다양한 분야에서 제 몫을 하는 날이 곧 올 것이라고 굳게 믿는다. 무엇을 하면 이보다 더 뿌듯한 마음이 들까? 앞으로도 이 '지도 밖 행군단'을 위해 내가 가진 어떤 힘도 아끼지 않을 생각이다. 아니, 내 힘을 이렇게 가치 있는 곳에 쓸 수 있다는 것 자체가 대단한 행운이자 영광이다.

멋지다,
대한민국!!!

　참 이상한 일이다. 지하철에서건 길에서건 처음 보는 사람들이 자꾸만 나에게 돈을 준다.

　"저, 한비야님 맞죠?"

　이렇게 수줍게 묻는 사람에게 웃으며 고개를 끄덕이면 어느 틈에 주머니를 털어 긴급구호에 써달라며 돈을 건넨다. 학생들은 몇천 원, 어른들은 몇만 원. 쑥스러워 목까지 빨개지는 중고등학생들은 안아주고 싶도록 귀엽다. 이런 학생들에게 나는 번번이 묻는다.

　"날 뭘 믿고 돈을 주니?"

　"월드비전이잖아요."

　"우리나라에도 도울 사람 많잖아?"

　"급하다면서요. 급한 사람부터 도와야죠."

　한번은 지하철 안에서 예쁘장한 여대생에게 6만 원을 받았다. 생일에 자신에게 주는 선물로 벼르고 벼르던 반코트를 사러 백화점으로 가던 길에 날 만나 선물 살 돈을 톡톡 털어 주었던 거다.

"반만 줘도 되는데⋯⋯."

"아니에요, 비야 언니. 내 마음을 고스란히 드리고 싶어요."

놀랍다. 내가 이 학생들만 했을 때는 반강제로 걷는 불우이웃 돕기 말고는 자발적으로 돈을 낸 적이 단 한 번도 없었다. 누굴 어떻게 믿고 알토란 같은 아까운 돈을 내느냐고 생각했는데⋯⋯. 정말 기특하면서도 신기하다.

며칠 전에도 중년의 택시 운전사가 한사코 차비를 받지 않으며 이렇게 말했다.

"내가 아무리 없어도 8천 원은 보탤 수 있어요. 그 돈이면 아프리카에서 한 식구가 며칠간 식량을 살 수 있다면서요?"

이런 반응이 매번 놀랍기만 한다. 돈 주는 것도 그렇지만 어떻게 이렇게 정확한 정보까지 꿰고 있을까? 내가 일을 시작했던 때만 해도 우리나라에도 힘든 사람 많은데 왜 외국까지 돕느냐는 질문을 수없이 받았고 해외구호 활동에 대한 달갑지 않은 눈총도 받을 만큼 받았다. 그런데 그동안 세상이, 우리나라 사람들이 이렇게 변한 것이다.

멋지다, 대한민국!

이뿐 아니다. 요즘에는 이런 현장에 이런 용도로 쓸 구호 자금이 필요하다고 설명하면 돈도 잘 낸다. 마치 돈 낼 기회만 호시탐탐 기다리고 있는 사람들 같다. 원래는 모금 공지를 할 수 없는 공중파 텔레비전 아침 프로그램에 나가 월드비전의 해외구호 이야기를 했더니, 방송 도중에 "저렇게 불쌍한 아이들을 도우려면 어떻게 해야 하나요?" 하는 문의 전화가 어찌나 빗발쳤는지 방송사의 원칙을 깨고 딱 5초간 월드비전 후원 전화번호 고지를 내보냈다. 그러자 그날 하루 동안 해외 아동 정기 후원 신청 1천 건에, 일시 후원금 등을 합쳐 무려 6억여 원의 지원금이 모였다. 몇 년 전이었다면 9시 뉴스 시간을 통째로 내어 특집을 했다 해도 이렇게 반응이 뜨겁지는 않았을 거다.

그 가운데는 가족과 함께 돼지갈비 한번 푸지게 못 먹고 저축해서 사흘 전에 탄 3년 만기 적금 1천만 원을 기꺼이 내놓은 아저씨도 있었다. 그 아저씨는 자신이 어려울 때 차갑게 외면한 세상이 원망스러워 누굴 돕는다는 것에 대단히 냉소적이었는데, 프로그램을 보는 동안 꼭 돕고 싶은 마음이 들었다고 했다. 자기 마음이 변할지 모르니 바로 보내겠다며 정말 5분 만에 계좌로 돈을 보내왔다. 우리 직원이 잘 받았다며 확인 전화를 걸었더니 아저씨는 쑥스럽다는 듯이 "한비야 팀장님 책, 사인해서 한 권 받을 수 있을까요?" 했단다. 받을 수 있느냐니, 한 권이 아니라 내 책 일곱 권을 몽땅, 그것도 페이지마다 사인을 해서 주고 싶은 심정이었다.

딸을 시집보내는 한 아버지는 월드비전 소식지에서 남부 수단 아이들이 더러운 물 때문에 기니아충에 감염된다는 이야기를 읽고, 딸과 상의하여 그곳 물 사업 후원금으로 결혼식 축의금 전부를 내겠다고 했다. 결혼식 당일 식장에서 월드비전 직원들이 마치 혼주인 것처럼 하객들을 대상으로 신나게 해외 아동 후원 신청도 받고 5천만여 원에 달하는 축의금도 전달받았다. 결혼식장에서 모금하는 게 마음이 불편할 수도 있었을 텐데 하객들도 '가짜 혼주'인 우리를 반갑게 맞아 적극 호응해줬고 덕분에 결혼식은 멋진 나눔의 축제로 변했다.

멋지다, 대한민국!

멋진 얘기, 또 있다. 2005년 《지도 밖으로 행군하라》가 출간된 이래 지금까지 불과 4년간 이 책을 읽고 해외 아동 후원을 신청한 사람 수가 6만 명이 넘는다. 그들 가운데는 정기 후원을 하기 위해 아르바이트 시간을 늘린 대학생들, 한 학급이 매달 돈을 모아 한 아이를 돌보는 초등학생들, 쥐꼬리만 한 월급 7만여 원으로 매달 후원하는 이병들, 심지어 정부 보조금으로 받는 생활비 17만 원 가운데 다달이 2만 원을 내놓는 생활보호 대상자도 있었다.

더 놀라운 건, 경제 사정이 열악해지면 예전에는 썰물 빠져나가듯 후원이 끊어지곤 했는데, 세계적인 금융위기 후에도 33만여 명의 월드비전 후원자 중 후원을 중단한 사람은 믿기 어려울 만큼 적었다는 거다. 아니, 그만두기는커녕 후원자들이 발 벗고 나서서 이렇게 어려울 때 새로운 후원자들을 한 명 이상씩 더 만들자는 자발적인 캠페인이 들불처럼 번져가고 있다.

　기부의 형태도 10년 전과는 비할 수 없이 다채로워졌다. 더 이상 돈만으로 나누는 것이 아니다. 결식 아동 도시락 싸주기, 독거(獨居) 어르신 목욕 시키기 등 몸으로 하는 봉사와 번역·사진 촬영 등 전문 지식을 기꺼이 나누려는 사람들도 많아졌다. 재미있는 것은 이런 봉사활동도 '유전'되고 '중독'된다는 점이다. 엄마가 봉사활동 하는 집 아이들은 처음에는 엄마와 함께 하다가 조금 자라면 엄마 없이 혼자 찾아와서 뭐라도 한다. 초등학교 때 저금통에 동전을 모으던 아이가 중고등학교에 가서 우편물 봉투를 붙이고, 대학생이 되어 행사 진행 보조 등의 봉사활동을 찾아서 하는 경우를 수없이 보았다. 그야말로 대를 이은 '아름다운 중독'이다.

　전에는 아이들이 이런 활동을 내신 점수를 따기 위해 마지못해 했다면 요즘은 자기 능력껏 꾸준하게 자원봉사 하는 걸 스스로도, 주위 사람들도 자랑스러워하는 분위기다. "나 월비 자봉(월드비전 자원봉사)이야"라고 말하는 아이들의 얼굴에는 자신에 대한 대견함이 가득 차 있다.

　최근 들어 두드러진 것은 재능 기부다. 개인이 가진 특별한 재능이나 전문성을 나누어 주는 일로, 자원봉사의 성격까지 있어서 기부의 꽃이라고 할 수 있다. '후원자가 후원자를 만드는 행복한 나눔 세상'을 모토로 2008년 가을, 처음 열린 '후후만세 콘서트'가 재능 기부의 좋은 예다.

하나부터 열까지 후원자의 재능 기부와 자원봉사로만 콘서트를 열어 후원자를 두배로 늘리겠다는 안이 처음 나왔을 때, 모두가 그런 꿈같은 일이 현실적으로 가능할까, 반신반의했다. 백여 개국 월드비전의 어느 사무실에서도 없던 일이었다. 그런데 하자는 쪽으로 결정된 순간부터 연일 기적 같은 일이 벌어졌다. 국립극장이 공연 장소를 흔쾌히 기부하더니 작곡가 후원자는 유명 가수들과 우리나라 최고의 밴드를 새로운 후원자로 끌어들여 음악 기부를 하게 했다. 뮤지컬 기획자인 후원자는 총연출을 맡아주었으며, 서태지의 월드 투어를 담당했던 후원자는 환상적인 무대 연출, 세계적인 디자이너 후원자는 공연 티켓과 포스터 디자인, 아나운서 후원자는 깔끔한 사회로 재능 기부를 했다. 나도 함께 사회를 보았는데, 그날 내 화장과 머리도 한 유명 미용실 헤어 디자이너가 기부한 것이다.

준비 기간 꼬박 백 일. 하나같이 꽁지에 불붙은 듯 바쁜 사람들이지만 얼마나 이 일에 몰두하는지 회의 때 보면 모두들 살짝 돈 사람들 같았다. 벌겋게 상기된 얼굴로 한껏 목소리를 높였다가는 까르르 웃는 사람들. 하기야 저 사람들이 제정신이면 돈도 명예도 생기지 않는 이 일에 그런 어마어마한 에너지를 쏟을 수는 없을 거다. 그 순수한 열정이 고맙기도 하고 부럽기도 했다. 같이 준비하는 우리 직원들의 얼굴도 모두 환하고 예뻐 보였다.

이 후후만세 콘서트는 기존 후원자와 새로운 후원자, 월드비전 직원들이 약속이나 한 듯 전부 무대로 나와 마지막 노래를 같이 부르고 서로를 부둥켜 안아주면서 끝이 났다. 아는 사람, 모르는 사람의 경계가 없어지고 한 가족이 된 기분이었다. '후원자님은 우리의 소중한 가족입니다'라는 상투적인 말이 온몸으로 느껴지는 순간이었다. 그때 하늘극장의 천정이 열리면서 가는 빗방울이 머리 위로 떨어졌다. 와아아아! 이미 한마음이 된 사람들은 한목소리로 환호성을 질렀다. 하늘에서 내리는 빗방울이 축복같이 느껴져 콧등이 시큰해지고 눈시울이 뜨거워졌다. 순전히 재능 기부만으로 이런 콘서트를 여는, 세상에 없던 길을 만들어가는 후원자들이 정말로 자랑스러웠다.

멋지다, 대한민국!

요즘은 사회 분위기도 사뭇 달라졌다. 예전에는 높은 지위에 오르거나 돈을 많이 번 사람들이 성공한 사람이고 선망의 대상이었다면 요즘은 돈을 기꺼이, 꾸준히 기부하는 사람을 성공한 사람, 멋진 사람으로 여긴다. 특히 많은 젊은이들에게 영향을 미치는 연예인들의 기부에 대한 태도 변화는 사회 분위기 전반을 확 바꿔놓았다.

결혼기념일 등 기념일이나 돈이 생길 때마다 꼭 어딘가에 기부부터 하고 보는 연예인 부부, 소외된 아이들을 위해 발 벗고 나서다 아예 아이들을 입양까지 한 연예인 부부, 자신은 월세 집에 살면서 기부하느라 대출까지 받는 가수……. 그중 월드비전 홍보대사인 탤런트 정애리님은 국내외 아동 합해서 무려 205명의 아이와 결연을 맺고 엄마 역할을 톡톡히 하고 있다. 정말 이분은 '사람의 탈을 쓴 천사'다. 이렇게 아낌없이 주는 사람들이 요즘 젊은이들에게 멋진 사람, 본받고 싶은 사람으로 꼽힌다는 것 자체가 대단한 변화이고, 그것을 멋있다고 생각하는 젊은이들도 대단히 훌륭하다. 이런 변화가 모두 겨우 10년 동안에 일어난 일이라면 믿겠는가?

멋지다, 대한민국!

한국에서 일고 있는 이런 일련의 변화에 놀라고 있는 건 우리만이 아니다. 1991년, 우리가 도움을 주기 시작하던 해 백 명도 채 되지 않았던 월드비전 해외 아동 후원자 수가, 2000년에는 2만여 명, 2009년에는 33만 명으로 가히 폭발적으로 늘어났다. 이런 기부 문화의 확산 속도에 각국의 월드비전이 얼마나 놀라고 있는지 모른다. 심지어는 《지도 밖으로 행군하라》를 펴낸 출판사가 국제 출판 관련 행사에서 현장 구호팀장이 쓴 긴급구호에 관한 책을 80만 부 이상 팔았다고 소개하자, 모두 깜짝 놀라며 세상 어느 나라에서도 없는 일이라며 대한민국 독자들 수준이 정말 대단하다고 부러움을 감추지 못했다고 한다.

정말 멋지다, 대한민국!

"좋은 일 하십니다."

월드비전을 다니면서 수없이 듣는 말이다. 내게 돈을 건네는 사람들이나 일로 만나는 사람들은 모두가 칭찬을 아끼지 않는다. 국내에서만이 아니다. 해외에서도 현장 주민들에게 "도와주셔서 감사합니다. 은혜 잊지 않겠습니다"라는 감사의 말을 수없이 듣는다. 그런데 이게 나 혼자 들을 칭찬이며 감사이겠는가? 대한민국 국민이 뒤에 없었으면 나 혼자, 월드비전 혼자 무슨 수로, 무슨 돈으로 국내외에서 그렇게 좋은 일을 할 수 있었겠는가? 여러분 덕분에 허구한 날 우리가 한국 대표로 칭찬을 받으려니 늘 쑥스럽다. 그리고 그럴 때마다 여러분이 진심으로 고맙고 자랑스럽다.

물론 기부 문화라는 거대한 배가 크고 작은 파도를 헤치며 앞으로 나아가는 데 아무런 파장이 없으랴. 유리판 위를 가듯이 부작용과 아쉬움, 미흡함이나 미숙함이 전혀 없을 수는 없다. 솔직히 없다면 거짓말이다. 그러나 여러 가지 파장에도 불구하고 그 배는 올바른 방향으로 가고 있다. 그래서 안심이다.

내가 이 일을 하면서 모금과 홍보의 최전선에서, 기부 문화의 최전선에서 매일매일 도움을 주는 사람들의 상기된 얼굴을 보고 그들의 반짝이는 눈빛을 보고 그들의 벅찬 떨림을 느끼고 변화를 목격했던 것은 세상 무엇과도 바꿀 수 없는 일생일대의 행운이라고 생각한다. 9년이라는 짧은 시간 동안 한 나라의 기부 문화가 이렇게 성장하고 성숙한 예는 우리나라 이외에는 세상에 없을 거라고 확신한다. 나는 잘 알고 있다. 한국 사람들의 가슴에는 벌겋게 달궈진 고품질 인정이라는 불씨가 있다는 것을. 우리는 단지 거기에 바람을 살살 불어넣었을 뿐이다. 작은 바람에도 선홍색으로 활활 타오르는 그 불꽃이 견딜 수 없이 뜨겁고 눈부시게 아름답기만 하다. 앞으로 다시 9년이 지난 후에 우리들이 어떤 모습으로 변해 있을지 내 머리로는 상상조차 할 수 없지만, 생각만으로도 가슴이 터질 것 같다. 내 나라라서가 아니라 정말 멋있지 않은가? 멋지다, 대한민국! 장하다, 대한민국! 대단하다, 대한민국!

대~한민국 짝짝짝 짝짝!

다시, 지도 밖으로

"아무래도 공부를 해야겠어."

작년 여름부터 들었던 생각이다. 구호팀장 9년차. 입사한 날 아프가니스탄 전쟁이 터지면서 첫날부터 야근하며 일에 파묻혀 지냈다. 그 후 해마다 이어지는 초대형 재난 현장에서 처음 3년간은 홍보를, 그 후 6년간은 식량 배분을 담당했다. 덕분에 구호의 최전선에서 세계 최고 수준의 동료들과 일하면서 현장에서 잔뼈가 굵은 구호요원이 되었다.

현장에서 커서 그럴까? 언제부턴가 세계 각국 정부와 구호단체의 정책이 실제 현장에서 적용하기 어려운 부분이 많다는 것을 깨닫기 시작했다. 예를 들어 현재 대한민국 정부의 인도적 지원 정책은 여행 금지 국가에 NGO를 통한 긴급구호나 재난 복구 사업 지원을 금하고 있다. 구호요원의 안전을 담보할 수 없다는 거다. 다른 지원국들이 오히려 이렇게 상황이 어려운 나라일수록 초기 긴급구호 단계에 NGO를 통해 대규모 지원을 함으로써 인도적 지원이라는 본연의 임무를 다하는 것과는 커다란 대조를 이룬다. 소말리아, 이라크, 아프가니스탄 등 여행 금지국으로 지정된 나라가 위험한 것은 사실이다. 그러나 위험 지역이라고 구호팀을 보내지 않는다면 훈련받은 소방관에게 불난 곳은 위험하니 가면 안 된다고 하는 것과 무엇이 다르랴(다행히 최근에는 외교부나 한국국제협력단에서 NGO 실무자들의 목소리에 귀를 기울이고 있다. 그래서 재난 현장과 정부의 대외 원조 정책을 이어주는 우리 국제구호개발 NGO의 역할이 점점 중요해질 수밖에 없다).

구호단체의 규정이나 매뉴얼도 현장 사정에 맞지 않기는 마찬가지다. 아프가니스탄처럼 여성이 낯선 남자들 앞에 나설 수 없고, 의견을 말할 수는 더욱 없는 문화권에서 주민 대표의 절반은 여성으로 해야 한다는 규정을 어떻게 지킬 수 있겠는가.

"도대체 이건 누가 만든 거야? 현장에는 얼씬도 안 하는 사람들이 책상에서 만든 게 분명해!"

이런 규정 때문에 제대로 일을 진행할 수 없는 답답한 상황을 맞닥뜨릴 때마다 온갖 욕을 퍼부으며 씩씩거렸다. 그러던 어느 날 문득 이렇게 불평만 할 게 아니라 내가 직접 구호 이론을 공부해서 현장과 접목해보면 어떨까, 하는 생각이 들었다. 구슬이 서 말이라도 꿰어야 보배라지 않는가. 나의 풍부한 현장 경험이 구슬이라면 체계적인 이론 공부는 그 구슬을 잘 꿰는 실이 될 것이다. 한번 그런 마음이 드니까 점점 이 구슬 꿰는 일은 꼭 해야 한다는 확신이 생겼다. 현장과 이론을 겸비한다면 좀 더 쓸모 있는 구호요원이 될 거라는 확신 말이다. 집 짓기에 비유하자면 그동안은 설계도에 그려진 대로 망치를 손에 들고 집을 지었다면 이제는 그 집을 설계하는 일을 하고 싶어진 거다. 자연스럽게 내 마음은 공부하자는 쪽으로 기울었다.

몇 달간 각국의 학교와 학과를 조사하고 비교 분석하고 동료 국제구호요원들의 조언을 참고한 결과 내게 딱 맞는 과정을 찾아냈다. 미국 보스턴에 있는 터프츠대학교의 인도적 지원에 관한 석사 과정(Master of Arts in Humanitarian Assistance)이었다. 올 2월 지원서를 내고 나서 떨어지면 어쩌나 몇 달간 마음을 졸였다. 우리 식구나 친구들은 지원서만 내면 자동으로 합격하는 줄 아는 모양인데 정말 그거 아니다. 이 석사 과정은 전 세계에서 내로라하는 구호요원들이 지원하고 그중에서 열 명 미만을 뽑는 소수 정예 인기 과정이다. 월드비전 구호팀장이나 베스트셀러 작가라고 가산점이 붙는 것도 아닌데 왜 다들 떼어놓은 당상이라고 생각하는지 부담스러워서 죽을 뻔했다. 그런데 마침내 지난 4월 말에 입학 허가 통지를 받았다. 야호!!!

올 9월부터 나는 다시 학생이 된다. 새로운 환경에서 하고 싶은 공부를 할 수 있어서 기쁘고 또다시 뚜렷한 목표가 생겨서 기쁘다.

고백컨대 나는 목표를 달성했을 때보다 그 목표를 이루기 위해 있는 힘을 다할 때에 훨씬 짜릿하고 큰 행복을 느끼는 종류의 사람이다. 그래서 늘 새로운 꿈을 꾸며 그 꿈을 향해 가는지도 모르겠다. 새로운 일을 시작하지 못하는 이유는 수십 가지겠지만 그 일에 도전하고 싶은 이유는 딱 두 가지다. 그 유혹이 너무나 달콤하고 강렬해서 도저히 뿌리칠 수 없기 때문이고 더불어 도전이 나를 성장시키고 성숙시킨다고 믿기 때문이다. 지금 이 순간은 인도적 지원에 관한 공부가 날 강렬하게 유혹하고 있다. 나는 그 유혹을 이길 재간이 없다.

물론 세계 각국에서 온 명석한 두뇌들과 어울려 공부하는 것이 만만치는 않을 거다. 이십대 말에 미국에서 유학할 때는 잘 몰랐는데 올 3월 제네바에서 한 달간 인도적 지원에 관한 집중 종합교육연수를 받으면서 내가 분석력과 논리 전개 능력이 부족하다는 것을 분명히 알게 되었다. 현장 경험이 풍성하다는 이점도 있고 시간과 공을 들이는 만큼 잘되는 공부도 있었지만 주제별 토론 시간만큼은 그야말로 죽을 맛이었다. 있는 힘을 다해 준비해도 막상 수업 시간에는 준비한 것의 반의반도 발휘를 못했다. 왕창 깨지고 온 날에는 밥도 먹기 싫었다. 어떻게 준비했기에 저들은 저렇게 핵심을 꿰뚫는 질문을 하고 반박이나 반론도 잘하는 걸까? 도대체 저들과 나는 어디에서 차이가 나는 걸까? 열등감과 자괴감에 시달리느라 얼마나 안달복달 속을 끓였는지 한 달 내내 혓바늘이 가시지 않았다.

이번 유학에서도 고전할 것이 불을 보듯 뻔하다. 몇날 며칠 밤을 새우는 것과 때때로 찾아올 지독한 외로움은 얼마든지 견딜 수 있다. 그런 건 많이 해봤으니까. 그러나 이 석사 과정 수업이 대부분 토론식으로 진행된다는데 그때마다 자존심이 무너지고 생채기가 나는 건 견디기 무척 힘들 거다. 그럴 줄 알면서도 제 발로 호랑이 굴에 들어가기로 했다. 새파랗게 젊은 사람들에 비해 체력도 기억력도 순발력도 떨어지겠지만 가진 힘을 아끼지 않을 자신도 있고 될 때까지 물귀신처럼 물고 늘어질 자신도 있다. 게다가 그 호랑이 굴에서 살아남는다면 나는 더욱 단단해질 것 아닌가.

인생의 새로운 장을 시작하기 위해 지난 달 말 월드비전을 그만두었다. 아무것도 검증되지 않은 일개 오지 여행가를 가능성 하나만 믿고 긴급구호의 세계로 이끌어준 월드비전. 지난 9년간 세계 최고 수준의 훈련과 현장 경험을 통해 햇병아리를 독수리로 키워 멋진 날개를 달아준 월드비전에서 나는 참으로 즐겁고 행복했다. 내가 월드비전과 동료들을 얼마나 사랑하고 고마워하는지 오직 하느님만이 아실 거다. 그러나 이제 둥지를 떠날 때가 되었다.

나의 하느님은 늘 이런 식이다. 어느 분야에서 인정받고 안정되기 시작하면 전혀 다른 길을 보여주시며 그 길로 가라 하신다. 국제 홍보회사에 다니면서 그 분야에서 슬슬 두각을 나타내고 사내에서도 부장 승진을 코앞에 두었을 때 세계 오지 여행으로 날 이끄셨다. 세계 일주 후 오지 여행가로 이름이 알려지기 시작하자 중국으로 보내셨고 이제 바람의 딸보다 구호팀장으로 인정받으니까 그걸 다 뒤로하고 또 공부하러 가라신다. 이번에도 기꺼이 순종할 거다. 나는 잘 알고 있다. 그분은 이렇게 나를 주기적으로 거친 광야로 보내 거기에서 나를 성장시키고 성숙시키신다는 것을(참말이지 나는 내가 커서 뭐가 될지 무척 궁금하다!).

사람들은 벌써부터 공부 끝내고 뭘 할 생각이냐고 묻는다. 지금으로선 공부 이후의 계획이 전혀 없다. 월드비전 한국으로 다시 돌아올지 국제 월드비전이나 UN에서 일할지, 긴급구호의 최전선에서 붙박이로 있을지 후진을 양성하는 교육에 집중할지 아무것도 정한 게 없다. '가서 그들의 눈물을 닦아주라'고 하셨으니 앞으로 10년간은 어떤 형태로든 인도적 지원 분야에서, 구호 현장에서 일하겠지만 우선은 열심히 공부하면서 어떻게 하는 게 나와 이 분야의 성장에 도움이 될지 살펴볼 생각이다.

이렇게 나는 또 다른 문 앞에 섰다. 그리고 이제부터 그 문을 두드리려 한다. 학생 한비야로 돌아가 아는 사람 한 명 없는 보스턴이라는 광야에서 순전히 실력과 열정과 끈기만으로 진검승부를 하려 한다. 거기에서 어떤 공부를 하고 어떤 사람을 만나고 어떤 깨달음을 얻을지 두렵기도 하고 떨리기도 하다. 하지만 공부를 끝낸 후의 나는 지금의 나와는 분명히 다를 것이다. 좀 더 지혜롭고 따뜻하고 여성스럽게 변했으면 좋겠다. 그나저나 보스턴 근처에는 산다운 산이 없어 그게 큰 걱정이지만 당분간 유목민에서 정착민이 될 테니 남자친구를 만날 확률은 상당히 높아졌다.

지금, 이 순간 새로운 길을 택한 후 잔뜩 긴장한 채 문 앞에 서 있는 사람이 있다면 이렇게 말해주고 싶다. 나도 지금 당신과 똑같은 처지이고 똑같은 마음이라고. 그러니 당신과 나 우리 둘이 각자의 새로운 문을 힘차게 두드리자고. 열릴 때까지 두드리자고. 힘들어 포기하고 싶을 때마다 나는 당신을 생각할 테니 당신도 나를 생각해보라고. 그래서 마침내 각자가 두드리던 문이 활짝 열리면 서로의 어깨를 감싸 안고 등 두드려주며 그동안 애썼다, 수고했다, 진심으로 축하한다는 말을 해주자고.

이제 나는 새로 단 날개를 활짝 펴고 다시 지도 밖으로 나가려고 한다. 앞으로 어떤 세상이 펼쳐질지 몹시 궁금하다. 그리고 설렌다. 내 등 뒤에서 여러분의 응원 소리가 들리는 듯하다. 나도 여러분을 목청껏 응원하고 있다는 사실을 부디 잊지 마시길.

사진 **김선규**

1987년 한겨레신문사에서 언론사 생활을 시작했다. '탈영병의 최후', '가평 UFO 포착', '목마른 참새' 등의 수많은 특종으로 보도사진전 금상, 삼성언론인상, 언론인 홈페이지 대상 등을 수상했다. 지은 책으로 《김선규의 우리고향산책》《까만 산의 꿈》《살아 있음이 행복해지는 희망 편지》 등이 있다. ufokim.com

＊ 본문에 사용한 사진 중 212, 213, 223쪽에 실린 사진은 월드비전에서 제공한 것입니다.
＊ 본문의 성경 구절은 공동번역(개정판) 성경을 사용하였습니다.
＊ 특별양장본의 수익금 일부는 '사랑의 열매'(사회복지공동모금회 주관) 후원금으로 사용됩니다.

그건, 사랑이었네

첫판 1쇄 펴낸날 2009년 7월 9일
　25쇄 펴낸날 2009년 10월 15일

지은이 한비야
펴낸이 김혜경
문학교양팀 이재현 이현주 이진 김미정 이정규 백도라지
디자인팀 서채홍 윤정우 전윤정 김명선 지은정
마케팅팀 모계영 이주화 문창운 강백산
홍보팀 윤혜원 오성훈
경영지원팀 임옥희 김순상 이경환

펴낸곳 (주)도서출판 푸른숲
출판등록 2002년 7월 5일 제 406-2003-032호
주소 경기도 파주시 교하읍 문발리 파주출판도시
　　　 529-3번지 푸른숲 빌딩, 우편번호 413-756
전화 031)955-1400(마케팅부), 031)955-1410(편집부)
팩스 031)955-1406(마케팅부), 031)955-1424(편집부)
www.prunsoop.co.kr

ⓒ한비야, 2009
ISBN 978-89-7184-824-1 (03810)

이 도서의 국립중앙도서관 출판시도서목록(CIP)은 e-CIP 홈페이지(http://www.nl.go.kr/cip.php)에서 이용하실 수 있습니다. (CIP제어번호: CIP2009001961)